U0596653

创意写作书系

网络文学创作原理

王祥 著

中国人民大学出版社

·北京·

导 言

本书旨在探究网络文学的创作原理与创作方法，为创作者与研究者提供网络文学创作的专业意见。第一部分重点表达网络文学创作的基本理念，第二部分至第四部分重在阐述具体创作过程中的方法与技艺。

网络文学面向大众，是大众文艺谱系之一员，具有欲望叙事的属性，为大众提供情感体验与快感补偿的功能，具有神话性故事形态和类型化的作品形态，因此创作者在世界设定、人物创设、故事创造等方面，需要采用与网络文学属性、功能、形态相应的写作策略与写作方法。网络文学是在大众文艺的源流中发生发展的，所以其创作问题需要放在整个大众文艺谱系中，相互印证，才能得到清晰的回答。

本书强调人类愿望与人性对文学创作的影响，网络文学与整个大众文艺中通行的创作原理与创作方法，最终的依据都在人的精神需求。写作者从人类生命情感深处开掘出联通创作行为的道路，才能到达读者的内心，需要下工夫研究、体察人类的精神世界，把握人的永恒需求，而不是一时的市场潮流。市场永远充满意外，而人心的世界却有路可循。掌握人心，掌握创作原理，可以让写作者少走弯路，写出符合读者期盼的作品，作者也就能够享受写作的快乐。

本书所涉及的网络小说、部分电影电视作品，可在书后一览表中查询基本信息，谨此向所有的作家、艺术家表达敬意。

目 录

第一部分
网络文学创作的基本理念

　第一章　网络文学的属性、功能与创作方法 ………… 3
　第二章　网络文学的主要写作策略 ………………… 21
　第三章　网络文学的形态 …………………………… 37
　第四章　网络文学的伦理表达 ……………………… 54

第二部分
网络文学的世界设定

　第五章　世界的功能与设定原则 …………………… 75
　第六章　与现实接壤的世界 ………………………… 84
　第七章　奇幻小说的世界 …………………………… 93
　第八章　东方神话世界 …………………………… 107
　第九章　科幻世界 ………………………………… 121

第三部分
网络文学的人物创设

　第十章　主角与人物关系创设 …………………… 137
　第十一章　情欲对象与情感对手 ………………… 151
　第十二章　敌人与竞争者 ………………………… 162

第十三章　功能性人物 ……………………………… 173

第十四章　人物的类型属性与类型人物 ………… 185

第十五章　人物性格创造 ……………………………… 198

第四部分
网络文学的故事创造

第十六章　故事的功能与基本构成 ……………… 217

第十七章　情节与细节创造 ………………………… 230

第十八章　穿越、重生、架空 ……………………… 243

第十九章　母题、原型与主题 ……………………… 259

后记 ……………………………………………………… 280

附录一　本书涉及的网络文学作品一览 …………… 282

附录二　本书涉及的部分电影、电视作品一览 ……… 284

网络文学创作的基本理念

第一部分

第一章

网络文学的属性、功能
与创作方法

网络文学是通过互联网发表传播的大众文学，目前其主体是指网络连载并以此为基础进行版权运营的长篇小说。

网络文学的属性、功能与创作方法问题，对于写作者来说是有关"我是谁"、"我在做什么"和"如何做"、"我的工作意义何在"的问题，是需要优先确定、认真辨明的问题。

一、 网络文学的大众文艺属性

网络文学反映大众愿望、价值观与情趣，它与神话、民间故事、明清小说、大众小说、大众电影电视剧具有显著共性，是为大众服务的"欲望叙事"，具有相似的愿望—动机—行为主题谱系，主角为获取权力、财富、爱情，或者为获得超能、长生、成神成仙的目标而努力，故事的核心关切是个人的欲求是否能够满足，以此赢得受众的私欲认同。它们都是大众文艺的成员，互相影响，不断传承，网络文学正是在这个欲望叙事传统的影响中发生发展的。网络文学创作问题的研究，需要在大众文艺谱系中，明晰其彼此影响的关系，从中得到各种创作问题的启示。

（一）网络文学是大众文学

由于网络文学欲望叙事的性质，以赢得大众支持为努力方向，并且在艺术表现形式上较为"通俗易懂"，因此按照既往的学术观念，它被一些论者当做是通俗文学，以与关注公共领域问题、追求艺术形式创新的各类精英文学相区别，但是这个定性不妥当。

"通俗文学"的概念隐含着"品位低俗"的暗示，也具有"可以低俗"的诱导作用；"通俗"也意味着在野，不是社会主流，难以进入文学殿堂，有以身份定地位的倾向，这既不公平，也不负责任。

"通俗文学"、"通俗文艺"的主张者，认为它们提供娱乐、消遣功能，并以此对"通俗性"进行辩护。然而，在阅读、观赏实践中，"娱乐"与"消遣"，并不能准确地反映大众文艺的接受反应心理，那些被《红楼梦》、《泰坦尼克号》、《后宫·甄嬛传》①感动得不能自已的受众，是在娱乐消遣吗？为什么这些作品令受众如此着迷呢？受众是因为这些作品的"通俗性"才喜爱它们的吗？

现代大众文学对于现代思想的传播，对于普通人的人格建设的作用十分巨大，即以民国以来的报纸连载小说而论，刘云若、张恨水作品中的人道主义精神、崇尚自尊自立的价值取向，金庸作品中的自由平等思想、民族国家意识与对中国传统文化的传播，都难以用"通俗文学"来涵盖之。在现代工商社会的文化教育背景中，大众文学、大众电影、电视剧越来越消弭了高雅文化与通俗文化、艺术与非艺术的界限，它们是在市场经济和现代科技的基础上生长起来的，是大众文化生活的主流形态。目前的网络文学面向青年群体，作者与读者很多都受过高等教育，读者在整体知识水准上、精神追求上，与作者并肩

---

① 参见流潋紫：《后宫·甄嬛传》（修订版），杭州，浙江文艺出版社，2012。根据该作品改编的同名电视连续剧引起了社会轰动，并深受其他国家地区观众的热捧。

而行，虽然也为欲望叙事所吸引，但显然不是作品的"通俗性"内容所能满足的，他们对文学作品精神领域的深度、广度提出了更多要求。

把网络文学定性为大众文学，更准确、更能体现大众文艺的属性，也更能体现平等意识，身份标识较为中立，大众文学是正名，如"张生"，通俗文学是小名贱名，如"小张三"，这对于作家的自我认知很重要，可以避免为网络文学的发展设置障碍，也可以鼓励网络作家向更广阔的精神领域开进，鼓励艺术创新，以更为专业的水准为读者服务。

另一方面，网络文学的兴起，也刺激了部分从业者自诩为先锋，把对面的"纯文学"贴上"传统文学"的标签，暗示着那些"传统作家"已经过时。这同样是不公平的，彼此服务人群有别，传播途径、功能有所不同，但都是当代文学的一部分，还是采取包容共存的态度为好，那才是现代文明的常规。

（二）欲望叙事与私欲认同

大众文艺属性的核心是其欲望叙事和私欲认同的性质。网络文学的欲望叙事与网络传播形态相结合，令受众"重新"发现了人类私人领域的愿望与情感，从人物的欲望中印证自己的欲望，其愿望—动机主题、人物与故事的创造，显著受到明清小说、好莱坞电影、美剧、世界大众小说、流行网络游戏等大众文艺的影响。追根寻源，可以在世界几大神话中找到共同的遗传基因：主角超越现实条件实现自身欲望的进程，就是故事的主体构成。

把网络小说与明清小说进行比较，可以清晰地发现它们的欲望叙事的性质。人的基本欲望古今中外相同，人们渴望得到权力、财富、爱情，这是个体生存与基因传播的基本保障，同时也渴求长生、拥有超能，不被生死大难禁锢，像孙悟空那样，"跳出三界外，不在五行中"，在生死轮回的长河中独立自主。

大众通常不是社会竞争的大赢家，日常生活狭窄无趣，需要在文艺观赏活动中移情代入主角的传奇性经历，补偿心理失衡而激活热情。明清小说与网络小说最为常见的愿望—动机—行为主题，就是主角追求权力、财富、情爱和生存安全感，主角得趣了读者也就满意了。

《三国演义》的主角卖草鞋的刘备、卖枣的关羽、屠夫张飞，赢得了同样身处底层的《三国演义》的作者、传播者的权力欲望认同，为刘关张集团建立政权的每一步胜利而欢呼，这与以曹魏为正统的官方性史传陈寿的《三国志》大异其趣。《水浒传》是英雄传奇，以底层官员、武勇、游侠结拜聚义，复仇，寻找政治出路的过程为作品主体，对于底层人士，它是社会组织方式的教科书。

动乱是有抱负的人士的兴奋剂，网络历史小说如月关的《回到明朝当王爷》、天使奥斯卡的《1911新中华》、赤虎的《商业三国》，是满足权力欲望的一种隐秘快感通道，主角穿越到动荡的历史时代去，建设理想中的国家，攀登权力顶峰。"历史演义"与"穿越历史小说"，都与历史学关联不大，而与人的权力欲望密切相关。

三言二拍集聚了宋元明话本的重要成果，其中以市井传奇故事为主流，与今天网络小说中的"都市小说"相仿佛，呈现人们在日常生活情境中，获取权力、财富、情爱的传奇故事。《卖油郎独占花魁》最具代表性，与获得奇特成功的网络小说，烽火戏诸侯的《陈二狗的妖孽人生》、小农民的《混世小农民》志趣相同，展示屌丝逆袭，在情爱中得趣的快感体验。

《金瓶梅》展示主角西门大官人在追逐情色、财富、权力方面的成功，特别是追逐美貌已婚女性，与潘金莲、李瓶儿种种偷情景象，以及妻妾争风吃醋的"日常生活"细节，不断重复出现，这是作品屈从于男性情色欲望的显著标志。《金瓶梅》反映市井生活的人间性的"艺术特色"，其实附丽于西门庆种马生活的展示，西门庆淫笑着，带动了那条想象中的宋朝街道的生活景象。

网络都市小说如更俗的《重生之官路商途》、录事参军的《重生之官道》，主角获取财富、权力、情爱方面的丰富经历，作为男性欲望对象的各种姹紫嫣红的女性人物，社会生活面的开阔，情欲趣味的多样性，都对《金瓶梅》不遑多让。

《红楼梦》是以含蓄的情欲（意淫）为基础的文人小说，是最为雅致的大众小说，作品的主体是男女生命体验、生命情感的诸种愉悦与苦痛，这是读者迷恋《红楼梦》的生命情感基础。它的意义当然不止于意淫，但是作品的主体构成是男性意淫的世界：一个天赋异常、既能够博爱又能够超越于肉欲的男生，是住在大观园中的唯一的男性，目光所及皆美女也，有纤弱敏感的美女典型林黛玉，有丰盈雍容的美女典型宝钗，有"兼美"的秦可卿，各种仪态、性格、品性的美女都很乐意与主角交往，纷纷产生温柔情愫，如此全面而真切可感的美人世界，至今还是网络小说作者们学习攀比的对象。

明清神魔小说是神话与人间喜剧的融合，佛教道教两大神话系统相互杂糅而成的幻想世界，特别是《西游记》、《封神榜》，是网络玄幻、修真等类小说的远祖，网络小说主角通过修炼达到永生、得到超能、到达成神成仙彼岸的故事，与《西游记》主角寻师学艺、天庭造反、被佛祖解救，后来在西天取经路上，打怪升级通关的故事，在故事构成方式上颇为相似。无论何时代，任何人都难逃生死大关，关于彼岸的幻想可以令人暂时脱离恐惧，在向死而生的岁月里，让灵魂得到自由飞翔的快乐，这是推动神魔小说与网络玄幻、奇幻等类小说发展的内在动力。

可以说，明清小说中所有的欲望主题，无论是人的常规愿望还是怪异另类的欲望，在网络小说中，都能找到同类。对于人类数十万年的进化历史，几千年前神话产生，几百年前小说产生，到今天网络小说出现，都只是一瞬之间，人类的基本欲望还没来得及变化，而欲望叙事一脉相承，并且还将传承下去，因为欲望是人类得以生存繁衍的根本动力。就一般情形而言，网络文学欲望叙事的性质，与中国现当代严肃文学品性不同，是对"传统文学"的回归。

(三) 商业属性

大众文艺通常都具有商业属性。网络文学通过商业性网络传媒发表、传播、与读者互动，并且通过网络传媒获得报酬，因此也必然具有商业属性。事实上，是商业性运营保证了网络文学的生存，塑造了网络文学的基本形态，运转有序的市场有助于需求与供给的衔接。商业属性并不是庸俗的代名词，庸俗作品也并不见得能够畅销，畅销书更不必然是庸俗的。网络文学的商业属性，主要表现在作品赢得读者喜爱，推动读者付出金钱购买作品的那些因素，其核心是符合受众需要的作品功能及其创作策略。

文艺行业的存在，根基于社会需求，向创作者支付报偿的"需求者"，会表达自己的意志，并影响着创作的形态、发展脉络。

在中国文学史上，官方支持并且事实上由官方支付报酬的文学，有史传文学、唐诗、宋词等，它们由官员（或后备官员）写作，在士林中阅读传播。如果得到朝廷与士林的好评，作者就能在官场上获得名位报偿，并不依赖稿酬制度而生存。它们整体上反映了统治阶层的意识形态，"诗言志"传统一脉相承，其写作传播是社会统治功能的一部分，因此它们可以称作官方文学，具有官方文化属性。

宋元话本、元曲、明清小说由市井生活中的大众需求派生，由市场直接提供报偿，其作者要么是无名市井之士，要么是匿名的知识分子官员。话本创作更是从现场信息中获取灵感和刺激，观众兴味发生之处，说书人就大量添油加醋，繁殖情节，作品内容与形式都受到"说书"现场观众反应的影响。比如话本基础上创作的《水浒传》嗜杀倾向明显，如武松杀嫂、血溅鸳鸯楼等情节，杀得津津有味，不厌其烦，盖由大众仇恨官府与奸夫淫妇的强烈情感所导致。而明清小说的出版发行，由民间书商所主导，也必然在意商业利益，重视对读者欲求的满足。

网络文学受到网络媒体的作者—读者交互反应的影响则更广泛，比之于茶馆、剧场，互联网的传播范围更宏阔，传播效率更高，作者得到的大众自发的报偿也更大，作者满足读者心理需求的写作策略，是获得人气、经济报偿的保障，特别是标举"读者主权"的付费阅读小说，在契合、满足读者（报偿支付者）需求，应对读者反馈方面已经有着成熟经验。自然，网络文学享受着市场带来的好处，也承受着必有的拖累。

二、 网络文学的基本功能

探究网络文学的功能是把握网络文学创作原理的关键工作。体察网络文学的作者创作实践与读者阅读心理，并在大众文艺谱系中进行印证，可以发现网络文学的基本功能是满足大众读者的情感体验与补偿需求。

（一）快感奖赏机制与美感诱导策略

人类以情感活动（感觉、情绪、感情）、认知活动，与外部世界建立联系，人类的精神世界是情感活动与认知活动的结果，而文学艺术以激发受众的感觉、情绪、感情活动，与受众一起创造情感体验过程为主要途径，参与受众的精神世界的塑造，受众在情感体验过程中，接受文艺作品提供的精神资源。

而追求快感与美感是人类生命运行的基本需求，是最为重要的情感活动，是读者、观众追寻文艺作品的主要目的，也是大众文艺创作的原初动力，网络文学创作活动的起点、网络文学的基本功能，就是满足读者情感体验与补偿，特别是快感体验与补偿的需求。

快感奖赏与美感诱导是生命运行的根本机制。从达尔文进化论，到当代的自组织理论，以及大量的生物、医学、心理学实验，对人类生命体的研究成果表明，人的生命系统与自然系统、社会系统一样，是在能量与信息输入的刺激下，不断走向有序的自组织结构。当人们去做对生命体有益的事情，得到或者在展望与幻想中得到有益于生存、发展、繁衍的成果，生命体内就会产生诸种兴奋性、愉悦性荷尔蒙，让人得到快感，这就是生命体的快感奖赏机制，它驱使人类获取利益，不断进步，追求成功。

人在快感经验的推动下，寻找和发现更多对人有利的事物，超越生理束缚、具体功利、现实条件，而获得更大自由、更多主体性的情感势态，就是美感体验，它诱导人类积极从事有益于人类群体生存、发展、繁衍的创造活动，得到更为丰富、新鲜的愉悦感，这就是生命体的美感诱导策略。

比如爱情，给人以多层次快感与美感体验，那是生命体在激励人们承担繁衍后代的繁重责任，如果没有爱情在每一个环节给人以快乐，人们也就没有动力去承担繁衍后代的责任。人们视爱情为艺术创造的重要源泉，享受爱情，歌颂爱情，也是生命体对快感奖赏机制与美感诱导策略的自发的强化。而文艺作品中的爱情故事，比生活中的事实更完满、更排场、更跌宕起伏，会强化人们对爱情的信仰，对于更多承担繁衍后代责任的女性来说，偏好言情小说、影视剧，是有着生命需求基础的。

类似爱情这样的快感奖赏机制，遍布人类行为之中。人们必须注意到，人类的快感是生命进化与社会发展的共同结果，是生理与文化因素混合作用的结果，包含人类本质的自我认知与历史文化传统，人类不可能有"纯本能"的快乐。

具有丰富的快感与美感体验的生命体，更有主体精神和创造性，一切有益的认知与创造活动，都会得到生命体自身的快感与美感奖赏，形成良性循环，快感与美感的追求是人类创造文明的发动机。长期缺少快感与美感体验的个体，就会陷入过度焦虑、抑郁、恐惧、痛苦之中，而快乐激励就是解除这些负面情绪的良药，观赏提供快乐体验的文艺作品，可以疏解内心纠结症结，导向积极情绪。

追求快感是人类生命的根本运行机制，也是社会运行的驱动机制，社会的职能之一是为民众提供快感体验载体，谁垄断快感体验的制造与供应，谁就能控制社会。如果你能够让别人的大脑前额叶皮层主管积极愉悦情感的部位兴奋，别人就会把你看作是快乐的源泉，愿意进一步靠近你，为你做任何你想要的事情。

美剧《星际之门：亚特兰提斯》第三季第三集中，在飞马星系的一个星球上，面包师卢修斯发明了一种草药提取物"神水"，他一边喝着神水，一边对着追随者讲述自己的"成功"故事，口中发散的气息可以令别人愉悦并喜欢自己，就这样吸引了几个美女共同生活，离开他，她们就会感到痛苦，坠入情绪低谷，乃至于生病。

"星际之门"的主角们，那些拥有理性头脑的医生、科学家遇到他之后，全部迷醉般地围绕在他身边，包括有几分冷艳女王范的女主角、首席科学家伊丽莎白·韦尔博士，都甘愿为他做任何事情，只想和他在一起，甚至把这个江湖骗子带入机密场所。只有伟大的一号男主角约翰·谢泼德，因为感冒，并且很少与卢修斯在一起，才没有中招，并解开了"神水"秘密：卢修斯喝着神水，向他的观众讲故事，其实是把草药中的兴奋愉悦物质，向围观者喷发，造成追随者的兴奋剂依赖。

某些社会制造政治迷狂与宗教迷狂，吸引崇拜者的工作原理，是渲染靠近政治中心或者宗教中心，就能飞黄腾达的想象，只要你是纯洁而坚定的崇信者，就会受到赏识赞誉，就能得到各种成功奖赏，即使是关于这种成功的想象，也能带来身心愉悦的积极反应，从而引导民众的向心行为，与卢修斯的"神水"效果一样。

明智的社会会对宗教"快感迷狂"有所制约，而宽容民众的娱乐性"快感迷狂"，宗教的造神运动必然要堵住娱乐快感源泉，把追求欲望满足视为邪恶，把民众迷狂的激流导向领袖与组织崇拜，解除民族宗教危机的答案也在这里，引导民众转向无害的娱乐快感源泉，可以令社会的紧张感松弛下来。现代人类社会大力发展文艺与体育事业，有影响的世界大国即是文艺产品输出大国，根由在此。

（二）艺术快感与情感体验快感补偿功能

人的基本欲望的满足会带来快乐荷尔蒙的分泌，然而人的生命体作为自组织系统，具有玄妙的平衡功能，饮食过度、性爱过度会使人受到伤害，所以身体内既分泌快乐物质也分泌抑制物质，使人处于可持续发展的状态，"食色"本能满足带来的快感，其实是有限制的快感。而从事艺术创造与欣赏得到快感与美感体验，通常却不会受到抑制，所以艺术快感是更持久的快感。

人们需要在文艺作品中寻求、汲取快感与美感体验，是因为特别渴望而现实生活中又无法达成，或者要付出昂贵代价才能达成的欲求，在虚拟的"生活"中，在故事情境中，可以通过各种欲求得逞的情感体验获得快感，补偿失衡的生命情感形态，以重新安置精神秩序。

关于文艺的快感功能，人们有着两种误解，其一是大众文艺可以无限度依赖情色内容吸引读者，但其实赤裸裸的色欲宣泄并不能长久吸引读者，欲望的审美化呈现，欲望的转移曲线更能温润亲和人心。反复过度目击肉身、香艳刺激的情景，容易带来快感荷尔蒙蹿升，但是也会带来肉欲的焦虑烦躁感，唤醒生命自身的被抑制的感受，《红楼梦》式的，对情欲对象的审美性"拥有"，比《金瓶梅》式的肉体"占有"，快感更绵密悠长，更多回味，更多旁通侧击的感受，也给人艺术水准更为高妙的感觉。网络小说中，猫腻的《庆余年》与《间客》的欲望叙事就高出同侪一筹，在欲望周边更多盘旋吟诵，提供了多样性美感。禹岩的《极品家丁》、月关的

《回到明朝当王爷》主角的爱情故事比其偷腥情景更耐看更感人，更具高潮感。这是重要的艺术接受规律：对于读者的情感体验，欲望的审美化情景比肉欲呈现，更具有开放性包容性，更为老少咸宜，读者心理上更少伦理障碍，这就要求作者具有相应的艺术能力和创作诚意。

而人们对"纯文学"或者"严肃文学"具有另一种误解，以为它们应该过滤掉快感体验，或者是应该与人们的快感需求对着干，那就"严肃"了。文学艺术对于需要它们的人来说，都有其艺术快感，即使是以提供严肃思考和教育意义为宗旨的作品，也有令人愉悦的"严肃性"，如鲁迅作品中的情感体验建构，是为精英身份认同的读者提供一种智慧愉悦，作者与读者一起解剖阿 Q、祥林嫂、孔乙己等人物的愚昧、丑陋，一起从高处审视他们的劣根性，特别是阿 Q 渴求参与革命、获得情爱、赢得尊重的努力，被作品粉碎性解构，令读者得到了智力上、伦理上、身份上的优越感。

文学的快感与美感体验功能，长期以来被信奉"严肃性"文学的人们忽视乃至蔑视，但是在为大众服务的网络文学中，人类的各种快感与美感的需求态势都得到了呼应，创造了独特的快感美感模式的作品受到热烈追捧，快感奖赏机制与美感诱导策略在主角行为中的体现过程，就是故事情节的常规构造过程，连续性的快感体验及其节奏、韵味，主导着作品的内在情感波动，形成作品的节奏与气质。网络文学兴旺发达的秘密，不在于作者们具有深邃的思想、高超的艺术水准，而在于聪慧的作者们提供各种独特的成功想象的快乐，令追随的读者迷醉，如同手持"神水"的面包师卢修斯。当然，网络文学要想赢得普遍的尊敬，这还不够。

(三) 快乐写作与快感美感评价标准

写作者从文学创作中得到多重快感与美感体验，创作是复杂的生命情感活动，是生命本能的释放与升华，作者把自身的情感体验赋予充足的意义感、仪式感、秩序感，为生命情感现象命名，与接受者产生共鸣，唤醒读者内心的生命欲望，创造令人沉醉的艺术世界，影响人类文明进程，获得恒久的高峰体验，这些是写作者在获取现实利益之外，最为潜隐而执著的追求，也是最长久的快感与美感激励。

令读者快乐的那些因素，首先会让作者快乐。与深思熟虑的写作不同，快感支配下的写作，想象力更为飘忽，故事情节更趋向于奇异瑰丽，感受性更强，更诉诸读者的生命体验，而不是令读者陷入思考。实践证明，快乐写作更有创造力，更有制造快感的能力，也有助于作者保持创作激情。为何网络作家能够日夜兼程、成年累月地写作？因为快乐写作带来的激情和责任感，在胸中不停地发热。而表达严肃思考为宗旨的创作难以持久，难以成为鸿篇巨制，并且容易使作者陷入抑郁境地。

总结以上论述，可以说，网络文学作品能否为读者创造强烈、鲜明、绵长、殊异的情感体验，特别是满足读者快感体验与补偿需求，这一创作目标完成度如何，是最为重要的接受反应效果评价尺度，是评判网络文学作品高下的基础性标准。网络文学在提供快感与美感体验、创造快感模式和小说类型方面，已经大面积超越明清小说、西方大众小说，吸附了亿万读者的热情、痴迷，如此惊艳地呈现出自己的力量，理应获得足够的赞誉。

当然，情感体验与快感补偿功能是网络文学的基本功能而不是全部功能，快感与美感标准也不是网络文学评判的唯一标准，艺术独创性对于作者与读者都是很重要的，然而人们应该重视网络文学的艺术表达的特性，它是建立在情感体验与快感补偿功能基础上的，网络文学的文学性、独创性，经常就是一些快感模式的审美指代，是欲望叙事的审美化成果。

三、　白日梦愿望达成创作方法

网络文学创作的重心在于体现人们的愿望，而不是反映物理事实与社会事实，幻想性长篇故事是网络文学的主要形态，营造愿望达成的白日梦是网络文学的主要创作方法，同时，网络文学追求幻想性与逼真性的统一。

（一）白日梦是人类不可或缺的精神生活内容

依据自组织理论和当代脑科学、心理学研究成果，人们可以认识到白日梦是生命体自组织的不可或缺的精神活动，是人类进化的结果，它不是一部分人的特殊病态，而是人类普遍具有的重要机能。人的大脑中白日梦控制区域，是默认活动模式的，只有在现实中必须专心工作时，该区域才会减弱或停止活动，否则就是一直持续兴奋着的，白日梦状态占据着一般人睡眠以外的近半时间。

白日梦既是自由发散的，也具有可控性，围绕人们的欲望满足而蔓延。在白日梦中，人们创造虚拟世界，体验各种超越现实可能性、突破现实障碍的快乐进程，把精神创伤、焦虑情绪，通过"变形"的幻想情节"置换"为愉悦性体验，它可以随时化解心理危机，是一种自我保护机制，也经常激发创造灵感，提升人们的创造力水平，耽于白日梦的人，很可能更为聪明更有创造力。

事实上，愉悦性的白日梦活动是有益于人类身心健康的，既往人们对白日梦的评估是过于负面了，白日梦不是对现实的逃避，而是对现实感受的重构，也可以是对未来的一种愉快展望。当然，抑郁症患者的幻想，会把"生活"想象加工得更为严酷压迫，更需要愉悦性想象来解救这种精神坠落的趋势。承认残酷真相的能力固然对人类很重要，特别是对于精英知识分子，这种能力尤其重要。然而人类更需要在累累绝望之时得到安慰，调适身心，对心理危机进行转化，所以，梦想成真的白日梦是人类自救所需，是安慰剂，也是营养品，起着积极的心理调节作用。①

（二）白日梦愿望达成创作方法

创造超越现实可能性、突破现实障碍的愿望达成的故事，是自神话产生以来的大众文艺常见创作方法，大众文艺与人类的白日梦是同源同构的，是把人类的白日梦更集中更有美学意味地表现出来，可以说，大众文艺的创作方法就是白日梦愿望达成创作方法。

很多世界文学经典，具有其思想性、艺术性的突出优点，但是，它们用营造愿望达成白日梦的方法来构成作品主要内容，并在此基础上进行修正与装饰，以提供更完满的快感与美感，也是无须避讳的事实，那恰恰是它们受到大众欢迎的原因之一，是对人性的体贴尊重。

《红楼梦》作者曹雪芹家族叠经抄家问罪，从钟鸣鼎食的富贵顶峰跌入举家食粥的窘境，作者经历了困窘难堪的生活，而营造带有情色意味的"红楼梦"想象，被人娇宠疼爱的贾宝玉在大观园群芳中，体验温柔富贵乡百般况味的愿望达成梦境，在意淫中与审美对象进行生命情感交流，也许能够把作者的日常生活变得更有意味一些。

法国作家司汤达的小说《红与黑》中，清秀温柔而内心火热的主

---

① 弗洛伊德在《梦的解析》与《创作家与白日梦》中，论述了梦、白日梦与文学创作都源自于人被压抑的欲望，人们从文学作品中得到愿望达成的满足等观念。这种文学观念对后世文学的发展影响深远，同时也不断被质疑、修正、超越。比如他在《创作家与白日梦》中断言：一个幸福的人从来不会去幻想，只有那些愿望难以满足的人才会幻想。这个断言就很容易被证伪，人的愿望是动态发生的，幸福的人也会有很多尚未满足的愿望，会不断产生新的愿望，也会在愿望达成的幻想中、在文艺作品中寻求快乐。美国心理学家保罗·布鲁姆在《快感为什么让我们欲罢不能》中认为，一般美国人闲暇时最爱做的事就是沉迷于白日梦，并从中得到快感。笔者认为弗洛伊德的文学观念与网络文学创作实际非常契合，同时认为白日梦是人类生命体自组织的正常的心理活动，具有多方面的功能，可以依据当代医学、心理学成果对弗洛伊德的文艺理论进行修正，协同解析白日梦现象与文艺现象。参见伍蠡甫主编：《现代西方文论选》，选自［奥］弗洛伊德：《创作家与白日梦》，上海，上海译文出版社，1983；［奥］弗洛伊德：《梦的解析》，北京，中华书局，2013；［美］保罗·布鲁姆：《快感为什么让我们欲罢不能》，沈阳，万卷出版公司，2011。

角于连（木匠的儿子），受到两个美丽的贵族女性的青睐，她们甘愿为主角奉献爱情，为他经受磨难。善良而敏感的市长夫人，对于连的爱情既渴望又害怕，两人的秘密情感如同地下的火山，高傲而浪漫的侯爵小姐玛特儿，对于连主动示好，渴望被他征服，却又希望于连能够展示出足够的魅力，显然故事构成并不是依据文学反映"生活本质"的现实主义逻辑，而是依据一种诗意的白日梦需求，是青年男性对贵族女子的意淫式想象，而这是《红与黑》广受男性青年知识分子欢迎的重要原因。

在莫言的《红高粱》中，"我奶奶"戴凤莲在出嫁的路上，被赶跑劫匪的轿夫余占鳌所吸引，三天后新娘回门，与余占鳌在红高粱地里激情野合（野性生命力的证明），戴凤莲丈夫与其父被人杀死，新娘勇敢地撑起了酿酒厂（"我奶奶"获得产业）。余占鳌在与一个土匪头子对抗后，回来在酒缸里撒了一泡尿，酿就了奇香的好酒（生命力的神秘作用）。九年后，日军强迫乡亲砍倒高粱修建公路，并将酒厂的罗汉大爷剥皮示众，已经成为土匪的余占鳌带领部下与乡亲报复日军，在红高粱地里，用神奇的火罐子炸毁了日军汽车，乡亲们全死了，"我奶奶"也死了，余占鳌父子站在火焰中（死得英烈，活得雄壮）。

在这个"红高粱"梦境里，作者个人的贫困压抑生活体验，与屈辱的民族历史记忆，置换成了愉悦的情色的雄壮悲歌，呈现着野性武勇的英雄、浪漫的野合、火烈神奇的红高粱酒与响彻云霄的酒歌，作品显然是一个色彩强烈的富有动作性的白日梦。

大众电影、电视，特别是好莱坞电影与美剧，以专业制造白日梦体验而影响世界，同时具有成熟的机制，降低其欲望叙事冒犯大众伦理观念的可能。

网络文学各个类型中，都通行着白日梦愿望达成的创作方法，网络文学是强化的白日梦叙事，是结构复杂、更符合情感体验需求、提供高潮体验也更多样的白日梦。一切平凡庸常、饱受挫折的小人物，因为置身于梦境，成为从低处昂起头颅的主角，都最终到达了人类社会或者神话世界的顶峰，因为他们代替读者为成功而奋战，必须如其所愿。

（三）白日梦与逼真感

生活事实永远是不圆满的，但是白日梦叙事遵循人的内心准则——追求愿望的圆满实现，是否反映现实生活的任何真实，其实与作品价值评判关系不大，它们追求的正是脱离现实的羁绊，到达梦想的自由世界。

同时，白日梦叙事又必须营造故事情节的实存感、逼真感，它们常常利用情节与细节的逼真性圈套，引诱读者进入一些不可能有或不能置信的情境中，需要把情境、细节描述与人们的经验相连接，调动人们的视觉、听觉、触觉等感官的感知经验，使得读者情感体验进程具有实时性、现实性，如《红楼梦》那样荒诞的意淫故事，因为作者所展现的细针密线的、写实的生活细节而显得真实。把快感梦境逼真地呈现出来，让梦想成"真"，是一种仁慈，因为真切可感的体验，才能调动读者身心参与，读者才会感受强烈，作品才能达成自己的功能。

"真实"感并不在于与现实生活一致，在叙事作品中，假定性常常是故事的基本前提：假如作者对于故事发生是全知的，假定主角具有特异能力，假定故事是特定的时空、物理条件下发生的，如《西游记》中孙悟空的七十二变，它不可能是现实存在的或者可能存在的，而是顺从人类愿望所做的艺术假定，因为符合人类内心需求，而被人类欣然接受。

假定性并非写作者随心所欲的代名词，作品的假定性是作品构成的一个前提，一旦确立，就在读者内心建立了逻辑情理认知结构，作品就必须遵从逻辑情理的一致性，不能任意改变，在作品演进中，体现这种一致性，比如孙悟空拔根毫毛吹口仙气，叫声："变!"，可以变出无数的化身，人们接受了这种假定性，那么每次一拔一吹才变出人来，人们就觉得是"真实的"，作者改变读者已经接受的这种设定，通常是吃力不讨好的事情。

反过来说，符合逼真性需求的作品，其故事的"真实性"常常经不住生活的逻辑推敲，如贾宝玉衔玉而生，在温柔富贵乡中得趣得意，哈利·波特学会了魔法，并大展神威，都让你感到是"真切"的，但都不可能是生活的真实，由于这些作品满足了人们的快乐需求，人们善意地为作者、主角化解了真实性追问。

对于叙事作品，生活真实常常是"有害"的，将历史与现实中是实存的或者可能发生的事情，但不符合读者内心需求的，或者不符合作品构成逻辑的，搬入作品，反而显得不"真实"，比如历史事实中的关羽有很多自私行为（与作品中义薄云天的关二爷形象不相符），诸葛亮有很多平庸行为（与诸葛武神的睿智不相符），是不可以在《三国演义》作品中存在的，而符合读者内心偶像崇拜需求的，"忠义之神"、"智慧之神"的形象，恰恰是虚构的，因为符合大众期待，符合人物形象的内在一致性而显得"真实"。

一些教科书把《金瓶梅》与《红楼梦》等作品看作是反映了生活真实的百科全书，把作品中梦境的"逼真性"呈现，当作是生活事实或者历史事实，这显然是愚蠢僵化的，把白日梦做得"真实"，是作家的基本功，也是为读者营造快感体验之必须。

不是具有大量写实内容的小说就是现实主义作品，要看作品构成的逻辑情理是什么，是像现实主义理论定义的那样，反映现实生活的"本质真实"与"历史发展规律"，为读者提供认识功能、教育功能，还是用呈现生活景象的逼真手段，制造愿望达成的白日梦梦境?《金瓶梅》与《红楼梦》故事的主体是建构在男性白日梦的基础上的，按照主角愿望达成的情理铺陈情节的，最后又依据色空与因果报应思想来安排结局，《红楼梦》更是系统地建构了现实世界之上的神话世界，作者也明确宣示"红楼梦境"是一种意淫，它们与现实主义精神、作品的基本构成逻辑是完全相悖的。

以现实主义文学标准要求网络文学的写作，会使得写作者不知所措，因为二者的写作目标是完全不同的，大众文艺用白日梦愿望达成的方法，进行欲望叙事，致力于为受众提供情感体验与快感补偿功能，其是否符合现实主义文学真实性标准，其实我们不必在意。

参考文献

理查德·道金斯．自私的基因．北京：中信出版社，2012．

普里戈金．从存在到演化．北京：北京大学出版社，2007．

M. 艾根，P. 舒斯特尔．超循环论．上海：上海译文出版社，1990．

赫尔曼·哈肯．协同学：大自然构成的奥秘．上海：上海译文出版社，2001．

弗洛伊德．梦的解析．北京：中华书局，2013．

诺斯罗普·弗莱．批评的剖析．天津：百花文艺出版社，1998．

马斯洛．自我实现的人．北京：生活·读书·新知三联书店，1987．

保罗·布鲁姆．快感为什么让我们欲罢不能．沈阳：万卷出版公司，2011．

春山茂雄．脑内革命．南京：江苏文艺出版社，2011．

第二章

网络文学的主要写作策略

网络文学的属性与功能，决定了写作者所应选择的相应的写作策略，主要表现在如下几个方面。

一、 营造代入感与愿望—情感共同体

网络文学重视营造读者对作品主角及其故事情境的代入感，创造文学的愿望—情感共同体，这是网络文学功能得以实现的主要通道。

（一）代入感

营造代入感是网络文学实践中的普遍策略，读者能否对作品主角产生"代入感"，亦即读者能否认同、融入主角，感受主角的情感与行为，一起迎接故事情节的高潮，这种读者与主角的融合感是作品成败的关键之一。

对主角产生代入感，是早已有之的接受反应现象。《红楼梦》的读者，对于林黛玉、薛宝钗、贾宝玉、王熙凤等人物，因为高度认同而代入其中，成为红迷一族；张爱玲作品的人物，引起女性读者的迷恋和代入感；J. K. 罗琳的小说《哈利·波特》的人物对于青少年读者的吸附；好莱坞众多电影如《泰坦尼克号》主角引起女性观众的代入感；等等，是普遍的文艺接受反应现象，但是一直就缺少贴切、恰

当的理论阐释。

欧美接受反应文论，为人们探讨网络文学的代入感问题提供了系列路标。阐释学开路人尧斯把接受反应研究重点指向了读者与主角的关系，诺曼·N·霍兰德在其所著的《文学反应动力学》中，则把儿童口唇期的摄入需求当作问题的起点，儿童口唇期常常通过幻想把外界摄入自身，与自身融为一体，以此被动地实现自身需求，这样的能力使人们能够对文艺作品的人物与故事，进行摄入、同化、融合，并进行带有个性色彩的幻想。

依据自组织理论，人们则可以认识到，在幻想中摄入外部事物，是人类生命体天然的本能，原本就在人类的身心中潜藏着，只是在儿童口唇期显性化呈现而已。而随着人的成长，这种能力得到强化，从食物的想象性"摄入"，转化为从文艺作品中摄入、同化、融合人物的身心感受，因为这越来越成为一种愉悦的体验，鼓励了人们的幻想性欣赏行为，并成为习惯性依赖，而文艺创作则顺应并怂恿了人类的这种本能。

（二）愿望—情感共同体

成功的作者善于把握人的愿望，把握受众的接受反应心理，为受众认同主角开辟通道。当读者、观众遇合文艺作品中的主角，对于主角的愿望与动机、情感与伦理倾向产生了认同感，把自己代入主角，一起行动，一起经受挫折考验，一起实现人生愿望，把主角的情感体验，摄入、融合为自身体验，特别是混合着快感与审美冲动的高峰体验，带来震撼感、透亮感、痛快感，此时，幻想界专业人士（作者）、主角、摄入者（读者、观众等受众），因为融合行为的发生，就构成了三位一体的愿望—情感共同体、命运共同体，因为拥有相通的体验、相似的心事而与其他人群不同。

而影响受众认同主角的关键性因素，是主角在自身愿望—动机的支配下，去战胜困难，努力实现愿望的进程。经过受众对主角的移情、代入与融合，随着主角经历奋斗获取胜利，愿望实现，主导人的快乐水平的荷尔蒙分泌显著上升，令人迷醉于喜乐之中。这是无数生化实验证明了的生理现象，也是无数阅读体验能够证明的艺术心理现象。所以网络文学、大众电影显著强调故事中主角的中心地位，脱离主角而发展故事情节，缺少对抗与冲突的情节，是不受欢迎的，因为主角不在场或者没有积极行动的情节，读者失去了关注焦点，因而不会产生兴奋反应。

在网络文学实践中，即时写作、即时连载的小说创作形态，现在进行时的故事形态，令作者—主角—读者三位一体的愿望—情感共同体陷入命运未定感、紧迫感，主角愿望得逞后带来的快感就更为强烈。读者对故事中愿望得逞的快感奖赏机制，产生了上瘾——身心依赖的情形，如同烟瘾、酒瘾，因为期待而焦急，因为满足而快乐，很多网络小说作者善于利用上瘾机制，确实具有精神控制的倾向。上瘾——满足机制是网络作家吸引粉丝，娱乐行业吸引控制受众的秘密之一，这是行业存在的心理基础。

精彩的能够不断提供快感体验的故事，是读者的心灵家园，对此读者是感激和依恋的，希望它天长地久，不要完结。作者要创造出比读者预期更殊异、更强烈、更过瘾的快感体验，才会成为读者膜拜的、主宰精神旅程的大神。一个成功的网络小说家，意味着有一个不断扩张的情感共同体风雨同行，他事实上主宰着共同体的行进方向、喜悦与哀伤，作者也就从中得到精神上超越于大众的快感。对于读者干预故事情节进程的能力不宜高估，对于读者追求快感的欲求则不能低估，对于创作自由的可能性也不应该低估。

同时，网络文学即时写作即时发表传播的情态，读者对作者的赞美与支持，也给予作者及时的快感奖赏，使得作者倾向于持久写作，延长共同体的快感进程，这是网络小说颇多鸿篇巨制的内在原因。

二、 主角定律

遵循主角定律，是大众文艺不断印证其效果的叙事策略，网络文学实践中更是显示了主角定律的威力。

古往今来，大众文艺受众的关键性接受反应心理是主角认同，因而产生了愿望—情感共同体，受众希望主角的愿望能够实现、能够成功、得到更多尊荣，所以在心理趋势上偏向主角，这是由人的自利倾向决定的，主角好就是自己好，偏向主角就是偏向自己，就是在加固愿望—情感共同体，所以，作品偏向主角以赢得读者好感的叙事策略，像山岳一样稳固，这就是通行于大众文艺以及部分知识精英文艺和官方文艺的"主角定律"。

（一）主角的中心地位

在大众文艺中，世界必然是围绕主角运转的，主角站在高处，头顶光环，其他人物像向日葵一样朝着主角开放，故事按照主角的愿望向前发展，在整个人物关系中，主角处于令人艳羡的地位，主角的愿望、意志决定了所有人物的命运和故事结局，作品会给予主角好运气，让其他人物做出符合主角需要的行为。

电影《十诫》作为宗教题材的宏大叙事，以庄严崇高的姿态示人，却通行着男性白日梦特色的主角定律。在故事中，主角摩西是处于奴隶地位的希伯来人的弃婴，上一代埃及公主的养子，成年后身居高位，但是知道真实的身世后，毅然选择回归希伯来人奴隶身份，甘愿与本民族同苦，并因为对希伯来人的神耶和华的坚定信念，而得到神的眷顾，具有与神沟通的特权；主角深受女性欢迎和爱慕，这一代公主深爱他，因为得不到爱的回报而又深恨他，疯狂报复他，主角被流放后，遇到七个美丽的姐妹，个个喜欢他，希望成为他的妻子，其中六个在他面前用舞蹈展现魅力，任由他挑选中意的人，而摩西选择了兼具美德、美貌的长女为妻；因为埃及法老想杀死每户希伯来人的长子，而希伯来人的神耶和华令埃及人的长子死去，并且曾经深爱主角的公主成为法老的妻子，也形同背叛了主角，所以公主的亲子死亡（大众文艺的铁律，背叛主角者会受到惩罚）；最终备受埃及人欺凌的希伯来民族，在摩西带领下愉快地进军"应许之地"约旦河谷，而迫害希伯来人的法老受到惩戒。

主角定律隐藏在宗教神话情境中，使人忽略了主角得到好运气、处于优越地位的真正的缘由：偏向于主角，就是偏向于代入主角的受众，遵从主角定律带来的快感体验，可以令受众的信仰之心更为坚定，这也是重要的宗教传播策略。

《金瓶梅》主角西门庆的欲望满足进程是作品构成的主线，女性人物潘金莲、李瓶儿等扮演着男性欲望对象的角色，潘金莲是热波荡漾的床战伙伴，总在创造极端的淫行，是色情狂的象征，李瓶儿在两次婚姻中与西门庆相互追逐，是狠毒无情的荡妇，最终被西门庆收入家门，却立刻贤淑深情起来，这都是为对应主角欲望而存在的，不同风情对应主角欲望的不同部位。

《红楼梦》主角贾宝玉自谦自抑，而主要女性角色林黛玉、薛宝钗、史湘云、王熙凤等都处于优越地位，各有自己的美丽优雅，都有自己的愿望—动机—行为线索，使《红楼梦》故事呈现出多个女王同住的蜂巢形态。所以她们都成为读者代入对象，都有自己的粉丝人群，"红迷"其实是多个粉丝群体的集聚。这是《红楼梦》独有的叙事策略，为男女读者代入故事情境，留下了多个舒适的入口。但是其实"女王们"都在乎、疼爱贾宝玉，这个大观园中的唯一男性，是不言自明的中心，只有少数次要人物才漠视他，让他领悟了他不能得到所有人的眼泪。贾宝玉没有什么丰功伟业，但是他出走了，《红楼梦》故事就没有存在的必要了，一切就结束了。

（二）创设垫脚石

为了凸显主角的地位，大众文艺常常为主角设置垫脚石式人物，令主角形象更为高大。

在《西游记》中，历史上真实存在的，为求佛法西行取经、经受生死考验的佛教高僧玄奘大师，被严重矮化，"唐僧"反复被妖怪所害，束手就擒，等待徒弟、菩萨与各路神仙相救，是一个软弱无能、教条僵化、好坏不分、心胸狭窄、缺乏主见、遇事慌神的可怜虫。这当然是对历史不负责任的，但是真正的原因不是作者对佛教和历史不敬，也不是要消解崇高，而是大众文艺的主角定律使然，唐僧不幸成为主角孙悟空的垫脚石了。唐僧显示弱点的时刻，都是孙悟空显示优点的时刻，他具有与唐僧相反的品性，勇敢、忠诚、是非分明，是饱经磨难、委屈而不改其志的英雄。孙悟空一脚踩着唐僧的后背，还有一脚踩着猪八戒的后背，猪八戒自私、世俗、愚蠢，经常给取经团队带来灾难，而孙悟空忠于团队，大公无私，牢记使命，总能够解决难题。

类似情形还有《红楼梦》中的贾琏、贾环、薛蟠，他们用自己的猥琐粗俗的行为，凸显贾宝玉的高雅、被女性角色疼爱的优越地位；《金瓶梅》中西门庆的朋友应伯爵等人物的小气猥琐，凸显了主角的豪爽性格与威势，李瓶儿两任丈夫在满足女性欲望方面的无能，凸显了西门庆生理功能的壮大；金庸《笑傲江湖》中令狐冲的垫脚石林平之，同样经历磨难，林平之趋向于身心变形，而令狐冲越加豁达豪放。

这些配角作为垫脚石，一步一步垫高了主角的快感，他们存在的理由与行为逻辑，就是不断尽力成为主角的增高器。

以通常的文学标准来看，潘金莲、李瓶儿与唐僧等人的行为表现，是不符合人物自身的规定性的，但是在世界小说史、电影史与网络小说中，通行着这种不由分说的主角定律：好事归于主角，男女配角围绕主角的欲望运转，并按照主角需要改变自身，若违背这个主角定律，让主角围绕配角的欲望而改变，受众就会对作品百般挑剔。

当然，如果主角使人讨厌，不能使受众产生代入感，则主角偏向就会加倍令人反感。

（三）主角偏向的平衡问题

主角定律经常造成大众文艺中的情感、伦理偏向，主角永远是对的，对手自然是错的，创作者会让主角的敌人死，竞争者死，背叛主角者死，伤害主角利益的各种角色都会受到惩罚，有时候主角的敌人、竞争者的死亡经过伦理包装，也就是说他们犯了该死的错，主角报复惩处他们时在伦理上没有瑕疵。但是有一些竞争者无过错死去，仅仅因为他们站在了主角的对立面，这是赤裸裸的猴群"正义"使然，他（她）死去，仅仅是因为成了猴王（主角）的竞争者，这就会影响到作品的声誉。

在《三国志》等史书中，周瑜是气量恢弘、雄才大略的英豪，是布局天下大势的高手，赤壁之战后，因为箭伤发作而英年早逝，与诸葛亮没有关系。但是在《三国演义》中他成了诸葛亮的竞争对手，于是诸葛亮"三气周瑜"，"气量狭小"的周瑜含恨而亡，诸葛亮还去吊唁，并且凭胆气与雄辩，说服了江东群豪，联手抗曹。偏向于头顶光环的主角而贬低竞争者，以至于斯，而一般读者却欣然接受，历史是胜利者书写的，而历史演义是说书人与小说家制造的。《水浒传》中，很多英雄人物嗜杀，如武松"血溅鸳鸯楼"滥杀二十几人，这些人多数根本是无辜的，也毫不妨碍武松的安全，只是主角需要泄愤，就被杀得痛快，杀个干净，还大书杀人者武松，如此恶质歹徒，头顶主角光环，作者不吝赞美，而成为亿万读者喜爱的英雄，武松的最后结局也就是断臂出家，"惩罚"显然与其罪行不相称。这些主角偏向缺少平衡处置，显得幼稚狭隘，是作品的负资产。

"血溅鸳鸯楼"式的英雄传统，对中国人的伦理认知起着负面的作用，在一定程度上，是形成网络文学暴力倾向的因素之一。成熟的文明，要求对大众文艺的主角偏向进行限制与平衡。

电影《乱世佳人》是充满了伦理争议的大众文艺作品，是分析主角偏向以及进行平衡处置的较有代表性的案例。女主角塔拉庄园的小姐斯嘉丽，在美国南北战争爆发前夕和战争中，先后拥有多名男性爱慕者并有两位丈夫为她而死，留下了遗产，后来与一直爱她的白瑞德结了婚（英俊而多金，对主角的奖赏）。女儿邦妮出生，白瑞德把全部感情投注到她身上（女儿成为主角感情的竞争者），女儿邦妮意外坠马摔断了脖子（竞争者死去）。女主角的另一个竞争者贤德女性梅兰妮，因怀孕和操劳过度卧病不起临终（竞争者死去）前，她把自己的丈夫艾希礼和儿子托付给斯嘉丽（竞争者做了主角期待的事情），斯嘉丽不顾一切扑向自己一直喜欢的艾希礼怀中，紧紧拥抱住他，丈夫白瑞德无法忍受转身离去，与她彻底分手（对主角的惩戒）。主角最终失去了所有男人，但是她还拥有土地和财富。

流潋紫的《后宫·甄嬛传》中主角偏向显然与此相似，面临的批评也相似，甄嬛的女性竞争者全部死去，她们总是想害主角，却最终帮了主角的忙，最终阻碍她得到最高权力的皇帝也在关键时刻死去，主角的每一个愿望都能实现，包括得到热爱与赞誉，包括成为最高统治者，但是主角也成为孤家寡人。

主角为了生存和成功而不择手段，主角的竞争者死去等，其实反映了人类的利己本能的欲求，生存（利己本能）可能是一种难以否定的本能，但是利他主义美德，显见对于人类整体的文明延续意义重大，所以这类作品的主角偏向的平衡处置，是让主角最终失去爱情，失去亲人，但是走向了独立自主的人生。这样处置可以平息一些争议，而那些配角的冤死仍然会令人感到心中不安，给人们带来持久的伦理困惑。对于代入女主角的女性受众而言，这种平衡已经足够了，而对于某些严酷的男性评论家这还不够。

但还能怎样呢？

（四）网络文学主角：世界的主神

网络小说变本加厉地继承发展了主角定律，如同单一神祇的神话，故事主体是主角欲望实现的进程，主角是故事世界中重要成果的享有者，写作的中心任务是让主角爽、让主角身心得到全面快慰。

网络小说的一般读者通常不接受主角像刘备、关羽、张飞那样难堪的死亡，孙悟空那样为人作嫁，西门庆那样最终身败名裂，林黛玉那样死得绝望凄惶。大多数网络小说作品主角的结局，是大获全胜，圆满美爽，要死也要死得美丽好看，死得悲壮，是更为对症下药的白日梦偏方。

网络文学秉持主角偏向的宗旨，发展了升级策略与金手指策略。目前，网络文学读者群体主要是青年，更为强化主角不断成长升级的快感，故事通常是从主角弱小时开始，经过努力，战胜对手，克服困难，在人生旅程中、在社会台阶上、在修炼等级上，不断取得进步，这种愿望导致作品为主角设置了许多升级台阶，直至世界顶峰，主角从胜利走向胜利不断升级的形态，显著影响了人物关系设置、故事情节走向与作品的整体格局。

而在主角弱小时，为了在起步阶段能够快速成长，超越同侪而显得英明神武，经常为主角安排"金手指"措施，比如穿越小说中，主角穿越到古代去，利用现代知识、知晓历史发展过程的优势，占古代人的便宜，如果再带上装满现代知识的笔记本电脑和太阳能电池，那就能把整个现代知识体系搬到古代去了，可以创造古人艳羡佩服的奇迹；奇幻小说主角获得古代典籍，其中藏着重大秘密，或者是一个戒指中隐藏着无所不知的古老灵魂，帮助主角在修炼道路上迅速超过同辈，如此等等，都是老套而又有效的，偏向主角赢得读者好感的招数，只要稍微变幻一些花样就行。

网络小说特别是男性小说，普遍存在更为严重的主角伦理偏向，竞争者会各种倒霉，乃至无过错死去，有些人气作品几乎在故事每个阶段，都会为主角安排一些配角，被主角欺辱，在身体上或者精神上被主角"打脸"，让主角和读者感到爽，"打脸"成为跨类别的写作策略，却普遍不怎么在意平衡处置，主角肆意妄为，就使作品显得幼稚和俗气，这是网络文学还处于少年时代的显著标志。

三、 市场策略

通过市场表现出来的读者需求，显著影响着写作策略，创作者会据此选择自己的目标观众、差异化与文学性策略。

（一）满足读者群的特定需求

网络文学具有明确的读者分群意识，为读者的特定需求创立了各种小说类型、流派和风格，集聚了各自的阅读人群，面对不同的读者群体、故事的愿望主题，快感模式有所不同。比如通常人们喜欢主角成功的舒爽故事，但就有一些人喜欢主角被虐的故事，就会出现一些主角被虐而读者狂哭，然后心境甜美舒适的阅读景象。比如水明石的《杨戬——人生长恨水长东》，主角杨戬为自己所爱默默付出，却无人知晓，且被人百般误解、百般虐待，最后真心才被人明了，压抑心情得以释放，赢得了悲剧爱好者或者被虐狂的喜爱，还有人表示，要更虐一些才更爽，当没有可以泪奔的作品时，就会经常重温这些被虐经典，这种作品虽然接受度不广，但是却吸引了一批死忠。

而最大的读者分类是男性、女性，两大人群的阅读需求得到了充分关照，形成了男书与女书的分野，男性、女性网站或者频道的分野。

在小说类型中，"硬质小说"如玄幻、修真、武侠、军事、历史小说，更招惹男性读者的热情，软性读物如言情、宫斗、青春、校园等类型小说，则以女性读者为主要对象，但真正区别男书与女书的，是作品男女主角的不同的愿望—情感形态、不同的实现愿望的快感模式。女性读者对女性作家笔下的女主角，男性读者对男性作家笔下的男主角，才容易有代入感，男女两性的愿望与情感经常是隔膜乃至对立的。

以历史小说为例，在男书中，男性主角纵横于官场、战场与情场，大动干戈，大开大合，总是能够迅速获得权力、财富、美人，到达人生顶峰。在这个男性快感模式中，女性是男性的欲望对象。欲望对象目标人物出现，网络文学的男性读者就眯起眼睛，进入男性白日梦心理模式，他的快感预期就会升腾，眼前这个世界，是按照男性主角愿望得逞的需要而运转的。

而在女性历史小说、女性白日梦的集大成者"宫斗小说"中，主要故事构成是在宫廷情景中，一群女人依靠口舌之争，斗出荣华富贵，斗得江山色变，女主角愿望都能实现，而男人们疯狂地爱着女主角，为女主角实现各种愿望承担后果。而人群以此分为两拨，一群是泪流满面沉醉于宫斗故事的女性读者，另一群是她们小心翼翼的男友和丈夫（其实内心有所不满）。

由此可知，男女两性是不可能共有梦境的，他们会在一起过日子，生儿育女，然而不会一起看网络小说。因此男性评论家会给予宫斗小说《后宫·甄嬛传》、《步步惊心》[1] 低评，而女性评论家则可能认为它们意义非凡。

（二）差异化市场策略

在一个竞争性市场中，与他人不同是很重要的叙事策略，特别是同一时间出现的同类型文艺作品，如果没有显著差异，就很难吸引受众的兴趣，跟风之作从来不会取得成功，因为人类天然地会对新鲜的

---

[1] 参见桐华：《步步惊心》，长沙，湖南文艺出版社，2011。根据《步步惊心》改编的同名电视剧引起轰动，与《后宫·甄嬛传》一起成为宫斗潮流的代表作。

信息感到兴奋。市场竞争其实是鼓励创新的发动机，这正是好莱坞电影、美剧与中国网络文学花样繁多的原因之一。

美剧的市场经验丰富，比较同为政治题材的美剧《白宫群英》与《纸牌屋》的创作策略，可以对"市场"多一些认识。

《白宫群英》以写实风格而大获好评，情节大部分都是围绕主角巴特勒总统和幕僚的政治生活来展开，对主角和他的自由主义路线，进行了理想化呈现，他遵从宪政法规，深爱家人，忠于婚姻，是道德完人，在经济建设和社会发展上成绩辉煌，在对外事务上果断、强硬，是智慧而坚定的领袖。在长达七年的播映中，《白宫群英》几乎探讨了美国政治生活的每一个细节，堪称是美国政治生活的百科全书，也可以说它是用大众文艺的手段，宣扬美国式价值观的"政治童话"。

《白宫群英》珠玉在前，逼得后来的官场剧、政治剧必须另辟蹊径，因为观众不会期待另一个"白宫好"的剧集。《纸牌屋》就有意与《白宫群英》相反，主角同样是民主党人，也用政客生活情节的展现，营造出政坛的"逼真感"，但是其旨趣在于满足大众的政治秘密窥探欲，用夸张的剧情揭秘美国政坛的黑暗（其实改编自英国原著）。主角作为党鞭，屡屡背叛党的利益，为了满足权力欲，采取包括诽谤、贿赂、谋杀在内的一切手段击倒对手，私德也很糜烂，还亲手杀人。厉害的政客绝不会陷身于黑社会式的搏杀，政治的黑暗也并不体现于私斗，然而，这可能是观众愿意看到的"政治活动"的情节，他们喜欢传奇，喜欢肉身刺激。

如果以为《白宫群英》与《纸牌屋》是政治生活的"真实反映"，那就被制造者蒙住了。用政治生活图景满足受众的权力想象需求，白也好，黑也好，都是不同的市场策略而已，创作者并不在乎是否能够反映美国政治生活的本质。

这种差异化市场策略在网络小说中，多有表现。作者们为了不一样而拼命地不一样，在同一个小说类型中，力求在故事的世界设定、历史背景、人物性格与人物关系、价值观各方面，与他人有所差异。

以价值观差异而论，网络小说中传统的光明价值观与暗黑流的竞争很是明显，反映了作者与读者的不同需求，官场小说既有录事参军的《重生之官道》等理想化加意淫的小说，使读者甘愿代入主角，体会节节高升的快感，也有许多揭黑的官场小说，处处潜规则、处处暗黑的情节，满足读者窥私欲望，或者让读者产生自己比人物更高尚的伦理优越感，与明清官场谴责小说，欧美政治黑幕小说、影视剧相通。在修真小说中，有主角信奉光明伦理的作品，如萧潜的《飘邈之旅》，也有人人互相残害的暗黑流作品，如忘语的《凡人修仙传》等。

价值观认知与市场策略选择纠缠在一起，形成大众文艺显著的黑白两个传统，文学是人学，尤其是关于人类欲望的价值判断的学说，说到底，市场策略是对人性的不同把握，歌颂"白"与揭露"黑"，都反映了人类灵魂海洋中的复杂潜流。但是这种价值观差异策略，如果明显违背人类基本伦理准则，那么即使一时取得市场成功，也会在整个社会中遭到失败。

（三）审美化与伦理化的欲望叙事策略

网络文学由于即时写作、即时发表的特性，一般作品确实显得粗鄙直白，需要强化文学性，在文学的一般要求如语言、谋篇布局、人物刻画诸方面多下工夫，特别是要加深欲望叙事的内涵，改变直奔肉欲满足的初级阶段形态。

网络文学作品赢得文学素养较高人群的赞誉，或者"纯文学"赢得市场销量的共同策略，是对私人领域的欲望进行审美化、伦理化叙事，这也是网络文学最需要向经典文学作品学习的地方。

一些世界经典小说，以欲望叙事为基础，却折腾出人性深度或者社会思想意义，提供特殊的快感与美感，也提供伦理判断，看起来与大众文艺差异很大，但是两者之间并无不可逾越的鸿沟。经典作家如梅里美、莫泊桑、司汤达、托尔斯泰、茨威格、纳博科夫等等，是不同社会背景、不同时代的表现人类欲望、描画人类灵魂的高手，然而其作品具有一个共性，就是他们对人类欲望进行了显著的审美化、伦理化处置。

托尔斯泰的《复活》故事构成就是一个典型的男性本能（占有纯洁的少女）与道德欲（救援风尘女子）的欲望叙事，这两种欲望的诱惑是男人一生中通常会面临的，有时候男人会同时具有这两种相反的欲望。男主角聂赫留朵夫公爵，大学时代引诱了姑妈家的养女兼婢女卡秋莎（后来名为玛丝洛娃），一个有点斜眼的美丽少女，男主角对她始乱终弃，卡秋莎怀孕后被赶出家门，后来沦为妓女，因被指控谋财害命而受到审判。男主角以陪审员的身份出庭，认出了从前被他引诱的女人，良心受到冲击，因此为她奔走申冤，并要同她结婚，以赎回自己的罪过，玛丝洛娃悲愤地指责他，是在利用她来拯救自己的灵魂。上诉失败后，聂赫留朵夫陪她流放西伯利亚，她感动了，原谅了他，但为了不损害他的名誉和地位，她最终没有和他结婚，而同一个革命者结合（多么体贴主角，道德欲得以满足，却不用承担代价）。故事主体与一般大众文学的欲望叙事相似，但故事是在主角宗教精神复活的过程中展开的，作品为思想性评判提供了特殊领域，它就"经典化"了。

茨威格的《一个陌生女人的来信》中，一个作家收到一封奇特的信，一个女子从前暗恋他，后来为他献身，并有了孩子，但是却不让他知道，独自依靠卖笑来抚养孩子，直到孩子病逝，自己也油尽灯枯，才给男主角写信，倾诉哀痛的心情，一个年轻时备受爱慕的浪漫的小说家，与一个为爱执著、为爱牺牲很多年的凄美女人，令男女两性读者都有角色认同，都为女主角的哀情而伤感，而男性听到一个默默爱着自己的女人的最终倾诉，会更多一份感动。

这种转一个弯子的欲望叙事，审美化、伦理化的欲望叙事，是一个很重要的文学传统，也是作家面对市场的一个策略。中国现代作家郁达夫的作品《沉沦》、《迟桂花》、《春风微醉的夜晚》，虽然情景不同，但其实都是同一个故事范式，一个伤感的文弱的男主角，在肥白的母性味道浓烈的女性那里寻求温柔的安慰；张爱玲作品的主角总是在暧昧情感中冒险与挣扎；沈从文作品中，淳朴的故乡、美丽的村姑，是对游子身心的最后承接；贾平凹的才子书《废都》更是围绕着男性欲望而建构，男主角备受女性人物的疼爱、仰慕。然而在这些欲望叙事的容器里，勾兑了心理探索的意味和独特的审美情趣，经得住岁月淘洗，能永久发出自己的人性光华。

日本文学中，介于纯文学与通俗文学之间的"中间小说"，主要叙事策略也是如此。如渡边淳一的《失乐园》男女主角在肉欲中挣扎，又对生命与爱情深感绝望，于是按照计划好的那样双双殉情，其实是在表现爱欲的极致体验。村上春树的《挪威的森林》也有相似性，男主角渡边与一个精神状态异常的女孩直子陷入情欲纠缠，又与温暖人心的女孩绿子互生爱慕，故事游走在纯情与精神猎奇的中间地带，却笼罩在伤感迷惘的气氛里。这种在情欲世界中淘宝，调和文学理想与市场属性的策略，很能讨好全世界的文艺青年。

网络文学并不会自外于文学传统，也不必低估读者的审美欲求和能力，在受到广泛赞誉的网络文学作品那里，可以很清晰地看到审美化、伦理化的欲望叙事策略，为文学批评与新闻传播提供了言说的理由。树下野狐的作品如《搜神记》的女主角都极有个性辨识度又独具美态，令读者用"搜神"的眼光看待异性；烟雨江南的《褒渎》由于对人性深度的挖掘，对宗教伦理的颠覆性、反叛性重构，为读者提供了精神迷宫，影响了同类作品的创作；猫腻的作品《庆余年》、《间客》中的男女恋爱过程颇具"审美性"，犹如兜兜转转的现代校园爱情，而不是直奔肉欲而去；流潋紫的《后宫·甄嬛传》等女性历史小说借鉴《红楼梦》情趣，对女性各色欲望的吟诵玩味，却正是女文青的最爱，这些"文艺青年"的趣味，其实增加了作品的魅力，具有审美价值的网络文学作品，也会更有机会进入文学史写作，增加了作品的社会接受度。

参考文献

汉斯·罗伯特·尧斯．审美经验与文学解释学．转引自王岳川．20世纪西方文论研究丛书：接受反应文论．济南：山东教育出版社，1998.

诺曼·N·霍兰德．文学反应动力学．上海：上海人民出版社，1991.

第三章

网络文学的形态

网络文学具备神话故事形态，也具备类型小说的作品形态，而这也是大众文艺的显著共性。从形态层面认识网络文学，有助于创作者明晰网络文学创作的特点。

一、 网络文学的神话形态

大众文艺都是欲望叙事谱系成员，是神话的后裔，或多或少地都体现出神话基因，网络文学的神话形态更为显著。

人类与自己创造的大众文艺具有天然的神性，造神是人类永恒的需求：创造大德的神，让自己来拜服，如圣经神话与中国上古神话的主角是道德的化身，是德能兼备的神，负责管理人类的精神秩序，是世界的最终主宰和裁决者；或者创造一个大能的神，他的欲望与意志得以充分伸张，如北欧神话、希腊神话都是大神的"成功史"，主角都具有通天彻地的神通，并为维护自己的统治，实现自己的权力、情爱的目标而努力奋斗，他们更为凡人所认同，而人类代入大能的神话主角，可以体验实现愿望、支配世界的快感。这些大德与大能的神是整个大众文艺的精神鼻祖，他们也化身万千，变为网络文学诸多主角。

（一）北欧神话与奇幻文学

流行于欧美乃至整个世界的现代奇幻文学，就是北欧神话、希腊神话、圣经神话、凯尔特神话的后裔，又常以北欧神话为基本构架，无数文艺作品创作者，从神话中看到了自己的内心，繁衍了自己的奇幻故事。这里以北欧神话与奇幻文艺的流变说明神话对大众文艺的影响。

北欧神话主神奥丁兄弟杀死元初巨人，以其尸体创造世界，以树木为材料创造男人和女人，繁衍出人类，并与巨人的后裔世代爱恨纠缠，直至"诸神的黄昏"，诸神与巨人族的多数成员同归于尽。托尔金受此启发，创造了《魔戒》的神话世界，开创了现代奇幻文学的神话谱系，北欧神话诸神、诸种族在奇幻文学、电影、电视剧中不断繁衍后代。

主神奥丁为了获得智慧，甘愿挖出一只眼睛投入智慧泉中，因而看到了整个神族的末日："诸神的黄昏"之战，从此他在人界四处搜寻勇士英魂，甚至在人间挑动战争，以让最好的勇士尽早魂归麾下，以作为末日大战中神族一方的战士，他将勇士们的灵魂安置在瓦尔哈拉神殿，白天以战斗为戏，晚上则狂饮狂欢。奥丁还派遣女神，往来于各地战场搜寻勇士灵魂，如果战斗未分胜败，她们也会按照自己的喜好加入一方，因此她们被称作女武神。北欧勇士们笃信战死沙场者的灵魂可进入瓦尔哈拉神殿，老病而死者的灵魂只能去阴暗恐怖的冥国，因此，英勇的男儿浑不畏死，精神勃发时可进入"狂战士"状态，勇力倍增。[①] 而"诸神的黄昏"、"神殿"与"狂战士"，就成为许多奇幻小说，电影、游戏的故事架构、场景与角色的原型，也是网络奇幻文学的重要元素。

---

① 诸神的黄昏、神殿与狂战士的故事参见石琴娥、斯文译：《埃达》，南京，译林出版社，2000。

瓦格纳的著名歌剧《尼伯龙根的指环》与后来的同名电影都是根据北欧神话中女武神与英雄的故事改编的，电影《尼伯龙根的指环》主要讲述英雄齐格弗里德与女武神之首、冰岛女王伯仑希尔·米颜的爱恋故事，两人邂逅相恋，约定在齐格弗里德完成游历后相聚，后来齐格弗里德屠龙夺宝，获得龙之宝藏的同时，也继承了宝藏中的诅咒，被敌人陷害而死，伯仑希尔为其复仇，并自刎殉情。

这种神与英雄的命运悲剧元素，也在科幻文艺如美国电影《星球大战》、日本作家田中芳树的小说《银河英雄传说》中遗传不绝。太空题材科幻电影、小说正是因为对神话思维、神话世界构造、英雄与神的性格与命运的诸多继承，常被看作是太空时代的神话。现代人面对茫茫宇宙，与几千年前的神话创作者，可能具有一样的茫然而跃跃欲试的心情，这个巨大的不知底细的世界，只能是大神的舞台。

（二）明清小说的造神传统

在欧亚大陆东端，同样有着绵延不绝的神话传统，从明清小说经典名著的造神思维，就可以看出神话传统对其故事形态的影响。

《西游记》、《封神榜》等神魔小说，创造了自己完整而封闭的神话世界，既是对佛教、道教神话世界架构的融合，也是人间皇朝统治的镜像，它们继承发展了中国庞大的神仙系统，而主角们在神佛的世界里，通过战斗完成了佛祖或上天安排的使命，也实现了自己的愿望，把个人意志与神佛使命融合在一起。而《聊斋志异》则是在东方神佛神话背景下，创造仙、灵、妖、魔、鬼、怪飞舞的局部世界，凡人在其中体验各种情感经历，特别是贫穷的书生得到各类身份美女的垂青，多数故事体现出神性与人间性的融合。

在《红楼梦》中，主角来自于青埂峰下，是一块女娲炼石补天剩下的顽石，因为痛感"无才可去补苍天"，才到人间体验荣华富贵生活，他与一众神仙僧道关系特殊，并且最终回归仙界；《镜花缘》与此相似，是百花仙子在天界犯了错误，被贬谪下凡，化身为人间的美貌才女。这类故事中身份特殊的主角是连接神仙界与凡人界的关节点，也是吸引读者代入主角进入故事情境的重要手段。

《水浒传》在整体架构上是道教神话的神明们，在人世间演化的天道命数故事。大宋开国皇帝宋太祖是霹雳大仙的化身，第五位皇帝宋仁宗，是赤脚大仙的化身，在仙界的帮助下，大宋度过一段繁荣昌盛的时期。嘉祐三年，天下瘟疫盛行，太尉洪信奉旨抵达龙虎山的上清宫，祈禳瘟疫，完成使命离开之前，执意进入了一座封闭的殿宇，看见一座石碑上凿有"遇洪而开"几个字，难以抵挡好奇诱惑，命人掘开石碑下面的大石板：一道黑云从地穴中冲了出来，裂作百十道金光，向四面八方散去，他们就是数十年后化身为绿林英雄的三十六员天罡星和七十二员地煞星。

后来，宋江梦遇九天玄女，觉悟自己乃是"星主"，应该承担天命，九天玄女送他天书，帮助他成为梁山聚义团伙的领袖。招安、征辽、打方腊，都是"替天行道"的应命之举，所以梁山好汉只能听从。与这个神话框架相对应，多数好汉都有自己不同凡响的特长，甚至于具有神通，也都确认了作为兄弟的命定情义。他们的结局是死于战场、出家、自杀、被害死，还是寿终，也都是命运使然。最后天罡星回归天界，地煞星潜入地中，死后成神，为人间祭拜，也是一种大团圆收场，强化了天命故事的完整性。

这些明清小说把自己打造成神话的模样，主要人物来自于神仙界，其实也是读者偏向所致，读者喜欢这种代入神话故事主角、参与天地宇宙大事的感觉，扮演"与众不同"、"身负使命"、"一身系于天地国家气运"的角色，是一种隐秘难言的快感。在大众文艺中，主角拥有特殊的身份，是常见的吸引读者代入角色的招数。

《三国演义》是最为接近写实小说的作品，但其实也浸透着神话精神，是制造"伪神"的典范，它更能说明人们为何需要神话。关羽成神，并在清朝最终晋级为"关武大帝"，依据主要来自于《三国演义》及其话本前身中的形象塑造，对照产生于晋朝的《三国志》等历史著作，定型于明朝的《三国演义》中，关羽的光辉事迹都来自虚构，而虚构的方向是彰显关羽的忠义武勇，使其成为大众的伦理、人格榜样。

请看关羽简历的真伪：桃园三结义——《三国志》等史籍中没有刘关张结义的记载；关羽温酒斩华雄——虚构的事迹；斩颜良，诛文丑——斩颜良确有其事，诛文丑是虚构；过五关，斩六将——关羽离开曹营，直接南下汝南投奔刘备，"过五关，斩六将"是虚构的；华容道义释曹操——在华容道拦截曹操的是刘备，而且刘备去晚了，被曹操跑掉了；关羽单刀赴会——实为鲁肃单刀会关羽；麦城拒降——史实是关羽被围，孙权使人劝降，关羽诈降，在城头虚插旌旗，暗从别门撤退，却被吕蒙半路截杀；关羽很拉风的八十二斤青龙偃月刀也是虚构的，骑将不可能使用如此笨重的、战斗实效低的兵器，在战场上那是找死。这些光辉事迹，竟然只有斩颜良确有其事，其他都是从别处挪用，或者索性是虚构的。

这些虚构而来的故事经常被当成历史本身，据此，数百年来在官方与民间合谋下，人们一再为关羽封神晋级，而遍地香火的关帝庙则参与了人们的精神塑造，参与了历史进程。造神比之于事实描绘，更能满足受众的心理需求，造神的一般过程是：按照创作者与受众的愿望，对人物进行理想化虚构，然后通过各种途径强化传播，经过官方仪式予以确认，故事就成了"神迹"与"真相"。

(三) 网络文学的神话形态

网络文学与神话在人类精神领域是同源同构的。数百年来，随着理性思维的崛起，文学的幻想性受到压制，神话创作消亡，写实文学如现实主义文学一度成为文学主流，但是20世纪以来，在世界范围内，神话文学的潮流再次回归，这是人类精神再平衡的需要。这个潮流在中国主要体现在网络小说中，它跨越现实主义文学与现代主义文学，把神话基因显性化，是对神话故事形态的创造性重置。

东西方神话主人公为了实现自己的愿望、体现自身的意志，运用不受现实条件限制的神力，战胜对手，克服阻力，创造非现实的"神的事迹"，这就是神话的主要内容，神话故事是人类白日梦的经典性呈现，是最疯狂、最坚定的，超越现实可能性，突破所有现实障碍的愿望达成的事迹。

而把神话中的"神"置换为人类主人公，由普通人类经过修炼战斗而成为"神"，并创造"神迹"，那就是奇幻、玄幻、修真、仙侠小说的故事形态。说不得大师的《佣兵天下》、天蚕土豆的《斗破苍穹》等小说的主角在别人创造的世界里，从凡人修炼成神；而烟雨江南的《褒渎》、我吃西红柿的《盘龙》、《星辰变》的主角修炼成神后，创造出自己的"宇宙"或者空间领域；辰东的《神墓》、跳舞的《恶魔法则》主角原本就是神，却因为某些变故，失去了记忆和能力，觉醒后经过修炼，变为更厉害的神。他们与神话主角的区别主要在于，神话主角的神力其来源语焉不详，而他们经过不断修炼升级而成神。修炼升级的体系在原始神话时代，还没有来得及发明，在明清小说中有所萌芽，在现代欧美奇幻文学，特别是在中国网络文学中才逐渐发展成熟起来，而不断升级进步的感受，更符合现代读者的心理需求。

有些网络小说作品，与《水浒传》意趣相同，佛道相融合的神仙世界支配着人物穿梭时空。月关的《回到明朝当王爷》主角穿越到明朝正德年间，就是出于阎王主宰的地狱系统的安排；在张小花的《史上第一混乱》中，同样是阎王的部下判官们出错，导致整个东方天庭与地狱系统忙着弥补错误，把各朝代的开国皇帝们、名人们弄到了现代社会，这就把人间与神仙世界焊接在了一起，人间也成为神话世界的一部分。

在都市小说中，在人们的日常经验世界里，一般人受到物理、时空规则的约束，但是小说主角们却能够具有不受现实规则约束的超能，犹如较低等级的神仙，如网络都市异能小说跳舞的《天王》主角陈潇，可以通过获取别人的DNA获得别人的异能，逐渐进化成神仙一样的人物，跳舞的《邪气凛然》主角陈阳能够控制自己的运气、横行于世界各地的黑社会，他们在现实生活中创造神迹，实现自身愿望，除暴安良，帮助亲人，令周边群众对主角仰慕、佩服、信赖。

都市重生小说、历史穿越小说的主角通常并不具备异能，即使修炼武功有成，也就是一个武林高手，不足以凭借武功创造出神迹，但是他们能够像神那样获得成功。如天使奥斯卡的《1911新中华》主角穿越后在短短的数年内，开创了强大的"新中华"，对世界局势有决定性影响；更俗的《重生之官道商途》主角，还是在校生，就已经对世界科技发展与金融运作举足轻重，这样的成功故事与神话具有内在的一致性：他们凭借现代人对历史进程的"预知"，让个人的欲望和意志可以无障碍地实现，主角实际上等同于一个具有预见力的神，其预见力、智慧创造了根本没有现实可能性的神迹。

在受到欢迎的网络文学作品中，很难寻觅反映真实的现实生活的故事，神话传奇故事是网络文学的主流故事形态，因为人们需要各种神力、好运的想象，需要与现实生活不同的新鲜神话，而网络作家也只有创造出被广泛欢迎的新神话，才能成为公认的"大神"。

（四）神话创作思维

古代神话、明清小说、欧美奇幻文艺、网络文学，其创作思维与写实文学迥异，具有神话思维的两个重要特点，明了此中道理，可为作者"造神"指明方向。

其一，神话思维具有超越性。

神话主角突破时空、物理、种族、社会文化等规则，具有超现实的神通，能够创造任何物质与意识，其实是人类的欲望支配着神话主角、塑造着神话世界，欲望是神话世界的最终的造物主。

神并非不能失败，神也不一定是荣华富贵的享有者，神的最大特征是能够按照自己的意志创造世界，为世界制定规则，北欧神话主角奥丁兄弟用巨人尸体创造世界，用树枝创造人类，中国上古神话中女娲用泥土造人，打破了物理规则、生物规则；托尔金的《魔戒》神话中，创世神在思维中形成了诸神，在与诸神的合唱中，令世界在虚空中产生，这是打破了物质与意识的界限；我吃西红柿的《星辰变》主角秦羽修炼成神之后，利用宇宙"原始能量"，创造了自己的宇宙、自己的时空法则，这是打破了现存宇宙时空的规则。一切人类能够感知到的现实束缚，恰好是神话主角刻意要打破的，并构建超越于人世间的神话世界。

人们在欣赏神话与神话形态文艺作品的时候，把自己代入神话主角，把神话故事当作是真人真事，用神的心态和眼光接受神话世界，得以暂时超越现实世界的各种束缚，体验意志自由飞扬、愿望圆满得逞的快感；现代大众文艺恢复神话的造神功能，使人类接受人人皆可成神的念头，因此就把人从单一神祇的精神奴役中解放出来；神话以万物有灵论为基础，任何动物、植物都有自己的灵魂，精灵、兽人、树人与人类在精神上并肩而立，因此把人类从自大迷狂中解放出来，更能够与自然和谐相处；神话具有普世性，神话元素如孙悟空的金箍棒、哈利·波特的魔法杖，可以超越民族国家疆界，被世界各地的人们所认同、吸纳，因此超越了种族文化的局限性，有助于人类文明的整体性认知。

其二，神话思维具有整体性和象征性。

神话世界通常是一个非现实的整体的世界，用局部代替整体的方式指称世界，比如圣经神话中"伊甸园"象征着人类的精神故园，联系着人类与造物主的关系，"天国"象征着理想国度，是人们向往之境，它们都没有确定的时空位置。正是这种不确定，把神话故事从其特定性中解放出来，成为物质世界与精神世界中许多情境的象征，成为人类精神世界的核心词汇。

神话思维用象征直接覆盖人类精神领域。象征思维先于逻辑思维而存在，是人类最原初、最基本的思维方式，是人类知识和文化的根基①，而大众文艺创作者恰恰是保存象征思维成果，并予以创新的有功之士。

人类对逻辑思维、理性和科学的崇拜，实际上使人类思维变得僵化。人既可以是进化论的信徒，也可以是自由的神灵。自发生长的欧美奇幻文艺与网络小说，复活、兴旺了神话的象征思维与灵性思维，体现着精神寻根的冲动，这也是人类文明自动纠偏的自组织功能在起作用，有助于人类从科学主义的思想牢笼中解放自身，保持鲜活的心灵，使人们更有创造性。

当人们在讨论网络文学功用时，如果只是关注大众文学的通俗性、资本运作与粉丝经济等，那简直是暴殄天物，相当于把一片森林只看作是木材、药材的来源，而森林原本是万物共生共长的家园，这里万物吟唱，万物互相依赖、倾诉，每一片绿叶都在向你传送灵魂的力量和宇宙的信息。

网络文学带领人们回归神话家园，网络文学的繁荣，是人性与神性的共同繁荣，激发出文艺创作的更多可能性，网络作家们自由创设自己的神、自己的宇宙，使每个人的精神领土得到无限扩张，使人类更为自由与富有。

二、　网络文学的类型形态

大众文艺作品的类型化现象，是在创作实践中自发形成的，而不是在文艺理论的指导、设计下产生的，明清小说、好莱坞电影、美剧与网络文学都具有丰富的类型形态。

---

① 神话思维具有整体性与象征性参见（德）恩斯特·卡西尔：《神话思维》，北京，中国社会科学出版社，1992。

（一）大众文艺常见类型

比较明清小说与网络小说的类型名单，可以发现彼此在作品类型形态上的内在相像，明清小说的类型以今天之公认，有历史演义小说，英雄传奇小说，神魔小说，世情、人情小说，公案小说，讽刺、谴责（官场）小说，侠义小说等等。而网络小说主流类型有奇幻、玄幻、修真、仙侠、武侠小说，还有都市小说、爱情小说、历史小说、军事小说、官场小说、惊悚小说等等，明清小说与网络小说类型名称不同，是在各自的社会文化条件下约定俗成的，但具有相通的人类欲望基础，每个类型都是为满足大众的特定需求而产生的。

在好莱坞电影发展史中，观众的喜好推动了类型形态的演变，决定了创作者的叙事策略与惯例，大型制片企业针对不同的观众需求，生产不同类型的影片，根据观众反馈，总结出最能吸引观众的故事模式和电影技巧，电影创作的各个环节都向成功模式靠拢，与之配套，这种细分市场的成功实践，确立完善了各种电影类型。虽然每种类型只能满足部分观众的特定需求，但满足的程度大为提升。经过数十年的历史变迁，现在常见的电影类型有奇幻片、科幻片、爱情片、历史片、文艺/剧情片、警匪/犯罪片、政治片、灾难片、动作/冒险片、恐怖/惊悚片、悬疑片、喜剧片、西部片等①，与网络小说的类型高度相似。事实上，网络小说类型是在好莱坞电影与美剧的刺激启发下形成的，是好莱坞电影类型的对应性生长，也可以说，现代大众的心理需求是基本相似的，所以满足特定需求的作品类型也是相似的。

（二）小说类型发生原理

世界各地不同文化背景、不同发展阶段的社会，流行的大众文艺类型颇有相同相似之处，这反映了人类情感需求的共性。网络文学从

---

① 参见（美）托马斯·沙兹：《好莱坞类型电影》，台北，台湾远流出版公司，1999。

产生之时起，就遵从类型小说、类型电影电视剧的传统，追求小说类型形式因素与情感体验功能的统一。

人的情感，是生命体对外部世界与自身状态是否符合自身需要，而做出的诸种反应，人的每一种情感对于自身的生存、发展、繁衍都具有重要意义。它支配生命体通过各种途径，达成情感体验的满足，以保持人的情感能力处于鲜活状态。小说创作与阅读，也正是这样为满足人们情感体验需求而产生的创造性活动。小说与其他大众文艺的类型形态发生发展的根本动力，是人的生命情感需求。

读者不同的愿望实现与情感反应的模式，衍生出不同的文学需求，作家们在不同的愿望实现与情感反应领域中，创造情感体验与快感补偿效果，造就了常见的小说类型。一种类型包括作品主角的愿望—动机—行动链条、人物关系、故事情景、时空规定性、作品遵循的逻辑情理基础等约定性因素。小说类型的形成，通常表现为一些作品对某些影响深远的经典作品的靠近。在同类作品中，这些因素有意味的重复就成为一种写作的类型"定式"。它的主要功能在于能够方便、突出地满足某些情感体验和快感补偿需求，有助于调动读者阅读的心理预期、情感参与。因此，小说的类型不断被发明、扩展、更新，以创造人类情感体验的新天地。

网络小说的故事情节是围绕主人公愿望得逞的主线来展开的，小说的类型正是对人类愿望体贴的分门别类的安置，各种愿望得以实现的快感体验模式，构成了小说类型的内核和显著特征。

追求权力、财富、爱情这些人类基本愿望的满足，是神话、民间故事、大众小说、电影电视的常见愿望动机主题，因为这些愿望的满足对于人类的生存、发展与繁衍至关重要，也是人类最容易感到匮乏的目标。

这些愿望主题与现实情境结合就是都市小说或者明清小说中的世情小说；与历史情境结合，就形成历史演义小说或者穿越历史小说；

与官场元素结合，则为满足大众权力窥探欲望的官场小说、政治谴责小说；如偏向于爱情目标的实现，则称之为言情小说或者爱情小说；重点表现财富愿望主题的有财经小说；等等。

穿越历史小说、都市重生小说，是新近发扬光大的小说类型，是成年人的童话。穿越重生小说翘楚如《庆余年》、《回到明朝当王爷》、《极品家丁》、《1911 新中华》、《重生之官路商途》等等，演绎当代人穿越到过去时空，因为知识领先，"洞悉"历史趋势，迅速取得人生成功，改变历史进程，创造了特定情境中，愿望与意志得以实现的快感模式。通常主人公在现实生活中无地位无尊严，因为穿越重生而改变，把人生痛苦、创伤体验，变形置换为一种愿望不断满足、走向人生高峰的愉悦体验，读者现场体验"社会历史变迁"，体验舒爽的快活人生，因此欣然接受穿越、重生、架空这些非现实的类型化设定，把假定性当作实际存在的事实进行认同。

面向女性读者的言情小说，除提供爱情愉悦体验之外，还经常呈现"哀情"态势，这与女性生命情感需要更合拍。欧洲文学、日本文学拥有绵长的感伤主义的传统，中国文学中，从《红楼梦》中的林黛玉等人的伤感情态，到现代文学史上的盛极一时的哀情小说，到琼瑶剧，到网络小说中部分言情小说、宫斗小说，各种感伤、"哀情"小说同样代代盛行，就在于人们需要在文艺作品的悲情体验中，无障碍哭泣宣泄，释放负面情绪，治愈情感伤痛，让生命体得以松快愉悦。

而武侠小说、军事小说等硬质读物，根植于人类的战斗本能，更为男性读者所需要，奔跑、搏斗可以令生命体产生内源性兴奋物质，鼓励人类通过运动、战斗，变得更加强壮，更好地生存与养育后代，这也是体育运动可以成为一个重要行业的生命基础。战斗小说可以令读者在各种生存危机情景中，意志经受考验，在对抗中挑战身心极限，在流血牺牲、热血沸腾的体验中，使人趋向于硬朗壮烈的生命情感面貌。一些武侠小说、军事小说，如刺血的网络小说《狼群》，演绎着主人公出生入死，为自身信念献身的悲壮故事，让男性读者热泪盈眶，身心紧张得以释放，精神得以净化，与莎士比亚英雄悲剧功能相似。

在普通人的日常白日梦中，快感来得快而廉价，缺少节制，浅显失真，而在武侠、军事这些"硬质小说"中，人物经常面临严峻考验，甚至受到虐待，成功快感来之不易，不确定性很大，是一种饥饿性快感，因而是弥足珍贵的情感体验。从痛苦中、在各种严峻的生命考验中获取快感，是人类特有的需求，创造这些复杂的情景体验也更体现出作家的专业能力。

网络奇幻、玄幻、修真、仙侠、武侠小说的主人公经过努力修炼，不断升级，拥有超能、成就神仙事业，主角修炼升级的故事情节是作品的主要构成，显著强化修炼升级的快感，可以统称为修炼小说；与科幻、武侠等小说等非现实的类型作品一起，可以统称为幻想小说，如同在好莱坞电影中，科幻与奇幻影视剧也统称为幻想电影。

网络修炼小说与神话、明清"神魔小说"、西方奇幻小说、奇幻电影电视剧一样，是根基于人类渴求长生、拥有超能、超越生死的愿望，这些愿望与人类同在，自有艺术存在的远古，就是重要的艺术表现主题。

在科学主义与大工业体系支配下的现代世界，个人的身体与灵魂，在摩天大楼、大型机械面前，倍感压抑，任何个人都微不足道，所以从物质主义世界重压下解放身心，得到生命本质的体验，就成为强烈愿望，从而刺激了幻想元素如魔法、斗气、武功等各种神力想象的膨胀。在网络小说《盘龙》、《佣兵天下》等作品中，主人公通过修炼得到强大的肉体和灵魂，在修炼—战斗—升级—成神的进程中，改变世界、创造世界，读者与之偕行，压抑情绪得到释放，生命运行得到调谐，体会生命的力量感、增长感，得到了不可或缺的生命快感。

修炼升级小说更能体现艺术假定性的功用，比如具有魔力和灵魂的戒指、魔杖，因为能够帮助人们实现愿望，人们调动心灵中潜藏的神话思维，认同了它们存在的逻辑情理基础。

而青少年对于拥有超能、成神成仙的欲望更为强烈，幻想的能力也更充沛，所以修炼小说更受青少年阅读心理的影响，更为强调不断战斗、不断"升级"的快感奖赏模式，因为单纯，所以愿望得逞的快感更为强烈。所以故事情节简单的修炼小说，常被称作是"小白文"。在某些社会，人们在青少年时代，就已经被教育成等级观念信徒，把能力升级当成是获取权力、财富与尊严的通道，努力爬升至较高等级，并捍卫其中的快感奖赏机制，这是阶级社会的秘密根基，也是修炼小说类型不断繁荣发展的重要根由。

有些小说类型中的情感体验似乎与快感体验相对立，比如惊悚恐怖小说，通向恐惧、紧张情绪的阅读体验，这同样来自于生命体的自组织功能，这些负面情绪能够提醒人们去感知、应对危险，调动人体的能量对抗敌人，这是人类根深蒂固的生命机制，对于人的生存安全具有重要意义。缺少快感固然不妥，然而平安过久，喜乐过度，人对危险的警觉水平下降，人们就会本能地从文艺作品的恐怖刺激情景中，寻求紧张、警觉体验，得到生存经验的补偿，在虚拟情景中训练各种生存技能，为对付艰难的生活处境做好准备。[①]

故事情境中的危险解除，也使得紧张感、焦虑感、恐惧感得到释放，得到愉悦松弛的感受，这种心理需要就刺激了相关类型小说、电影的发展，说明人会顽固地寻求每一种情感体验的满足，这就从另一面体现出小说类型发生发展的原理。

（三）类型、流派、风格与独创性

由于网络作家强烈的跑马圈地的欲望，和差异化市场策略，网络

---

① 参见（美）保罗·布鲁姆：《快感为什么让我们欲罢不能》，第七章，沈阳，万卷出版公司，2011。

小说特别强调各自的类型、流派特色，因而人们宣称的类型、流派十分繁多。

每种小说类型、流派群落，都聚集着大量为之着迷的读者。而优秀的网络小说受到追捧痴迷的原因，主要在于其类型定势之后，总是呈现作者个人独创性，体现出对人类愿望情感的独特发现，和艺术呈现的独特模式。人类对新鲜事物的需求是与生俱来、永不满足的本能，人的基本欲望难以改变，而情感体验的情景、方法却永远求新求变。小说类型定式的重复不是目的，对故事情节的模仿更是为读者厌弃。读者要求作者的是，深入挖掘人类在各种社会背景、时空条件、人际关系中的情感状态，为读者提供新鲜、殊异、强烈的情感体验态势，这是独创性的主要推动力。

作者应该充分了解、尊重自身的生命情感倾向与才华的方向，在作者设想小说类型、流派、风格的方案时，应该先自问当前最强烈的愿望是什么。最擅长的幻想模式是什么。对于读者能够产生作用的文学功能，首先会对作者发生作用，作者不同的心理情感状态，导致灵感启示、情感对象、人物关系、情景的想象的不同，故事情节演进就不同。

以修炼升级小说为例，《恶魔法则》、《佣兵天下》、《兽血沸腾》等作品，创造性运用西方神话、奇幻小说的魔法、龙、精灵、魔鬼、魔兽等元素，《星辰变》、《神墓》等作品，运用了东方神话与神魔小说诸种神力元素，来建构自己的故事，显示出它们的类型特征，但是这些小说显著地呈现出作者个人生命情感特征、个人的愿望情感诉求，是作者精神世界里孕育的独有的主人公与故事，其化用的类型元素已经与人物故事融合在一起，类型元素是为了创造人物与故事服务的，而不是外在于此的形式标签，因此优秀的作品应该具有文本价值的独一性，并不是某种小说类型牢笼的囚徒。

在历史小说中，由于作者自身愿望不同，形成主角不同的愿望——

动机，就形成了不同的故事形态，如月关的《回到明朝当王爷》、禹岩的《极品家丁》，主要是主角在古代社会情境下升官泡妞发财、带兵打仗、建功立业的故事；天使奥斯卡的《1911 新中华》，主角为民族国家的理想浴血奋战，而克制自身的个人欲望，是以战争与权力斗争为主的热血故事；酒徒的《明》、赤虎的《商业三国》、阿越的《新宋》，主角在古代社会实验现代文明，以改良社会的社会活动为主，是启蒙民众的故事，导致这些差异的决定性因素，是作者的个人愿望与才华方向。

小说类型、流派的开创，需要作者具有创新意识、心胸见识和创作能力，还需要一点机缘。网络小说较早期，开创类型流派较容易，因为到处都是空白，而现在的作者们能在一个类型中开创某个流派，就已经很难得。比如《飘邈之旅》把中国古代的修真概念发扬光大，设置了修炼升级体系，并与星际修炼的世界设定相结合，开创了网络修真小说类型，其修真体系为无数后来者继承，后来的《凡人修仙传》所开辟的"凡人流"就只能是一个修真类型内部的流派了。

在技术层面，多数流派的产生缘于各种类型、流派元素的交叉繁殖。好莱坞电影大片与美剧常常是多种类型元素的混合物，这也给予网络小说类型创新工作很多启示，比如《星球大战》是科幻片与西部片元素的混合，《泰坦尼克号》是爱情片与灾难片元素的混合，《魔戒》是奇幻片与史诗片元素的混合，美剧《X 档案》更是包含科幻、悬疑、惊悚、奇幻等多种类型元素，但是也必须强调，这些作品的成功并不是只靠类型元素的使用，作品中强烈的情感力量与奇特的想象力，才是最为打动人心的因素。

这种类型元素混搭，也是网络小说流派创新的常态，比如在都市小说中加入奇幻、玄幻元素，形成了都市异能小说；加入重生元素，形成了都市重生小说；把玄幻故事放在远古神话的洪荒背景中，就形成"洪荒流"玄幻小说。

类型元素交叉的新方案，就可能引起阅读热点。比如武侠小说可以引起读者对无数武侠故事的联想，校园小说中则会发生浪漫的爱情、青春的传奇。例如墨武的《武林高手在校园》，把通常发生在古代社会的武侠故事，搬到现代校园环境中，宋朝的岳家军先锋萧别离的魂魄，附身现代校园中的大学生，于是这位大学生成为一个能文能医又能武的盖世大侠，武侠与校园小说类型元素叠加，环境与主角、故事错位搭配，令读者觉得既熟悉又新鲜，就会加强读者的阅读期待。这类创新方式会令读者感到舒适，而根本颠覆阅读经验的内容与形式创新，是先锋文艺的任务，通常并不适合于大众文艺。

参考文献

恩斯特·卡西尔. 人论. 上海：上海译文出版社，2003.

恩斯特·卡西尔. 神话思维. 北京：中国社会科学出版社，1992.

诺斯罗普·弗莱. 批评的剖析. 天津：百花文艺出版社，1998.

约翰·麦奎利. 神学的语言与逻辑. 成都：四川人民出版社，1992.

托马斯·沙兹. 好莱坞类型电影. 台北：台湾远流出版公司，1999.

第四章

网络文学的伦理表达

网络文学通常不以思想深度表达为优长，但是却应该与大众文艺谱系其他成员一样，具有自己的伦理表达功能，具备有效的伦理表达机制，文学创作表达恰当的伦理观念，是不能回避的社会责任，也攸关读者精神需求，攸关作者与读者的关系。

一、 网络文学的伦理表达功能

网络文学是大众文艺、欲望叙事谱系之一员，大众期待从文艺作品中得到欲望满足的快感体验，也期待得到欲望与伦理关系的答案。数千年来的艺术实践说明，伦理表达是大众文艺天然的功能，大众文艺在基本的伦理判断上，给出明确的答案，或者揭示伦理表达的新课题，是争取大众欢迎的基本策略之一。正是大众的需求推动了文艺伦理表达机制、范畴的形成。当然，创作者把握大众文艺的伦理表达并非易事，会受到各种思想情感因素的干扰。

(一) 人类伦理的发展线索

人类伦理的发展变迁是一个渐进的、连续的累积过程，人类的伦理系统演化也遵循着自组织规律。可以从几条线索来考察人类伦理的发生与发展。

其一，人类伦理起源于人类远祖的生命反应形态，在快感奖赏机制的推动下，生命体的生存与生命繁殖活动得以进行，人自然亲厚自己的基因遗传链条——父母与后代，以及基因相近之兄弟、姻亲。因为群体对个体的生存繁衍的保障作用，爱吾子伦理扩展到人之子，由于通婚范围不断扩展直到全人类，而基因亲厚的爱与平等的情感范围也扩展到全人类，伦理范围不断扩大对人类基因遗传与进化有巨大益处，可以说人类的伦理根源于基因遗传的本能需求。

其二，在人类的进化中，人类认识到合作活动对个体与群体生存的重要性，人在与猛兽竞争中能够保存自己，得以在大自然中胜出，全靠真心诚意的合作，而合作就需要个体与群体遵守规则与信义伦理，相信符合伦理的行为就是最优策略的观念，社会公义体系与利他信念对于个体生存和繁衍，是一种重要的保障，甚至于是个体生存的前提，而自私和背叛行为就会使合作失败，导致所有人都成为输家。在此合作伦理基础上，产生了部落、民族和国家的公共伦理，特别是公平正义观念，人类全球合作活动产生了人类世界共同遵守的规则，比如国际法和各种行为准则，把伦理法制化、制度化是人类合作的必然结果。而回避全球合作的民族国家，就会陷入社会落后、文明停滞的局面。

其三，从宗教与文艺发展的线索来考察，可以发现原始氏族制社会以降，神话与灵性、神性宗教的发展（秉持多神论、万物有灵论），促使人类伦理体系向宗教化、艺术化变迁，一些道德准则以禁忌的形式表现出来。如希腊神话与神庙的兴盛，推动了神话故事与戏剧对伦理禁忌的表达，大众文艺开始形成自己的伦理奖赏机制与惩戒机制，比如俄狄浦斯的故事，就是通过惩戒机制来表达人类的重要伦理规则。

而神话形态的网络小说，特别是奇幻、玄幻、修真等类型小说写作，显然与人类意识中潜藏的神性、灵性文化基因相勾连，它们对激活人类的创造欲望有奇效，但是，主角们与希腊神话中的神一样，追求绝对力量的强大以支配世界的欲望，压倒了现代性的道德完善的愿望，这是一种意味深长的伦理表达的返祖现象。

在现代社会中，在教育体系、大众文艺与人文宗教的共同作用下，人类伦理与人类创造性不断调适，社会伦理更趋合目的性和多样化。

由此可知，人类伦理是在多重因素作用下形成的，既来自于人类基因遗传的生命活动，也来自于人类合作的社会实践活动，而教育、大众文艺与宗教在确定伦理表达的机制、范畴、规则的过程中，作用巨大。

（二）大众文艺的伦理调适作用

人类文明史是人类进化中的创造史，也是通过文艺等途径，对欲望进行伦理化、审美化，进行安置与驯服的繁复进程。过于放纵欲望，导致社会伦理下沉，积累起动荡因素，人类社会容易失范失控，但是管控过度则有悖人类本性，会使人类社会失去活力，禁欲主义行为会损伤创造力，导致社会落后和人性扭曲。

文艺的伦理表达具有较大弹性，文艺对待无害于社群的个人欲望是宽容的，在欲望管理上也更内在化。文艺通过白日梦叙事释放本能，给人以快感满足，调适心理环境，欲望的体验情境，成为欲望原力的缓冲垫与隔离墩，从而释放了欲望与现实之间的紧张关系，同时大众文艺通过伦理表达的奖赏机制与惩戒机制，强化基本的伦理信条，但是也经常用难以判明的伦理两难情景，诱导受众自行做出伦理思考与抉择。

人类及其伦理直到今天，还是未完成的继续进化的状态，对于个人来说，本能与社会伦理的冲突是长期的。由于社会的发展变迁，不同的伦理信念的冲突也会带来新的伦理挑战，对大众文艺的伦理表达提出新的要求，而网络文学是正在奔跑的少年，伦理表达的自觉与能力尚不充分，理应在全人类文艺经典的视野中，寻求伦理表达的经验，以铸造自己的伦理形态。

二、 伦理表达的机制

大众文艺是在欲望叙事与伦理奖惩的复调中铺陈情节的。生活中，好人不一定有好报，让好人成为好人，就已经是上天对他们的最大回报。但是文艺作品应该有自己的伦理评判倾向，给予"好人"以好的结局，给予"坏人"以坏的结局，这正是大众的普遍期盼。

（一） 伦理表达的接受反应心理基础

在大众文艺的接受反应实践中，在受众把自己与人物特别是主角的生命情感体验历程相融合，在愿望—情感共同体形成的过程中，受众对主角愿望实现的快感，产生了上瘾——心理依赖的情形，接受与依赖一种快感模式，就会认同其合理性，就可能外化为行为模式，所以伦理表达与作品中的快感奖赏机制密切相关，同时主角遭遇挫折或者惩戒所感受的痛楚，也会传导至受众身心感受上。

而创作者的伦理表达正是通过给予人物成功圆满的快感，以奖赏作者认可的人物品性、行为，这就是伦理表达的快感奖赏机制；通过给予人物（及其关联人物）身心痛楚乃至于死亡结局来惩戒其负面的品行、行为，亦即伦理表达的惩戒机制；通过具有伦理判断意味的悲喜剧结果，给予故事整体以伦理安置。这些举措旨在通过身心的快感与痛楚记忆，把伦理准则内化为接受者的身心律条。

奖赏与惩戒以及各种伦理安置的伦理尺度，是随着创作者和接受者的愿望而定的，随着时代、个别文化、伦理评判主体的不同而不同。但是有一些大众愿望与道德认知相对恒定，因而一些伦理尺度也是相对恒定的，比如人们今天仍然能够认同神话、明清小说中的一些伦理观念，一些宗教准则形成于两千年前，至今也在发挥作用。而人们接受、认同文艺作品中的伦理安置的主要凭据是，人物的行为与奖惩的伦理安置是否平衡，是否符合普遍的伦理认知。

（二）伦理表达的快感奖赏机制

让主角愿望达成，是最能传递作者对人物的肯定性伦理态度的，玄幻、奇幻小说中的主角经过修炼战斗，不断升级直至成为他们的世界的主宰，得到高峰体验；都市小说、历史小说的主角获得财富、权力、爱情方面的成功，都显见是用快感奖赏给予人物正面肯定。

金庸笔下的"成功人士"郭靖、令狐冲、段誉、韦小宝，他们的成功模式及其品性，对于网络小说具有很大的示范性。高人气网络小说《极品家丁》、《回到明朝当王爷》等作品的主角，都获得了韦小宝式的成功快感奖赏。这并不意味着作者的伦理立场就是对的，韦小宝式的厚黑、实用主义人生态度，爱情婚姻中的种马行为，显然有违现代伦理，然而华人男性青年对韦小宝的行为方式却认同度很高，以至于金庸修改作品，原本打算让韦小宝陷入妻离子散的结局，以表达伦理惩戒的态度，却因为读者的纷纷反对而作罢。[①]

快感奖赏的后面必然带着一定的价值观，庄严的价值观宣扬后面常常隐藏着快感奖赏。电影经典《勇敢的心》主角华莱士，为了苏格兰的自由而反抗英王统治，浴血奋战，悲壮身死，战争期间，他得到奇特的奖赏，敌国英格兰的王后（敌人的女人）爱上他，他们狂热偷情，他们的儿子成为英国统治者——当然都是虚构的，作品给予热血战士深切赞誉，标举了自由精神。正因为它是反历史的虚构的，才更彰显出大众文艺伦理表达奖赏机制的威力。在这种充满雄性荷尔蒙的男性读物与男性影视剧中，剧情与伦理表达都是鲜明透亮的。

（三）伦理表达的惩戒机制

伦理表达的惩戒机制在神话中就已经很多见，用来强化人类文明

---

① 参见杨澜：《杨澜访谈录 2008 II 金庸访谈》，上海，上海锦绣文章出版社，2008。

的基本伦理禁忌。这里以乱伦惩戒为线索，考察古今文艺的伦理惩戒机制的情态。经过神话、文艺、宗教传谕人类，乱伦禁忌深入人心，使人类摆脱了乱伦的漫长历史，建立、巩固了生殖婚姻文明，成为人类核心伦理信条。

索福克勒斯的戏剧《俄狄浦斯王》，源自于希腊神话与荷马史诗，是表现乱伦禁忌惩戒的命运悲剧经典，呈现了人类由野蛮走向文明的心灵烙印。剧中俄狄浦斯父子的罪行，如弑父、乱伦、同性恋行为在希腊神话的主角们身上屡见不鲜。[1]

俄狄浦斯的生父拉伊俄斯年轻时犯下数种罪错：背叛了自己的恩人、同性恋、杀人，所以被诅咒将会"被自己的儿子杀死"。拉伊俄斯后来成为忒拜国王，与伊俄卡斯忒结婚之后，诅咒又被"神谕"再一次印证，拉伊俄斯在恐惧中把刚出生的婴儿抛到荒山中（增加遗弃亲子的罪过）。

但是婴儿被牧羊人解救，并因受伤的双脚被命名为"肿胀的脚"，即俄狄浦斯，后来成为忒拜的邻国国王的养子，并被定为王位继承人，因为德尔菲神殿的神谕说，他会"弑父娶母"，俄狄浦斯为避免神谕成真，便离开这个国家并发誓永不再回来。

忒拜国王拉伊俄斯希望通过神谕，找到击退正在肆虐害人的妖怪斯芬克斯的方法，在走向德尔菲神庙的途中，与朝着忒拜城方向行走的俄狄浦斯狭路相逢，因为争道，发生斗殴，俄狄浦斯盛怒之下杀死了拉伊俄斯（罪人受到命运惩戒，同时产生弑父的罪人）。当然他并不知道杀死的就是自己的父亲。俄狄浦斯进入忒拜城之后，破解了狮身人面的女妖斯芬克斯的难题，拯救了忒拜城，被人民推选为国王，按照习俗与失去了丈夫的王后伊俄卡斯忒成婚，并生下儿女（与生母乱伦）。

由于俄狄浦斯在命运的驱使下犯了大罪，受其统治的国家不断发

---

[1]　参见（古希腊）埃斯库罗斯等：《古希腊戏剧选》，北京，人民文学出版社，2012。

生灾祸与瘟疫。在先知提瑞西阿斯的揭示下，俄狄浦斯才知道终究难逃"弑父娶母"的不幸命运。震惊不已的伊俄卡斯忒上吊自杀（乱伦惩戒），而俄狄浦斯用针刺瞎了双眼（用极度的身体痛楚自我惩戒），把王位交给克瑞翁，自愿被放逐出国（用放弃权力地位自我惩戒），在女儿安提戈涅的牵引之下漂泊四方，最终死于众女神的圣地（因为悔改，而得到内心安宁）。

这种伦理惩戒机制发挥作用、用"不可避免的命运惩罚"来构成故事的方式，被后来无数文艺作品所继承，曹禺的话剧《雷雨》就是如此。一个威严而虚伪的父亲，曾经对一个女人始乱终弃，女人生下儿子，播下命运的祸根，这个儿子（大少爷）与其继母繁漪乱伦，又与侍女四凤交好，而四凤却是他的同母妹妹，这种乱伦是不知情的，但是命运的惩戒，在各种巧合下不可抗拒地降临在人物身上，结果二少爷和四凤触电身亡，大少爷自杀，只剩下绝望的老爷和发疯的繁漪。主角在不知情的情况下犯下罪错，但仍然受到命运严惩，不可回避、违抗的"命运"如影随形，其实是对乱伦禁忌的强化。

现代伦理对私人领域的欲念愈发宽容，对损害公共伦理的乱伦禁忌则更为严厉，纳博科夫的《洛丽塔》就是因为探索现代情境下的乱伦禁忌，在成为文学经典的同时在多国成为禁书。男主角亨伯特因为迷恋上女房东的十二岁女儿"小妖精"洛丽塔，成为洛丽塔的继父，女房东觉察其恋情后，在外出奔跑中意外遭遇车祸死亡（其实是为主角行为创造方便，也是强化主角罪错），亨伯特与洛丽塔从此尽情厮混。变态狂剧作家奎尔蒂拐走洛丽塔，并强迫她拍色情电影，亨伯特枪杀了奎尔蒂（惩戒），后来亨伯特因为血栓死于狱中（惩戒），洛丽塔在十七岁因难产而死（惩戒）。

即使是因情色内容而被禁，《洛丽塔》其实仍然运用了大众文艺伦理的惩戒机制，让不伦恋情的相关人物都异常死亡，演绎了"命运"的严惩，与希腊悲剧在精神气质方面相通。

电影《美国丽人》反映了美国保守主义伦理抬头后，对于乱伦禁忌更为严酷的态度。没有血缘关系的老男人与少女的恋情，在古代社会并未纳入伦理禁忌，甚至成为美谈，而在现代则经常被纳入禁忌。《美国丽人》因为反映了多种社会心理危机而获得无数赞誉，然而作品的主要构成还是变形的"洛丽塔情结"精神乱伦及其惩戒。精神萎靡的主角莱斯特遇上了女儿的同学安吉拉，被少女的美丽活泼打动，枯死的心重新复活。一个十六岁的女孩成了中年男人的拯救者，从此莱斯特开始振作。莱斯特对安吉拉的性幻想，始终在铺天盖地的玫瑰花瓣中展开（精神乱伦的罪错），但是二者并未发生真正的性关系，在安吉拉带来的暧昧冲动事态紧迫的时候，莱斯特扮演了劝慰少女的"坚强的父亲"的角色，似乎从情欲压迫下解救了彼此，但是莱斯特却走到了生命尽头，对莱斯特误会极深的邻居、海军陆战队中校弗兰克举枪杀死了莱斯特（死亡惩戒）。

创作者为何让仅仅是坠入性幻想的莱斯特死掉？因为他的幻想对象是女儿的同学，是精神上的乱伦，使美国家长感到了威胁，主角的死亡捍卫了精神乱伦的禁忌，中年男女观众在体验暧昧之情后又接受了禁忌惩戒。

当人们在观赏命运剧、伦理剧时，看到无辜的人在命运的拨弄下受到惩罚时，比如人们看着俄狄浦斯刺瞎双眼，自我放逐，看着无辜的四凤与二少爷触电而死，看着大少爷自杀，人们会受到震撼，感到本能的同情，却在伦理认知的作用下，认同"命运"的惩戒，很多人物在法律意义上罪不该死，而在伦理惩戒的机制作用下死去，这是一种伦理的强化手段——没有比身体痛楚和死亡更令人记忆深刻的了。

三、 伦理表达的主要领域

大众文艺伦理表达的核心是欲望与伦理的关系问题。特别是如何处置获得情爱、权力、力量的欲望，与公共伦理构成的矛盾冲突，是最重要的伦理表达课题。

（一）爱欲与伦理

在爱情婚姻题材的文艺作品中，利用男性与女性基因遗传策略得逞的快感来构成作品是非常普遍的。人类爱情婚姻伦理，总体上不断趋向于一对一的均等正义，因为人类总体上是男女性别数量均衡的，性资源占有的不平等会导致社会秩序崩溃，乃至于动乱与战争，这是人类的历史教训给予人类的正义观，现代文明社会的伦理要求人们，在爱情婚姻中放弃自由，约束本能，缔结一份忠诚协议。但是个体却在基因遗传的竞争天性驱使下倾向于"多吃多占"，因此爱欲本能与社会伦理的冲突需要进行伦理安置。

男性原始的基因遗传策略，是种马式广泛传布基因，皇帝后宫就是对皇家基因遗传的制度性安排，以保证其繁衍后代的安全、可靠、高效。金庸小说的主角段誉、韦小宝，网络小说的男性主角，会不断追逐各色美女，并大功告成。特别是在历史情境中，掩饰男性基因遗传本能的达成，躲过现代爱情伦理的覆盖，构成快感来源，是历史小说的常态。

而对于男性本能的伦理安置其实也是有传统的。《金瓶梅》主角西门庆在他的世界里猎艳，以奇特的"人妻"爱好者著称，他常常人财两得，一度过上了志得意满、幸福美满的生活，但是西门庆被女性欲求榨干，陷入身败名裂凄惨死去的结局，而且妻妾一一归于他人怀抱，并且潘金莲被杀，李瓶儿病死，庞春梅淫亡（彻底的惩戒），达到了伦理的平衡。皇权社会的一夫多妻制度，剥夺了很多人的基因遗传的权力，是根本性的不公正，因此《金瓶梅》西门庆的艳遇体验与西门庆的死亡惩戒的下场，是对大众读者愿望的双重满足，让读者入梦时分体验艳情，梦醒时分感受伦理安置的公平，这其实是欲望叙事的常规策略。

《红楼梦》也是以男性后宫梦想作为作品框架的，在故事的主场景大观园中，主角贾宝玉是唯一男性，而大观园里满是各种仪态、性格、品性的美女，都与主角温柔痴缠，比之于皇帝后宫的生活，更为丰富鲜活，其他男性其实都嫉妒得发抖。但是主角也就是止步于审美性意淫，而不是贾瑞、薛蟠式的淫邪，因而在伦理上并未构成罪错。但最终结局是贾宝玉看破红尘，回归青埂峰下。在伤感的欲望叙事之后，隐含着朴素的伦理，平衡是人类生活与人类伦理的根本之道。如果贾宝玉和一众美女过上了幸福美满的大家庭生活，那也就不是《红楼梦》，而是普通的种马小说了。

在女性爱情作品中最多见的叙事模式，是主角与拥有权力、财富或者权威的男性构成稳定的家庭关系（提供安全与生活资料），和最英俊最有才情的男性发生恋情（可以拥有激情体验和漂亮后代），出现多个男性为女主角而争夺，甚至发生战争，一个（或多个）男性为她的生存而献出生命（印证女主角的重要），这种模式最令女性有愉悦感。当然，这只能是芸芸众女的隐秘梦想，与男性种马欲望一样，是生物进化造就的女性基因遗传策略，并不是个体的道德低下所致。

由于社会伦理的普遍要求，在女性爱情文艺作品中，基因遗传本能的梦想体验与惩戒性结局，达到伦理安置平衡是一种常见的故事形态，很多大众文艺经典都是对这个故事原型的变形置换。

宫斗小说与电视剧如《金枝欲孽》、《步步惊心》、《甄嬛传》的故事构成，都是从女性基因遗传策略出发的，女主角成了皇帝（最有权力和最威风的男人）的女人，和最英俊的亲王谈恋爱，而他甘愿为女主角的生存而献出生命，《步步惊心》中康熙帝的成年儿子都是女主角的爱恋者、争夺者，形成替补梯队，然后进行伦理平衡性安置，或者男主角死掉，女主角独存（《甄嬛传》），要么女主角死亡离开纷争（《步步惊心》）。可以说宫斗故事的欲望自我满足与伦理奖惩机制的传递，是大众文艺的常规状态，无须大惊小怪。

这种叙事策略在世界电影、电视、名著中很多见。《泰坦尼克号》

中，露丝的未婚夫企业主卡尔（拥有财产）和艺术家杰克（英俊浪漫），两个男人都深爱着女主角，在泰坦尼克号上为她拼命，杰克在冰海中为女主角的生存而献出生命（艺术家最适合如此死去），把天下女性感动得热泪狂飞，同时杰克的死亡这本身就是伦理安置的策略，是一女二男结构的常见结局，如此才能构成作品的悲剧性和经典性。

1942 年美国电影界人士在一边拍摄一边争辩剧情走向的匆忙情况下，创作出一部世界电影经典作品《卡萨布兰卡》。抵抗法西斯运动的领导人拉斯罗（充满激情的男性）和妻子依尔沙（美丽的充满魅惑力量的女性）为了获取通行证，以离开北非前往美国，走进北非卡萨布兰卡的里克咖啡馆，依尔沙认出了从前的恋人、咖啡馆的老板里克，德国秘密警察头目也追踪他们到了卡萨布兰卡，而里克机缘巧合得到了两张通行证（主角生存能力很强而且富于智慧）。

里克和依尔沙曾经在巴黎是亲密的爱人，在德国军队向巴黎推进时，相约同时离开巴黎，依尔沙却爽约了，原来她的丈夫并未如传言那样死去，因此与里克分手与丈夫重聚（丈夫死而复生，以免除女主角三角恋中的伦理瑕疵）。

里克对依尔沙的爱最终抚平了受伤的情绪。里克叠经风险，帮助他们夫妻登上了飞机，奔向安全之境，为掩护依尔沙而枪杀了德国秘密警察头目，自己陷入了亡命天涯的命运。为爱情与反法西斯事业甘愿自我牺牲的里克，成为整个影片中最具魅力的角色。

《卡萨布兰卡》利用一女二男，且男主角为了女主角的生存而甘冒性命危险，这个屡试不爽的女性快感模式，助燃了美国社会特别是女性对参加二战的热情。《卡萨布兰卡》的魅惑力，使一些美国男女把里克与依尔沙的事业当成了"自己的事情"，为了正义而献身是很有快感的。所谓崇高，就是本能的升华，是一种很有快感的牺牲想象。利用人类本能的快感模式，是可以表达很多思想伦理内容的。

（二）力量、权力欲与伦理

人类个体拥有绝对力量和权力，会逐渐暴露出人性之恶，那种掌控一切的快感和摆脱法律束缚的欲望，不是个人自制力可以克制的，完善的权力制衡设置，不仅可以保护大众维护社会正义，也可以保护当权者免于人性堕落。

在非现实的幻想性文艺作品中，恰恰更为直接地表现了权力伦理的运作。在《西游记》等神魔小说中，有一个基础的设定，就是神仙未得天庭使命不可进入凡人世界，以免扰乱世界秩序，私自下凡的神仙将会受到惩罚。如果身具法力的神仙可以任意行走人间，为所欲为，人类就只能是没有反抗之力的蝼蚁。神仙界与凡人界相分隔，修炼者一旦成为神仙，就必须离开凡人世界，否则会受到天道或者高等级神明的惩罚，这样的设定被网络修炼小说所普遍认可。

美剧《星际之门：亚特兰蒂斯》中的古亚特兰蒂斯人，大量成员因为利用能量修炼，生命体能量充足，不再依赖肉体而存在，以能量体"飞升"未知的空间，而飞升以后的永生能量体，相约不再干预物质层面世界事务，以免宇宙空间能量动荡，违反者会受到惩罚。

科幻文艺与神魔小说、修真小说殊途同归了，背后起作用的都是大众文艺伦理。"仙凡相隔"的禁律，正是对强者的限制、对弱者的保护，任何一个世界要想长久运行下去，都必须有对强者的最起码的伦理规范。

但如果你自认为应该是一个强者，也许会被主宰世界的欲望所诱惑，对于强者与弱者、神仙与凡人的关系问题就并不那么容易有答案。

烟雨江南的奇幻小说《亵渎》的伦理态度具有代表性。它设定了这样的世界，天界诸神掌控万千位面，利用强者通过国家、宗教组织统治着凡人，凡人是最底层的存在，天界诸神将无数位面生灵圈养起来，源源不断地吸取其信仰之力。

神制定规则，并且根据需要更改规则，强者与凡人挑战诸神的下场，只有灭亡。而主角罗格的奋斗目标正是打破至高神的规则，自己坐上命运的牌桌，把痛苦牌发给别人，这显然不是为了公平，而是为了自利，其实隐含着对强者特权合理性的认同。

最终罗格因为挑战至高神的规则而死去，却在自己的隐秘的无属性领域中复活过来，在自己控制的绝对领域内，成为能自由制定规则的另一位至高神。主角将来也会为他人所反抗、所挑战，这是一种无法摆脱的轮回。显然，作品并未解决神与人、强者与弱者的伦理关系的问题。

这种轮回是不可违抗的宿命吗？人类的实践早就超越了这个轮回，问题的实质在于规则的制定本身是否公平，少数人制定、大众必须遵守的规则，当然会导致造反轮回的宿命，而经过全体成员自由意志所同意的规则，经过公平的理念和程序制定的规则，才是保护所有人的规则。不过，有些网络小说的作者可能并不愿意如此处置自己创造的世界，因为与大众分享权力令他们不爽。

托尔金的史诗奇幻小说《魔戒》，是人类心灵的镜子，照见了在绝对力量与权力面前，每个人的伦理态度。

主角佛罗多从叔叔比尔博·巴金斯那里得到了"至尊魔戒"，这枚戒指是黑暗魔君索伦打造的，能够支配其他十几枚统御魔戒，因而拥有奴役世界的邪恶力量，谁拥有它就能够支配世界，它是引诱野心家祸害世界的根源。在德鲁伊甘道夫的指引下，主角与伙伴们一起，把魔戒送到当初打造它的末日山脉的烈焰中彻底销毁，他们要逃避索伦爪牙的追杀，更要抵制至尊魔戒本身的邪恶诱惑，它鼓动人们占有力量和权力的欲望。而他们先后屈服于诱惑，发生心灵的扭曲，最后在末日山脉的烈焰边，即将销毁魔戒的时刻，被认为是最不容易受到诱惑的主角佛罗多也不想舍弃魔戒。曾经拥有魔戒的古鲁姆尾随佛罗多，一心想杀死他，抢走魔戒。佛罗多抓到了古鲁姆，因为怜悯他而放下了剑，古鲁姆抢走了魔戒，却与魔戒一道跌进深渊，成为命运的

"救赎者"，成全了主角，使之完成了任务，主角从诱惑中得到了人生觉悟，展现了托尔金对怜悯和救赎的信念。

也许生活中，很少有人能够经受魔戒的考验，想要拥有绝对力量，成为世界支配者，所在多是。但是大众文艺应该代大众立言：人类并不需要一个具有绝对力量和权力的暴君或者神来统治自己，所以大众文艺理应反对强者拥有不受制约的权力和力量。

（三）法治、秩序伦理

当法治、秩序体系面临崩溃的时候，人们才知道法治社会比黑社会可靠。任何司法系统都有其漏洞，民间社会永远存在法律之外的需求，水浒好汉在这个意义上有了合理性和英雄色彩。但是并不因此就可以把黑社会洗白，他们对法治、规则、秩序的破坏，不可宽恕。

在大众文艺中，江湖、武侠、黑帮题材作品层出不穷，而且每个时代都有经典作品，其实对应着男性希望凭借暴力与团体势力获得不受约束的权力、使个人意志与愿望无障碍实现的幻想。与其他欲望叙事一样，创作者会对暴力欲望与法治公理的冲突，进行伦理安置，这同样是作品的经典性因素之一。

美国黑道犯罪电影电视剧的伦理安置有很多经验值得借鉴。黑帮电影《教父》系列作品的"合理性"在于，在展现男人对家庭的责任、亲情友谊、个人对组织的责任忠诚中，演绎了男性魅力和快感奖赏机制，头号主角迈克不断取得事业成功（奖赏），快意恩仇，竞争对手与敌人、叛徒不断死去（奖赏），但他却保护不了自己的女人与女儿，她们死于黑社会混战（惩戒）。观众在体验男性成功的快感的同时，体验责任重担的分量，也经受伦理惩戒，从生理上得到快感与痛感的双份烙印，构成男性心理的一种运行模式：你享受一切，也要承受一切，所以《教父》被一些男人当成是男人的圣经。

美剧《越狱》主角迈克尔的哥哥林肯，蒙冤被投入监狱等待死刑执行，迈克尔持枪闯入了一家银行，被捕入狱后来到了林肯的身边，主角的动机是救助无辜的兄长，因此获得观众的情感认同。迈克尔设计了史上最完美的越狱计划，经过险象环生的筹备，与伙伴们一起成功越狱（奖赏），最后搞垮了一直陷害他们的"公司"（奖赏），但迈克尔脑中长了一个肿瘤（对违法行为，用身体痛楚进行惩戒），最后，他和怀胎八月的恋人莎拉结了婚，但还来不及度蜜月，莎拉就被捕入狱，而"公司"的首脑·"将军"悬赏十万美元加害于她，最后迈克尔为救妻儿而死，爱人与朋友永远铭记他的情义（对违法行为的死亡惩戒和对献身精神的赞美）。

越狱主谋迈克尔是一群罪犯中罪孽最少的人，是友情亲情价值观的承载者，但他是越狱行为的首脑，法治伦理不容颠覆，所以他被病痛与死亡惩戒。

网络小说中江湖黑帮小说，或者都市小说中的江湖黑帮打江山的内容，也在不事声张地生长着，成为一个显著卖点，但是主角（黑帮头领）过于英雄化明星化，通常会得到成功圆满的结局，却不做伦理平衡，但是人们可以记住，如果作者不在作品中惩戒"坏人"，作者与作品最终就会受到社会惩戒。

（四）群体、社会组织伦理

个体与群体的关系伦理是社会伦理的主要内容。人类经过长期探索，才找到个体与群体之间相对合理的伦理关系。现代群体伦理把全社会当成情感共同体和伦理适配范围，强调尊重个体差异，尊重个体权利，特别是个人的选择权，强调平等的法治伦理，这是现代社会的伦理基石。

在人类实践中，基因亲厚的伦理是人类基础性的伦理，与自己基因接近的人就自然亲厚，打虎亲兄弟、上阵父子兵，就是强调基因亲厚的天然可靠性。在人类群体组成中，特别是纯男性的军事团体，仿照基因亲厚的伦理进行内部组织，是很普遍很自然的做法。但是基因亲厚伦理使人际关系依基因远近而自然分出亲疏厚薄，在此基础上建构的社会必然是亲谊社会，而不是公平的现代法治社会，以家庭伦理晓喻天下的儒学伦理体系的局限性就在于此。

仿照基因亲厚的"兄弟"伦理，影响着古今中国社会的运作。《三国演义》中刘关张结义为兄弟，选择刘备接班人的问题，是刘关张的"家事"，诸葛亮等权臣都要表示回避，而关羽正是因为对"兄弟"的无瑕忠义，而成为朝廷、士族与民间社会一致认同的千古道德楷模。《水浒传》中一百单八个首领结义为兄弟，是整支军队的领导力量，结义兄弟之间可以分享权力，而兄弟之外，士卒皆为无名无姓的喽啰，"梁山泊"之外众生，则更如猪马狗牛，无须对其讲究道义。

在《盘龙》、《神墓》中，主角与伙伴一起成长、一起战斗、共享成功的兄弟之情，是令人印象深刻的，在残酷的修炼战斗中，温暖人心的兄弟信义、伙伴之情是必要的平衡；《佣兵天下》中，佣兵团体成员必须信赖兄弟的规则设定，更是作品基础性的价值取向，主角与伙伴们的兄弟情义、忠诚是佣兵团体的主要精神支柱，而最后伙伴们的伤逝，使得主角不愿意接受造物主册封的"智慧上神"，飘然离去，体现了人性的亮色。

兄弟团体伦理与狼群伦理是不同的，虽然都强调群体向心力，都有共同目标与行动一致性，但是兄弟团体以兄弟忠义、情义为主要伦理，强调团体成员的平等，强调群体对每一个成员的重视。狼群伦理强调服从，消灭异己，管控个体的思想行为，塑造领袖权威，并要求成员向头领效忠。狼群伦理与组织方式，对于不发达的社会，或者是特定情形下不完整的社会，具有强烈的诱惑力。

狼群伦理产生于丛林生存状态，根基于人类生命体的求生欲望，面临危机时，一般个体需要在紧密的群体中寻求安全；在个体找不到自身价值时，需要与别人同质化，思想行为的一致性，能够带来集体归宿感和群体力量感；"狼群"中的强者也很容易被绝对权力所诱惑，利用人性的弱点，控制人群，而人类在被恐惧感控制的时候，倾向于顺从"头狼"。

美剧《太空堡垒卡拉狄加》设定的绝境考验了人类的群体伦理信念。在遥远的太空，人类创造的"赛昂"（强大的人造人）造反，几乎灭绝了人类，人类仅剩下一艘即将退役的太空堡垒卡拉狄加，和由几十艘民用飞船组成的不到五万人的舰队，踏上绝境下的逃生旅程。在压力下，他们很容易变成一个高度军事化的狼群社会，但是由于主角们的坚持和政治传统的双重力量，艰难地保住了群体伦理底线。特别是舰队司令官阿达玛是军事雄性的代表，体格强壮，冷静果断，是完美的头狼人选，但是他克服了独掌大权的诱惑，遵从法治规则，始终站在反对狼群伦理的一方。

当他们的成员星芭在战斗中，错过了回归母舰的时间，舰队停留在约定的空间等待她，会使得遇险的概率大增，但是若抛下她进行空间跳跃，就会违反不抛弃战友的基本伦理，人类会因为失去内在凝聚力而灭亡。他们的选择是等待伙伴的回归，群体共济伦理是在危机来临时，保障人类得救的重要精神支柱。

而中国著名的科幻小说《三体》[①] 与此相反，也是人类面临灭亡绝境的设定，但是作品明确主张在危机时代，应该由具有绝对理性、能够牺牲良心的人士，进行神明般独裁，他能够做出决断，关键时刻能牺牲部分人群，以争取人类整体的生存，因此应该以黑暗森林的原则，进行专制而高效的集权统治。[②]

《三体》想要的就是《太空堡垒卡拉狄加》极力反对的狼群伦理。假如不是《三体》伦理偏好的话，那就是作者没有搞清楚社会制度及其伦理，与社会组织技术及其伦理的区别，把星际战争组织指挥的决断力和策略选择，当成是必然的社会制度与伦理选择。

---

① 刘慈欣：《三体》，重庆，重庆出版社，2008。
② 参见刘慈欣：《三体》，重庆，重庆出版社，2008 以及 2011 年第 1 期（总第 271 期）的《城市画报》刘慈欣专访。

现代群体伦理是人类文明进化的结果，包含了面对危机所需要的秩序规则，民主法治体制可以集中群体智慧，来保证决策正确，出错的概率比头狼独裁体制要小，而为了战争或大规模社会运动的现场指挥组织的高效率，可以授权恰当人选，全权指挥具体行动过程，恰如《太空堡垒卡拉狄加》中的主角阿达玛，一个尽责的军事指挥官，从无数次灭亡危机中挽救了人类，但这并不是让他成为专制领袖的理由。人类的历史已经说明，因为人性的弱点，"超人"独裁的社会充满不确定性和周期性社会动乱，所谓更能高效解决危机保障群体安全，只是一种幻觉，但总是有人喜欢这种充满魅力的权力神话。

四、 网络文学伦理表达的主要问题

某种大众文艺在自发生长的初级阶段，欲望叙事的动能过度释放，会形成一定程度的渲染色情暴力的倾向，文艺复兴时期的文学、明清小说，都有这种现象，所以也都会引起伦理制衡的强力反弹。网络文学在十几年的自发生长之后，形成了跨类别、跨网站的奉行丛林法则、狼群伦理的暗黑潮流。当然，除了欲望叙事本身的缺陷所致，还因为长期以来人们片面宣扬达尔文进化论中"物竞天择，适者生存"的观念，却忽略人类进化中的合作伦理的作用，忽略了人类文明对丛林价值观的超越，使得很多人把个人与民族都看成是丛林社会的一员，视丛林法则、极端民族主义、种族主义观念为理所当然的真理，并在现实社会潜行，许多网络文学作品、影视剧作品向现实生活所塑造的丛林世界观靠拢，又进一步发挥了自激效应，放大了丛林法则快感模式的市场需求。

一些人气爆棚的网络修炼小说，营造了丛林法则的弱肉强食的世界，主角必须努力成为强者，才不致沦为他人的猎物，而主角成为世界的主宰之后，与他们反抗的旧主宰一样，并不会制定公平的规则，而是继续奉行强者支配世界的规则。甚至于像梦入神机的《阳神》等作品那样，主角吞噬他人的身体与力量，以达到强大的目的，全面复制了丛林世界的野蛮景象。

而在大量历史小说、军事小说中，主角成为国家领袖，率领狼群式铁血军队，去占领世界、争霸全球，或者在科幻世界中，争霸宇宙，主角们如顾盼自雄的头狼，征服并统治着黑暗森林。

这些丛林世界，或者铁血称霸世界的作品人气旺盛的原因，与它们的快感模式很有关系，它们为代入主角的读者提供杀戮情景的体验、掌控世界的体验，令人体内兴奋愉悦的物质大量分泌，带来如潮快感。习惯了这种快感模式，他们自然就会寻找丛林法则的合理性、合法性。世界通行丛林法则，而他们是丛林世界的主宰，那正是他们获取快感的基础条件，所以丛林世界想象与快感模式依赖，就会互相激发强化，互证其合理性。

这种伦理缺陷，已经成为很多网络作家走向更广阔世界的障碍，也拖累了社会的文明进步。人类文明早就跨过了丛林社会的阶段，大众最终会倾向于公平均等的、能保护大众的伦理法则，信奉利他主义准则的主角最终会受到大众的欢迎，因为大众永远不是丛林社会的胜利者。获得个人成功快感体验是一种欲望，获得生存安全、享有公平正义是更现实的欲求。古往今来，为何大众文艺会固执地追求公平正义的伦理规范？因为那是大众的深切需求。

参考文献

理查德·道金斯. 自私的基因. 北京：中信出版社，2012.

查理·达尔文. 物种起源. 南京：江苏人民出版社，2011.

埃斯库罗斯，等. 古希腊戏剧选. 北京：人民文学出版社，2012.

库恩. 希腊神话. 上海：上海译文出版社，2011.

赫西俄德. 工作与时日 神谱. 北京：商务印书馆，2013.

万俊人. 现代西方伦理学史. 北京：中国人民大学出版社，2011.

网络文学的世界设定

第二部分

第五章

世界的功能与设定原则

网络文学中的世界，包括作者为人物与故事设定的一系列自然、社会、人文环境，通行规则，角色特征等要素，是人物与故事创造的基础。它是作家个人愿望驱动下的创造物，也深受东西方神话、小说、电影、电视剧传统的影响，各种小说类型的世界设定都有其历史源流，因此写作者应该具有必要的知识储备。

世界设定应该在作品构思阶段成型，在作品写作进程中调整完善，这是一项很有难度的工作，很多网络小说作者缺少审慎细致的写作态度，因而其世界设定显得粗疏、自相矛盾。如何创设一个统一、有效的文学世界，为完成作品任务提供支持呢？需要把握几个关键问题。

一、 世界的功能与类型规定性

世界设定首先要把握文学世界的基本功能与类型规定性。文学世界是为主人公实现各种愿望而存在的，是人物特别是主人公实现梦想、获得成功体验的舞台，所以世界设定应该与主人公实现愿望的行动任务相契合，向主角愿望—动机—行动线索靠拢。而各种小说类型的愿望主题有所不同，实现愿望的途径方法不同，构成世界的主要因素也就不同，世界设定也因此需要遵循某些类型的规定性。

都市小说与历史小说的世界是凡人为主的世界，世界设定使用的元素，主要是人们熟知的自然与人间社会的现实、历史元素，为主人公获得权力、财富、爱情成功提供基础条件，其世界与人们的经验世界相似度较高，主人公在"现实"情境中愿望得逞，更符合人的快感经验，让读者得到体验的真切感，因此其世界设定，要充分考虑人类对现实世界的认知和人的情感经验因素。比如《1911 新中华》中，主角带领新军攻打上海制造局时期，其社会环境、城市地理、各类角色特征，与人们对晚清民初的认知是一致的，这就给人以很"真实"的感受。

奇幻、玄幻、修真、仙侠小说等修炼小说，需要为主角通过修炼获得超能、长生，成为神仙，攀登世界顶峰等叙事任务，提供合适的世界来源、创世神、世界运行的规则、世界的自然社会形态、主要种族势力分布、修炼功法及其等级、修炼的各种资源等世界要素。它们的世界必然是显著不同于经验世界的，并以显著不同于现实生活的逻辑来驱动故事进展，幻想文学的灵魂是获得超现实、超自然能力的自由，因此需要一个完整的、自成体系的、能为故事发展提供支撑的世界架构。

而东西方修炼小说中的世界，如玄幻与奇幻小说的世界，时代背景以东方、欧洲古代社会为常见，以各自的神话为源头，各有自己的创世神话、神明系统，具有各自的武器、异能、修炼门派、各种非人类种族等设定传统，所以东方与西方的幻想性文学世界也显著不同。

同为幻想小说，修炼小说与科幻小说也各有自己的规定性，修炼成神与科技工业发展，遵循着显著不同的逻辑情理体系。在修炼小说中，即使主角是在星际、异时空、宇宙不同"位面"进行修炼，除非具有可靠的依据，能把各种神功与科技可信地结合起来，否则不宜出现枪炮、蒸汽机、原子弹、宇宙飞船等科技工业产物；同样，在科幻世界里，出现各种神功异能也需要谨慎，它们应该是科学能够加以阐释的现象，不能被科技常识所证伪，甚至于某些神功异能本身就是科技发展的结果。

然而欲望是无边界的，幻想也是无边界的，主人公的欲望，对应着能够实现这些欲望的世界设定。在都市、历史题材小说，这些本应该脚踏实地的文学体裁中，也经常会出现非现实世界的元素，比如神仙或者天使降临日常生活的世界，会对主角实现愿望提供帮助，或者主角具有超能，能为自己、朋友和社会提供帮助，这就使得故事中的世界超越了日常经验世界。同时，奇幻、玄幻等类作品的人物也会有获取权力、财富、爱情的欲望，使得世界设定也要具有人间社会的一般景观，为主角获得权力、财富、爱情提供世界舞台。

因此世界设定的核心关切，还是为人物实现愿望服务，类型的规定性要体贴人性、人的欲望。幻想文学始终有跨类别发展的冲动，它们总是跟随欲望的指引，不断突破文学世界的边界，只要能够提供令人信服的理由，具有逻辑情理的支持，欲望到哪里，哪里就是世界。而每一次具有逻辑情理支持的、跨类别的世界边界突破，都可能是一种了不起的创新，甚至可能是创造了一种新的小说类型。

二、 可理解性与新颖独创性

人物的愿望与行为，是文学世界可理解性的关键因素。幻想文学的世界，与日常经验的世界有着鸿沟，写作者又倾向于追求新奇的世界设定，因为喜欢新奇的事物是人类的天性，陈旧的世界令读者感到无趣，但是读者进入一个新奇的世界可能会有一些理解上的障碍，对于全新体系的、超越于阅读经验太多的世界，理解的障碍就更大。而人物的愿望、情感与行为模式，却容易被读者理解感受，人性的展示最令读者有真切感。所以越是新奇的世界图景，就越是应该配合人物的行为、人物的感受，来逐步展开，以便于读者理解把握。

　　世界是假定的，人性是真实的。以奇幻、玄幻文学而论，世界设定中，常见由凡人升级到至高神的设定，等级、状态设定各异，对于初涉幻想文学的读者而言，会有陌生感，但是主角不断升级带来的快感，与读者的内心欲望结构是吻合的，所以读者很快就会跟随人物的愿望—动机—行为线索，进入那些奇特的幻想世界。

　　神话传统其实一直在影响着我们的感知和想象，它是一个背离现实经验的知识谱系，幻想文学的世界设定所需的要素，多数在各种神话中存在原型。神话是人类欲望最大化实现的神迹，它无意于描述世界的客观景象，也不需要经验世界的验证，而是要表达人对于世界的愿望，是人生与情感体验的解释范式，也是读者理解幻想文艺作品的先验的内心结构。我们熟悉自己的内心，就会对各类神话世界感到熟悉。幻想文学的世界设定，也因为与神话同构而增加了可理解性，这是修炼小说与科幻文艺的世界设定，向神话结构靠拢的重要原因，那可以使人们迅速理解各种新奇的世界设定，无障碍地进入故事的内层：人性的律动。

　　新颖独创而又可理解的世界设定，更能吸引读者注意力，会给人以强烈快感，托尔金的《魔戒》等作品中的世界[1]，是借鉴了北欧神话而自成体系的神话世界，是独创性与可理解性相结合的典范，其人物与故事都有鲜明特色，故事主线是正邪两派围绕争夺至尊魔戒的剧烈搏斗，各种族"人物"面对诱惑时的内心波澜。虽然其世界架构与人物故事迥异于现实世界，但如同一个人们经常遇到的梦境，是人类某些原始欲望的产物，所以世界的情境、人物的心理与行为就仿佛在印证读者的精神世界，即使是儿童都能把握作品精髓，让人们从中得到了新奇独特的情感体验过程。

---

　　[1]　参见（英）J. R. R. 托尔金：《精灵宝钻》，南京，译林出版社，2004。托尔金的《霍比特人》、《魔戒》中所涉及的创世神话、世界架构、神明、种族、历史发展线索，在《精灵宝钻》中有详细描述。

三、 内在同一性与创造自由

各种幻想文学的世界设定，看起来可以随心所欲，不受人间法则限制，比写实小说的世界设定要更自由。其实文学世界离现实越远，就越是需要自身的内在同一性，因为它没有现实情境来掩护或者依托，世界整体与每一个局部，都更容易受到读者的推敲与质疑。

神话世界（包括作者独创的新神话体系）的建设，只能用一个满足内在同一性要求的体系，在与其世界来源、运行规则不存在冲突的情况下，吸收运用各种世界元素。神话是一个闭合的世界，它具有统一连贯的法则，造物主与他创造的神是其中的主角，主宰着那个世界的产生与运行。圣经神话中，是上帝凭自己的意志在虚空中创造了世界和各种族，北欧神话中，是奥丁用死去的巨人的身体，制造了世界架构，上帝与奥丁创造并主宰各自的世界，他们的存在显然是相互否定、颠覆的，有他无我的。现实世界中各种宗教组织、设施、人员可以同时存在，但是在神话性世界里，如果出现上帝、七大天使、堕落天使、恶魔等角色，就意味着这是圣经神话体系，如果同时出现北欧神话独有的奥丁、精灵、矮人名头，就意味着这个世界体系的解构，除非是有意为之的颠覆活动，否则就是违背了内在同一性的要求，就颠覆了自身存在的基础。

网络修炼小说的世界设定存在的突出问题，就是缺少内在同一性意识，修炼小说显然是神话的后裔，鼓励了很多作者，把东西方宗教、神话、民间故事、好莱坞电影、西方幻想小说各种来源的神奇元素，随心所欲地一锅乱炖，生长出野蛮而诡异的世界，很容易陷入自相矛盾、自我颠覆的境地，"一锅乱炖"行为是精神发育未完成的标志。

跳舞是最优秀的网络作家之一，他的作品以令人惊奇的想象力、精彩的故事情节著称，然而，其世界设定的随意性也与一般网络作家相似。在其奇幻小说《恶魔法则》的世界中，有教廷骑士团，光明女神与光明神殿，恶魔概念，魔法体系，北欧神话中的龙族、精灵族、兽人、希腊神话的梅杜莎（蛇）等种族，也有托尔金神话世界的角色如甘道夫、阿拉贡等，主角的几度转世，光明女神转世为主角的曾祖母，却又有印度神话、佛教的转世旨趣。[1] 这些不同神话体系中的元素，靠什么融合在一个世界中？内在同一性如何体现？显然存在疑问。跳舞的《猎国》里，"大陆"的南方是古老帝国拜占庭，北方是奥丁帝国，西边有岛国兰蒂斯，三国鼎立，这三个不同神话宗教历史背景的国家凑在一起，这个世界又是谁、根据什么规则创造的？故事主角与神蛇达曼德拉斯建立了"生命共享契约"，彼此共享生命力和神通，主角受伤可以通过吸纳神蛇的生命力迅速治愈自己，如是等等神迹只能以有神论或万物有灵论来解释，它也是奇幻文学的基础理念，然而主角却宣示自己不相信任何神灵，只相信丛林法则、弱肉强食的信条。[2] 这对于奇幻小说作品是非常违和的，违背了基础理念的同一性，等于是自挖根基的自杀。这两部作品故事情节很精彩独特，世界设定却存在内伤，殊为可惜。

四、 文化传统与世界设定

网络文学的世界设定要注意避免东、西方传统文化与传统小说的负面影响，不要以为流传久远的文化传统、文学传统就是合理的，就是可以沿袭的。特别是要注意两个传统因素的影响。

其一是北欧神话与希腊神话中留存着早期人类的残忍嗜杀习性，北欧神话主角奥丁杀死原初巨人，以其身体为材料架构了世界，希腊神话中大地之母该亚所生的儿子克罗诺斯，杀死父神而成为第二任神

---

① 参见跳舞：《恶魔法则》，首发于起点中文网。
② 参见跳舞：《猎国》第一百九十七章，首发于起点中文网。

王，宙斯又杀死父神克罗诺斯而成为第三代神王，宙斯荒淫无耻，乱伦，为达目的不择手段，如是等等，在托尔金及其之后的现代作家的世界架构里，这种丛林习性已经被扭转，做出了符合人类伦理进化趋势的安排。

网络小说的世界设定中返祖现象大量存在，许多小说的世界通行规则与欧洲古代神话中的丛林法则相似，主角暴力崇拜的价值观与嗜杀的行为模式，与奥丁、宙斯相似。因为古典神话如此，所以小说创作可以沿袭，这是一种认识误区，文明的倒退是一种不能宽恕的恶。

其二，中国明清小说中存在思辨能力发育不良、随意冒犯内在同一性的缺陷，对于世界设定，这种影响是致命的，却一直未被重视，需要加以明辨。

长期以来，道教部分门派、民间宗教力图把道、佛统一起来，并以道教为尊，为此寻求各种依据。西晋惠帝时期，道人王浮编撰出《老子化胡经》，以配合佛道相争的局面，《史记》中对老子结局的记载是：老子过函谷关西行，而后莫知所终。《老子化胡经》续接为：其实老子是西去了天竺国，点化胡人为佛，佛祖如来就是老子的弟子。这一说法流传甚广，在古代民间社会，很符合大众特别是道教信众本土自尊自大的需求。神魔小说《西游记》与《封神演义》是在远古神话、佛道神话、话本与民间传说的基础上创作的，所以沿袭了这种佛道统一的路数。

在《西游记》中，佛教与道教的主要神明佛祖、观音菩萨、玉皇大帝、太上老君等等，同时存在于一个世界，互相还有合作，他们都参与了主角们的故事，佛道世界、神仙队伍真的就合流共存了。作品也认可了老子化胡说，比如在《西游记》第六回"观音赴会问原因 小圣施威降大圣"里，观音菩萨、太上老君（老子）等人，在南天门观看捉拿大圣孙悟空的戏码，二人要拿出有用的兵器去打他，老君捋起衣袖，取下一个金钢琢，"当年过函关，化胡为佛，甚是亏他，早晚最可防身。等我丢下去打他一下。"① 还有，如来佛祖之口会说出道家与道教特有的知识，如《西游记》第五十八回"二心搅乱大乾坤 一体难修真寂灭"中，如来与观音菩萨谈论六耳猕猴时说："周天之内有五仙，乃天地神人鬼"②，这是与道家修炼相关的语言，与佛理相冲突，出自于佛祖之口，很不合理。

《封神演义》中，把民间传说中的道教至高存在"鸿钧道人"，捧成"玄门都领袖"，总领包括"西方教"在内的天下玄门，在第八十四回"子牙兵取临潼关"中，"鸿钧道人"与"西方教主"接引道人和准提道人相见，鸿钧道人称赞了西方极乐世界，二人口称老师，行弟子礼，"打稽首"后才坐下。这二人趁着封神大战，把"道门弟子"文殊广法天尊、普贤真人、慈航道人、燃灯道人接引到了西方教门下，后来他们就成为了文殊菩萨、普贤菩萨、观音菩萨和燃灯古佛。③其实这些人物原本就来自佛教，被作者借用到商周战争中，意在强化佛教来自于道教的说法。在《封神演义》的世界里，只有势力的划分，而较少信仰的分别，人物改换宗教门庭，却没有信仰的障碍。

道教、佛教世界观、世界起源、世界规则的设定相互冲突，相互颠覆，很难也没有必要合并在一起。佛教产生形成也早于道教数百年，在现实世界里和尚、道士可以合作，但是佛与道的主要神明不能在一个神话性世界里共存，这与上帝和奥丁不能共存的道理相同。但是在民间社会，存在着无数乱草般生长的民间迷信，愚民可以对孙悟空、猪八戒的塑像烧香磕头，产生佛道同源、用道教系统"收编"佛教系统的想法，就很正常了。《封神演义》的世界设定更是与民间黑

---

① 吴承恩：《西游记》，70页，北京，人民文学出版社，2005。

② 同上，709页。

③ 参见许仲琳：《封神演义》第七十七回、七十八回、八十四回，北京，中华书局，2002。

社会争码头相同，不管来源如何，拜了个老祖，定了头把交椅，大家共烧一炷香，就可以宣布合并了，统一就好，教义学理的冲突可以不用在意，在意的是地盘分配。

很不幸的是，在网络玄幻、修真、仙侠小说中，《封神演义》的混乱作风不断蔓延，佛道同源、老子化胡说、佛道主要神明共存，违背内在同一性要求的现象比比皆是。确实，把佛教、道教、民间宗教的神佛队伍统合在一起，具有很大诱惑力，因为显得规模庞大。但是今天的作者与读者的思维能力、道德水准，理应超越《封神演义》的时代，不能再用《封神演义》的大话传统、不尊重其他宗教的态度来创造神话体系。如果是为了与西方奇幻文学比拼系统的宏大，就靠说大话唬人，可能效果适得其反。这种世界设定的混乱状态，已经是网络文学走向全球市场的严重阻碍。

创造一个宏大、新颖、体系严谨的的世界，需要作者具备宏观架构的能力，需要对全球文艺经典进行深入研究，借鉴有益经验。慢下来，在主人公成为世界主宰之前，先让作者这个"创世神"成为贯通透亮的人，打牢根基再盖高楼。

参考文献

J. R. R. 托尔金. 精灵宝钻. 南京：译林出版社，2004.

跳舞. 恶魔法则. 首发于起点中文网.

跳舞. 猎国. 首发于起点中文网.

吴承恩. 西游记. 北京：人民文学出版社，1980.

许仲琳. 封神演义. 北京：中华书局，2002.

第六章

与现实接壤的世界

网络都市小说与历史小说的世界设定，一般以人间情境为主，以某个现实或历史时空的世界为模板，与人们的经验相符，看起来很像是"真实"的世界，因为这些类型的小说需要世界的现实感、人间感。

一、 现实时空的 "个人世界"

都市小说、一般历史小说等类型小说的世界，是作家创设的个人化的世界，不能被当成是现实世界的反映或者镜像，现实主义文学的"真实"世界观，会限制作者创作的可能性。

都市小说的祖先之一《红楼梦》，其主要情境大观园这个"小世界"，是男性愿望的承载体。从情理上说，一个男性与一群美女在一个封闭的世界长期共处，并且排除其他男性进入，在现实人类社会中是不可能存在的（除了皇宫），特别是严行礼教的明清时代官宦人家，更不可能出现让贾宝玉得趣得意的大观园这个世界，而这个不可能存在，或者需要很多前提条件才能存在的世界，正是《红楼梦》世界的核心构成，是曹雪芹使用架空等手段，为他自己和读者安排的迷魂幻境。

这类逼真的世界，是作家为了人物实现愿望而创设的真切可感的世界，是人物的舞台。如果小说人物能跳出作品，会发觉自己的世界，其实是被作者这个造物主所操纵的，就如同电影《楚门的世界》的主角楚门，是一个策划好的真人秀的主角，而他并不知道自己其实是一个演员，他的出生、成长，恋爱与工作，一切的喜怒哀乐，都在一个设计好的世界中上演，并通过电视实况转播，被无数的观众观看。这个世界与人们的经验世界一样，经历着白天和黑夜，期盼与满足，但它是创作者设定、营造、调度的世界，一切围绕着主角而运转。主角不在场的区域，群众演员们立即停转，主角出现时，这些世界的角色"元素"，立即按照剧本忙忙碌碌地"生活着"，而剧本随时会根据剧情需要而修改，以满足和调动观众的心理。因为观众希望他们偷窥了很久的这个"人"，能打破操纵获得解放，获得自由，所以楚门最终觉察了自己被操纵的真相，勇敢地冲出了这个人为设定的世界，虽然进入了庸常世界，他就不再是主角。

但是一般文艺作品的主角却只能在作者安排的世界中，享用主角的荣光，直到作品结束。如果读者感觉不到这种操纵，那是因为操纵很高明、很隐蔽，更因为作品为人物安排的世界符合读者的愿望。

这是网络文学与许多大众文艺作品的世界运行规则之一：这是主人公的世界，主人公是世界中心，世界围绕主人公运转，像"楚门的世界"那样，看起来都是现实情境，而其实与现实世界的实际运行规则不同，却正是读者所需要的。

阅读是一种情境体验游戏，而网络都市小说是现实情境中的体验游戏，作者与读者一起观看主角在设定的舞台上表演，读者把自己代入主角，感受在这个"真切"的世界中，主角实现自己的愿望带来的舒畅满足感。这不是欺骗，因为网络文学的读者早就被告知，世界是假定的，网络文学没有必要假装世界是生活的真实反映。不让读者、观众知道大众文艺的世界是假定的，宣称它是真实生活的反映，那才是欺骗。

二、 穿越重生小说中的世界设定

受欢迎的网络都市小说与历史小说，通常都是以现实与历史材料制造愿望满足的梦境。这两类小说中目前又以都市重生小说与穿越历史小说更为兴旺。

穿越或重生，回到过去时空，就需要架构一个从前的世界，并且还要在此基础上，建构一个被主角改变的世界，通常它们不是人们已知的真实世界，而是主角的行为造成的平行空间。

都市重生小说《重生之官路商途》主角的灵魂回到了十几年前的自己身上，而那是一个与现实世界相似的空间，是一个"平行位面"的世界，在主角改变它之前，它与现实世界是一样的。这样的世界设定很流行，它为作者的无限意淫提供了方便。因为主角知道世界发展的过程与"规律"，领先一步，提前布局，创造了影响世界潮流的功能强大的企业，那些现实时空人们熟知的世界知名科技企业，因为与主角合作才成就美名。在主角光芒照耀的地方，世界发生了改变，展现了一幅幅新的世界图景，主角构建了涵盖科技、金融、资源、地产诸领域的政商集团，在世界范围内推动了重大事件的进行，那似乎是更美好的世界，至少是让主角很爽的世界。①

在另一部重生名作《重生之官道》中，作者给予主角的"金手指"比较多，导致了世界的变迁。主角重生到著名政治家族以后，得到家族与岳父家族势力的帮助，步步青云，一路走向权力中心，利用世界政治经济危机在全球猛赚大钱，帮助重生后的"母亲"成为世界首富，又以外商的名义在他任职的地区投资，眨眼之间创造了政绩，得以迅速升官，改变了家族命运，改变了世界经济版图和国内政坛

---

① 参见更俗：《重生之官路商途》，首发于起点中文网。

图景。①

　　穿越历史小说的主角则更少羁绊，大胆改变历史时空的世界。《1911 新中华》中，主角被雷电送到另一个平行世界的晚清，到了辛亥革命第一线，建立自己的军队，统一国家，利用世界列强的竞争关系，"新中华"迅速得到工业化的机会，成为第一次世界大战名副其实的战胜国，与人们熟知的历史轨迹完全不同，构成了全新的世界格局，那将是民族主义者理想的世界，当"我们"在说话时，全世界都在聆听。②

　　架空历史小说中，通常是主角光临前，那个世界已经被其他人改变，而因为主角的行为，那个世界再次被改变。《庆余年》经过多重架空，小说中的世界与《红楼梦》的世界一样，已经难以找到历史坐标，但正是由于从具体的历史情景中解脱了出来，这个世界具有了神话般的象征意义。在《庆余年》中，由于核爆炸毁灭了地球表面的人类文明，只有在北极遗留下一个使用太阳能的军事博物馆，代表着曾经的人类文明高峰，它被这一世人类当作是神庙来膜拜。神庙主人决定不干扰下一个人类文明的发展，但是要阻止人类重新走上工业文明的道路，所以这个时空地球残余的人类缓慢发展起来，社会状态与中国的古代社会相似。

　　主角范闲的生身母亲叶轻眉的灵魂来自工业文明发达的 21 世纪，到达这个皇权社会的时空，为"庆国"创造了近代工业体系和政治体系，但叶轻眉被庆国皇帝与神庙联手扼杀以后，她开创的政治经济体系，恰恰被庆帝利用，成为控制人民加强统治的利器，帮助庆帝征服天下。主角范慎的灵魂穿越到"庆国"的范闲身上，最终决心反抗专制皇权，并战胜了庆帝，庆国也离开了被庆帝控制的原有轨道，变得

---

① 参见录事参军：《重生之官道》，首发于起点中文网。
② 参见天使奥斯卡：《1911 新中华》，首发于起点中文网。

更为自由。①

架空小说的世界设定，由于失去了具体时代的参照系，而且主角还在不断改变世界，显然要提供清晰的时代面貌、世界的诸种情态，这就需要更多笔墨落在世界的介绍、描述上，这会给情节发展带来过重的负荷。《庆余年》的巧妙之处在于，并不是通过静态介绍、描述来表现世界的来龙去脉，而是设定为世界本身就攸关主角的命运，通过主角对真相的探寻，来逐步揭示掩藏起来的世界面貌。

江南的《此间的少年》则是另一种架空，世界设定更有时空假定性意味，它是以金庸小说人物为基础的同人架空小说，人名出自金庸的十五部武侠小说，但他们都是宋代嘉祐年间的"汴京大学"各年级各专业的学生（与北京大学相似）。乔峰、郭靖、令狐冲在集体宿舍过着他们的学生生活，郭靖和黄蓉还是会相恋，杨康和穆念慈则另有结局。这些成长与友谊的故事，让你想起自己的大学生活。这种世界设定既很有人情世故的真实感、人间感，又具有角色扮演中的间离效果。②

三、 猎奇的世界

网络文学无意于反映庸常的生活景象，与明清小说、好莱坞电影一样，追求世界设定的奇特新颖，新鲜的信息对于人类进化是必要的刺激，所以"猎奇"不是贬义词，作者与读者对新颖世界的好奇，也是世界小说、影视剧发展的动力。

探险小说最依赖世界设定的新巧，其世界既要有现实世界的真切感，又要足够新奇，带有危险刺激因素，并以不断更换场景、不断跳地图的方式，给予读者魅惑感。电影《夺宝奇兵》、《古墓丽影》等险

---

① 参见猫腻：《庆余年》，首发于起点中文网。
② 参见江南：《此间的少年》，北京，华文出版社，2004。

境探秘的典范，直接刺激了相关网络小说的兴起，又以盗墓小说《鬼吹灯》与《盗墓笔记》角色设定、情境的险奇效果最为出色。

天下霸唱的《鬼吹灯》设定的主要角色，是具有秘术传承的盗墓世家子弟，其行业规则，"发丘摸金、搬山、卸岭"这三大职业体系，摸金校尉、发丘天官、搬山道人、卸岭力士等专用名词的设定，是作者在民间传说基础上创设的，引来模仿无数，很像是一直存在的公认的事实。①

《鬼吹灯》依据作品各部要追求的故事效果，安排适宜的空间设定，比如在"云南虫谷"中，把灵异和科幻色彩的元素融合在一起，坠毁的飞机残骸、幽灵般的摩尔斯信号、千年不死的巨型昆虫，情景玄奇而悬念迭出。"昆仑神宫"则充满了神话色彩，昆仑山是中国神话中的重要元素，作者揉入了亦真亦幻的风蚀湖的鱼王、无量业火、水晶自在山、恶罗海城、灾难之门的情景，创造了真实世界与奇幻情景的结合体。

南派三叔的《盗墓笔记》中，奇邪的事件与奇邪的场景相配合，长沙的镖子岭、山东的七星鲁王宫、西沙外海、秦岭神树、蛇沼鬼城、阴山古楼、邛笼石影，鬼影憧憧，危机不断。书迷根据剧情绘制了盗墓地图，引发了新的阅读热潮，说明小说的世界设定本身，对于调动读者的热情就具有重要性。②

四、 现实生活中的异常存在

都市异能小说、妖异小说，与古代志怪小说、《超人》、《蝙蝠侠》、《钢铁侠》等好莱坞电影，具有相同的志趣，一些身具异能的人士藏匿在普通人中间，暗中维护正义，或者是为实现自己的欲望而奋

---

① 参见天下霸唱：《鬼吹灯》，合肥，安徽文艺出版社，2007。
② 参见南派三叔：《盗墓笔记》，首发于起点中文网。

斗，其实是代替读者观众，在板结的现实生活土壤里，伸出生命的触角。主角的异能有些是来自于天赋、个人修炼，有些是与科技因素有关，在日常生活的情景中，这种存在异能异怪的世界设定，重在主角与庸常世界之间、主角能力与大众意识的巨大差异，以及剧情的可能性与合理性之间的平衡。这些人物虽然具有超能力，但也要受到社会规则的制约。

在唐家三少的《生肖守护神》的世界中，存在着十二生肖保护神，传承各自生肖的血脉，拥有着自身属相的能力，守护着"炎黄共和国"这片土地。当拥有麒麟血脉的王者降临之后，生肖守护神们就会聚集在王者的身边，集结成一种特殊的力量，当然这个时代拥有麒麟血脉的孩子就是主角齐岳。他在觉醒、修炼成长之后，统帅十二生肖守护者等力量，迎接来自各方面的挑战，特别是希腊十二星座守护神们的对抗。与生肖守护神一样，他们是希腊的守护神，由战争和智慧之神雅典娜的精神继承者雨眸带领，与主角构成了爱恨情仇的复杂关系。①

在这个世界里，神话与现实紧密衔接，现实社会运转与异能神通相融合，特别是"国家"管理职责与异能人士的使命相融合，化解了神话与现实两个世界不同规则间的矛盾，这也是异能小说的常见策略。

在日常生活情境中，还有各种神明妖魔与人类构成各种关系。可蕊的《都市妖奇谈》②营造出了一个特殊的世界，通常是在《聊斋志异》、《山海经》的世界里出现的妖魔鬼怪，隐藏在现代世界的芸芸众生之中，与人们一样挣工资过日子。但他们毕竟是非人类生物，都有自己种种玄妙诡秘的来历与背景，都有着自己的种族习性又具有个人特性，比如林睿（狐狸）有着狡猾的品性和喜欢吃鸡，美丽而多情的

---

① 参见唐家三少：《生肖守护神》，首发于起点中文网。
② 参见可蕊：《都市妖奇谈》，北京，文化艺术出版社，2010。

山鬼热衷于做菜和追赶时尚，这些设定显得角色很特别又很人性化，令人心生亲近之感。有他们存在，世界多么有趣啊。

五、 现实世界与异世界的隐秘通道

在现实世界与异世界之间，经过一个通道可以相互来往，如《聊斋志异》中的崂山道士穿过一堵墙就可以进入异世界；在《哈利·波特》① 中，可以在伦敦火车站，通过九又四分之三站台的巨柱，进入异时空，乘专列去魔法学校，进入魔法世界；在楼笙笙的网络小说《别拿穿越不当工作》中，穿越管理局人员，则可以使用时空设备进入各个历史时空。②

张小花的网络小说《史上第一混乱》中，世界设定花样百出，主角萧强被玉帝等人看中，安排他接待古代来客。那些历史名人来到现实世界后，用各自的秉性创造了五花八门的生活景象，当规定时间到了尽头，这些古代来客就会在现实时空消失。后来主角又因故需要去往各个历史时期，主角可以通过特殊加持的汽车，开进历史时空，与朋友相聚。最后，在主角家的车库的墙壁，保持了一个时空通道，那背后的时空秘境，别人无由得知，只有主角一家三口和少量亲友可以自由往返历史时空。③

凡此种种，构成了现实世界与异世界共生的世界，两重世界中的景象相映成趣，人物来回穿梭，故事在通道两边展开，拓宽了想象边界，让读者体验了更广阔的精神领域。

---

① 参见（英）J. K. 罗琳：《哈利·波特》，北京，人民文学出版社，1997—2007。作品中，经过特许的魔法界人士可以对着九又四分之三站台的巨柱猛冲，进入另一个时空，而普通人则不能进入。

② 参见楼笙笙：《别拿穿越不当工作》，首发于起点中文网，沈阳，万卷出版公司，2011。

③ 参见张小花：《史上第一混乱》，首发于起点中文网，合肥，黄山书社，2009。

参考文献

更俗．重生之官路商途．首发于起点中文网．

录事参军．重生之官道．首发于起点中文网．

唐家三少．生肖守护神．首发于起点中文网．

J. K. 罗琳．哈利·波特．北京：人民文学出版社，1997—2007.

楼笙笙．别拿穿越不当工作．首发于起点中文网．

张小花．史上第一混乱．首发于起点中文网．

第七章

奇幻小说的世界

北欧神话、希腊神话、圣经神话、凯尔特神话是西方奇幻文学的重要源头，叠经世界文学与电影、电视、游戏的传布，成为中国网络奇幻小说世界设定的主要资源，并且激发了中国小说家的热情，从东方神话、神魔小说中汲取素材，以构建玄幻、修真、仙侠等类小说的世界。

一、 作为世界原型的欧洲神话

欧洲神话元素，有些已经被后世的奇幻文艺深度挖掘，有些还有待开发，兹将几大神话的主要"世界元素"列示如下。

（一）北欧神话中的创世与诸神、种族

北欧神话的世界构架对后世的奇幻文学世界设定影响最大，如同描画清晰的房屋结构图谱，令无数奇幻作家跃跃欲试，对之加以借鉴改造，以搭建自己的世界。

创世与世界架构

最初，世界上有一冷一热两个区域，之间是一个沟壑，当冷热相遇，烟雾和水汽升腾，产生了巨人伊米尔和一头大母牛。巨人吸饱了牛奶，沉入睡眠，从他的身上产生了一男一女两个巨人，从此霜巨人

族便繁衍成群。神族的祖先布里也从盐碱地里出现，后来，伊米尔与布里发生战斗，布里被杀，但是布里与女巨人的后代奥丁与兄弟把巨人伊米尔杀死。奥丁兄弟用伊米尔的身体创造了大地、海洋、山脉、苍穹、云彩。

奥丁与诸神创造完善的宇宙由九个世界构成，并分为三层：最上面一层中有"诸神国度"，奥丁与诸神以及精灵居住其中；第二层则是人类居住的"中庭"，它被大海所环绕，可以经由三色虹桥通往"诸神国度"，巨人族、矮人族也住在这里；第三层是死人之国，是一个冰冷多雾的永夜的场所、亡者归宿之地。而贯穿连结这一切的是世界之树（伊格德拉希尔），它是从巨人伊米尔尸体上生长出来的，其巨大的树身伸向三层世界，树根之旁有泉水涌出，滋养着神树。

主要神明与种族

北欧神话神明众多，尤以奥丁与洛基为核心人物，他们与各自的妻子、情人与子女的故事最为丰富。

奥丁：是众神之王，形象高大威武，坐骑为八足天马，肩上栖息着两只神鸦，名为"思想"和"记忆"，它们每天到处巡游，回来向奥丁报告见闻。奥丁脚下蹲着两只狼，名为"贪婪"与"欲念"，承担警卫之责。奥丁发明了北欧古文字，司命运的仙女用这种文字把命运记载在盾上。

洛基：火神，奥丁同母兄弟，为人乖戾，神通广大。他有许多怪物后代，如芬里尔狼、耶梦加得之蛇和死神海拉，也能在一瞬间把自己变成无数的怪物。是奥丁的主要对手。

巨人族：神族的世代仇人。主要敌对势力。

精灵与矮人：伊米尔的尸体长出蛆虫，受光一面生长出来的蛆虫变成了精灵，通体发亮，美丽、温良、开朗，能和万物沟通，因此众神就把他们当作朋友。从尸体背光一面生出来的则成了矮人，因为品性欠佳，众神令他们居住在大地的下面，不得被阳光照射到，否则就会变成石头或者溶化掉。

人类：奥丁兄弟在海岸边发现两根树枝，就用其中的梣树枝造出男人，用榆树枝造出女人，并赐给他们灵魂，于是这对男女就成为人类的始祖。[①]

（二）希腊神话中的主要角色

希腊神话对整个人类的宗教、哲学、科学、文学艺术产生了深刻的影响，希腊神话故事已经成为人类的公共知识。希腊神话中的神，拥有人类欲望与情感，其形象等同于掌握神通而又具有无限生命的人类，他们个性鲜明，生命力旺盛，创造了灿烂的英雄故事和情爱故事，为世界文学包括奇幻文学提供了系列人物和情节原型。

希腊神话的神祇、英雄、妖怪队伍非常庞大，兹将三代主要神祇和奇幻文学中常见的角色原型，列举于后。

黄金时代的神祇

是创世神一代神祇。天地未成形，先有混沌之神卡俄斯，随后诞生了大地之母该亚、地狱深渊神塔耳塔洛斯、黑暗神俄瑞波斯、黑夜女神尼克斯和爱神厄洛斯，他们是五大创世神，世界由他们开始。

大地之母该亚又生育了许多孩子，如十二提坦，分别代表了世界最初的一些事物和不同的海。该亚是众神之母、奥林匹斯神的始祖。

白银时代的神祇

就是提坦们，其中克罗诺斯杀死父神而成为第二任神王。普罗米修斯是最有智慧的神之一，被称为"先知"，是人类的创造者和保护者。

青铜时代的神祇

是宙斯为神王的第三代神祇，对后世影响更大。

---

① 北欧神话中的创世与种族参见石琴娥、斯文译：《埃达》，南京，译林出版社，2000；（德）威廉·理查德·瓦格纳编著：《尼伯龙根的指环》，长春，吉林出版集团，2010。

宙斯：主神，宇宙之王，维持着天地间的秩序，他是许多神祇与英雄的父亲。克罗诺斯与瑞亚最小的儿子，在母亲瑞亚和独眼巨人的支持下，杀了父亲克罗诺斯，成为第三代神王，建立了新的统治秩序。宙斯直接统治奥林匹斯十二主神，与他们一起生活在奥林匹斯山。

普罗米修斯与人类起源：普罗米修斯是青铜时代的十二主神之一。普罗米修斯用黏土按照自己的身体形态创造了人类，智慧女神雅典娜把神的呼吸吹进他们口中，使他们获得了聪明和理智。普罗米修斯教会人类学会计数和写字，造出帆船在海上航行，制造金属与药物，还教会人类预言未来和释梦。后来普罗米修斯教会人类使用火种，遭到宙斯的惩罚，被铁链缚在高加索山的悬崖上，宙斯还派他的神鹰每天去啄食被缚者的肝脏，但被吃掉的肝脏随即又会长出来。三十年以后，英雄赫拉克勒斯救下了他。

雅典娜：智慧、战争、艺术、工艺之神。

阿波罗：人类的保护神、光明之神、迁徙和航海者的保护神、医神以及消灾弥难之神。是最英俊的男神，是美的原型。

著名的妖怪

美杜莎：女妖，两眼闪着骇人的光，任何人看她一眼，就会立刻被石化。

斯芬克斯：怪物，有翼，长着美女的头和狮子的身子，在忒拜为害人间。

塞壬：她们住在一个海岛上，以歌声诱惑并杀死水手。[①]

(三)《圣经》中的至高神与创世

圣经神话影响了人类的世界认知与道德判断，也为奇幻文学提供

---

① 希腊神话中的神祇参见（古希腊）赫西俄德：《工作与时日 神谱》，北京，商务印书馆，2013。

了世界的原型。影响奇幻文学的主要世界元素如下：

上帝耶和华创世

他在空虚混沌中发出命令，先后创造了光、大气、旱地、植物、天体和动物。到了第六天，耶和华按自己的形象创造了亚当和他的妻子夏娃，将他们安置在伊甸园。耶和华第七日停歇工作。

原罪

亚当与夏娃在伊甸园中违逆上帝出于爱的命令，偷吃禁果，从此与上帝的生命源头隔绝，致使罪恶与魔鬼缠身，陷入病痛与死亡的结局。后世人类皆为两人后裔，生而难免犯下同样的罪，走上灭亡之路。

天使

上帝耶和华用他的话创造了这些天上的灵体：天使，天使是永生的；七大天使与对应的堕天使、恶魔撒旦，构成正反、善恶的世界两极。[①]

（四）凯尔特神话中的世界元素

凯尔特神话主要流行于欧洲，神话中关于德鲁伊和魔法的传说，对奇幻文学影响巨大。

德鲁伊

德鲁伊是预言家和先知，也是生灵和亡灵、"彼世"和"现世"之间的桥梁。许多德鲁伊也是各部族首领的军师，如亚瑟王的导师梅林，他的辅佐使亚瑟王建立了丰功伟绩。

魔法与巫术

德鲁伊、人间吟游诗人和一些大英雄们拥有魔法的力量。吟游诗人的歌声可以令敌人烦躁不安，也可以让他们昏睡不醒；德鲁伊们可以将自己或别人变成动物或植物，也可以呼风唤雨、召唤异兽。[②]

---

① 《圣经》中的创世参见《圣经》（和合本），上海，中国基督教会出版发行。
② 凯尔特神话中的德鲁伊参见（爱）托马斯·威廉·黑曾·罗尔斯顿：《凯尔特神话传说》，西安，陕西师范大学出版社，2013。

这种通灵的角色、这些奇异的法术，与非现实的奇幻世界非常相配，在网络小说中，也是常见的角色与基础的职业能力。

二、 托尔金神话世界及其流变

托尔金是古代神话与现代奇幻文学之间承上启下的经典奇幻作家。他在《精灵宝钻》与《霍比特人》、《魔戒》等作品中，借鉴北欧神话的体系，以一人之力，创设了一个结构复杂、内容丰富的神话，并日益成为一个艺术传统，启发了世界范围内的文艺创作。

（一）托尔金的世界

托尔金创设的世界包括创世神话。众神与各种族的起源与发展，有详细的地图、人物家谱、历法和语言，营造了强烈的真实存在感。

创世——埃努的大乐章

众生万物之父埃汝·伊露维塔的思想中诞生了埃努（诸神），埃汝与埃努们在乐曲颂唱中创造了宇宙一亚，阿尔达世界就在其中。而伊露维塔的居住地是永恒大殿，并不包含在一亚之内，而是处于宇宙之外。中土世界是阿尔达的一部分，是故事的主要场景，形似一个大岛，如同砍去俄罗斯、北欧、西班牙、意大利的欧洲大陆。

众神与种族

维拉：是十四位首先进入阿尔达的埃努。有七位男性（维拉）、七位女性（维丽）。还有许多埃努成为迈雅，以学生和助理的身份协助维拉治理阿尔达。又以曼威·苏利缪与米尔寇·魔苟斯·包格力尔为对立双方的核心人物。

曼威·苏利缪：众维拉和迈雅及阿尔达所有生灵的最高君主。

米尔寇·魔苟斯·包格力尔：是最强大的一位埃努。他招收背叛的迈雅形成了魔兽大军，与诸神作对。炎魔巴龙格、魔王索伦·戈索尔是他最为著名的部下。

维拉们完善了阿尔达，这里有对称的大陆，并由两盏擎天巨灯来照耀大地，但是两盏巨灯被米尔寇毁坏了，阿尔达陷入黑暗。维拉们创造了双圣树，名叫罗瑞林和泰尔佩瑞安。双圣树的出现是时间之始，它们的光辉照耀阿尔达，但是又被米尔寇毁坏了。整个阿尔达，在维拉的创造和米尔寇的破坏之下渐渐成形了，两方势力的战争，贯穿了整个历史。

种族：这个世界的主要种族和生物中，精灵和人类是埃汝先后创造的，霍比特人是人类的分支，法师德鲁伊的真实身份是迈亚，主神限制他们只能以肉身形态出现于世人面前。而矮人则是维拉创造的，龙是米尔寇创造的，半兽人和妖精是追随米尔寇的堕落、退化的精灵。是精灵唤醒了树人。其他种族还有维拉们与米尔寇创造的食人妖、巨人、狼人、树妖、美人鱼，等等。

统御魔戒

统御魔戒共有二十只，其中十九只是精灵铸造的，索伦暗中以魔多的末日火山之焰，铸造第二十只至尊魔戒，它可以支配其他魔戒，从而支配世界，是《魔戒》故事中，正邪双方争夺的焦点。

语言与文字

托尔金专为这个世界创造了语言，如精灵语、人类语言、矮人语、树人语、主神语、兽人语、食人妖语、座狼语。①

托尔金的世界创设借鉴了欧洲神话特别是北欧神话，创世神埃汝·伊露维塔可以算是北欧神话与圣经神话两个造物主的融合，德鲁伊的形象与功能来自于凯尔特神话。这里重点比较托尔金的世界与北欧神话的渊源，看他如何把古典神话元素变形置换为自己的世界元素。

托尔金的世界里，埃汝·伊露维塔的思维创造了维拉，然后与众

---

① 托尔金神话的创世、众神、种族、统御魔戒、语言与文字参见（英）J. R. R. 托尔金：《精灵宝钻》，南京，译林出版社，2004。

维拉用歌唱创造了世界，维拉们来到阿尔达，进一步完善了世界。这比充满杀戮血腥的北欧创世神话，要纯善得多，是对原型的扭转。

其主神曼威与北欧神话中的奥丁一样，是统治世界的君主，其他众神的功能也很相似。扮演反派的米尔寇是主神曼威的兄弟，与北欧神话中奥丁的同母兄弟火神洛基，地位功能相同，都具有承担这个角色该有的能力、品性，并且各自制造了大量厉害的怪物，构成了连番恶战的对立双方。

精灵族和矮人族是北欧神话的特产，托尔金笔下的精灵和矮人的形态、脾性与北欧神话基本相同，都属于次级神，精灵还是长得高挑美丽，擅长与万物沟通，矮人还是擅长打铁和挖矿，住在地下，但能见太阳。北欧神话中矮人不能见太阳的毛病转移到了巨人身上，这就解放了矮人，他们在托尔金和其他奇幻作家那里，参与更多战争与社会活动，成为一种特征鲜明的活跃角色。

北欧神话中，主神奥丁的魔戒给予奥丁无尽的法力，奥丁的魔戒是两个矮人兄弟的作品。而统御魔戒与至尊魔戒是托尔金《魔戒》中的核心构成要素，至尊魔戒这个关键道具，能够支配整个世界，对于故事发展，比原型更有统摄力。

北欧神话中，神树伊格德拉希尔是巨人尸体变化而成的，连接三界，支撑整个世界。在托尔金的世界里，维拉以歌声缔造了双圣树，发出金光的圣树罗瑞林和发出银光的圣树泰尔佩瑞安，是光明与生命力的来源，双树繁茂时，世界充满光明和雨水。它们都是世界的关键物体，也都遭到了敌对力量的破坏。

这些对原型的变形置换，保持了各种元素的功能，改进了原始思维的局限性，对神话世界的架构工作很有启发意义。

(二)《罗德斯岛战记》与《佣兵天下》的世界

托尔金神话世界的创造，启发了后世小说、电影、电视剧、游戏作品的世界设定，如 R. A. 萨尔瓦多的《被遗忘的国度》系列、崔西·西克曼的《龙抢》系列、J.K.罗琳的《哈里·波特》系列、日本作家水野良的《罗德斯岛战记》等后起之秀的作品，都显著受到他的影响。

《罗德斯岛战记》的创世神话、诸神体系，与托尔金的世界一样，是以北欧神话体系为基础的，巨人的身体演化为世界和诸神的设定，与中国神话中，盘古大神身体化为大地也很相似，但是故事主要场景"罗德斯岛"的设定应该是独创的。它被称作是"东方奇幻文学"的开创性作品，对中国网络小说的影响很大。

创世神话与诸神

世界之初只有一个巨人存在，他因孤独而死，身体开始演化为世界，肉化为土地，血化为海洋，气息变成风，心脏化成火焰，右脚变成战神麦里，左脚变成商神恰萨，头变成知识之神拉达，身体变成大地母神玛法，邪恶的右手变成暗黑神法拉利斯，善良的左手变成光明神法利斯，体毛变成了草木，鳞变成了龙。

巨人的意识分散之后，出现了金色的世界树。它的果实落到地上，变成了诸多种族，其中的人类拥有极高的智慧，他们创建了魔法王国卡斯特鲁。

诸神把整个世界分为三界：精灵界、妖精界、物质界，三界的时间长度不同。一般生物居住在物质界，故事发生的主要场景罗德斯岛就存在于物质界。

罗德斯岛

光明众神与黑暗众神之间曾经爆发长期的战争。罗德斯岛本来是亚列拉斯特大陆的一部分，在诸神战争时代，大地母神玛法与破坏女神卡蒂丝最终交战时，玛法终于毁灭了卡蒂丝的肉体，然而卡蒂丝在死前对这个大陆施放了诅咒。玛法为了阻止这个诅咒传遍大陆，用尽最后的力气将这部分大陆分离出来，成为一个岛屿，她也因此身体腐烂，只有灵魂存在。因此大陆上的居民都称它为被诅咒之岛——罗德斯岛。

罗德斯岛分为七个区域：古老的最富有文化气息的千年王国阿拉尼亚；沙漠王国弗雷姆；自由商业都市莱丁；神圣王国瓦利斯；龙之公国摩斯；学者王国卡诺恩；暗黑之岛马莫帝国。它们信奉不同的神。

种族

精灵、矮人、妖精、巨人各族：与北欧神话、托尔金神话中的角色相似。

魔兽类：神以及魔法师们将数种动物的形体特征相混合创造出来的生物，如鸟人、鹭狮，还有外形优美的"幻兽"。

龙族：与众神并存的最强种族，它们强大、富有智慧，能使用龙族专有的龙语言魔法。龙能杀死神，但却被人类魔法师施以禁咒而成为奴仆。与北欧神话中的同类相比，龙与人类的能力和地位有所提升。

魔法

有三种不同体系的魔法系统：引发物质能量的古代语魔法、使用自然之力的精灵语魔法和借助诸神之力行使的神圣魔法。[①]

说不得大师的网络小说《佣兵天下》的世界设定受到《罗德斯岛战记》的影响。诸神、龙、精灵、魔兽、魔法的设定，特别是其世界架构设定很是相似。《佣兵天下》的世界分为神空间、人空间、魔空间，人空间的国家势力的特性、分布，与《罗德斯岛战记》的设定也是如影随形。时间设定也相似：三个不同空间的时间长度不同，神界、上精灵界，一日等于人间的一年。[②] 如是等等，借鉴或者模仿的痕迹是很明显的。

---

① 《罗德斯岛战记》的创世神话、诸神体系参见［日］水野良：《罗德斯岛战记》，海口，南海出版公司，2011。

② 参见说不得大师：《佣兵天下》，首发于起点中文网。

当然，在这两个相似的世界里，人物、故事还是各有各的精彩的。

三、 活跃的神话元素

一些神话元素被各类世界设定所运用，在最初的原型基础上不断演化，成为一个内蕴丰富的谱系。兹举两例予以说明。

世界之树

北欧神话的"世界之树"设定，自托尔金的"双圣树"之后，被广泛运用，它与不同的世界体系都能相合，而不会损害其体系的同一性。

如美国暴雪娱乐公司的游戏《魔兽争霸》的世界，有三棵世界之树，其能量可以治愈世界每一处伤痕。时间之王诺兹多姆对世界之树施加了魔法——只要世界之树存在，暗夜精灵就不会衰老、得病。梦境之王伊瑟拉也对世界之树施加了魔法，在世界之树和她的梦境王国之间建立了连接——翡翠梦境，翡翠梦境是一个巨大的、不断变幻的精神世界，独立于现实世界而存在。[①]

在宫崎骏的动画片《天空之城》中，"拉普达"城飞行在空中，故事开始，它出现时就已经空无一人，但是存在着巨大的飞行石（提供能量）、不计其数的机器人、足可以毁灭大地的攻击力，这里显然曾经先进而繁盛，而这座巨大的空中之城却贯通着巨树，与北欧神话中世界之树作用相同，支撑着整个世界。而"拉普达"人之所以弃城回归大地，就是因为人类与树木一样，离开土地就会失去生命的本源。

在电影《阿凡达》中，在那个被人类侵略的星球上，高大、深入大地的灵魂之树，与人们的生命相通，可以治疗伤痛，它告诉我们原始的有灵性的生活是有价值的，而企图毁灭这个灵性世界的工业与科

---

① 《魔兽争霸》是美国暴雪娱乐公司开发并发行的即时战略游戏，许多网络文学的作者是从这里开始接触奇幻文艺的世界设定的。

技力量是邪恶的。那些地球人类武装殖民者却轰炸了那些灵魂之树，以摧毁土著的生活信念，加剧了观众对他们的反感之情。

在网络小说里，上述神话、奇幻文艺、科幻文艺中的"世界之树"各种形态、各种功能，都有所体现，它一定会继续根繁叶茂、开枝散叶，因为"世界之树"具有永恒的生命力。

兽人角色

奇幻小说中兽人角色应该具有多个来源，如北欧神话中的各色兽人、希腊神话中狮身人面的斯芬克斯等，都已经广为人知，圣经神话中的比蒙，见于《圣经·约伯记》第四十章，比蒙状似河马，生就獠牙，人耳狮尾，对后世的兽人角色创设也具有启发意义。

北欧神话众神毁灭的元凶芬里尔狼，后来具有许多变种，比如，在《哈里·波特》中就描写了一个著名的狼人：芬里尔·格雷博，是狼人的头头，是一个效忠于伏地魔的食死徒，继承了"祖先"的秉性特点：嗜血。而在月关的网络小说《狼》中，主角狼人扭转了原型的角色定义，成为正面人物。

在网络小说中，"比蒙"的角色也在演化，而作者们其实在混用比蒙与兽人的概念，它们的形态也确实是相似的，那就是兽与人的形态相混合。

比蒙角色的演化，到静官的网络小说《兽血沸腾》这里，可算是升级换代了，可以看作是兽人角色设定的经典案例。在《兽血沸腾》中比蒙不是动物，而是具有各自种族特征的人形生命，有着自己的语言、自己的智慧文明，经过亿万年的进化，比蒙的生育能力和寿命与人类相仿，猴子可以进化为"人"，那么其他任何动物也都可以。

主角中国侦察兵刘震撼，在南疆作战时中弹穿越到了比蒙世界，在这个世界比蒙国度与人类国度共存，两者在社会制度上很接近，都是贵族分封制。刘震撼因为鼻孔朝天，被当作是"皮格"（pig）一族。后来意外成了兽人王国的萨满祭司，而且是千年难得一见的龙祭司，因功拥有了自己的领地，聚集了各种族的追随者。随着主角的行动，串联了各种比蒙角色故事，特别是归顺于主角的各族比蒙"美女"，其形态与个性的丰富性，使得这个世界很艳丽。

海伦：主角的初恋、原配夫人，精明的狐狸比蒙族祭司。

凝玉：东方海族比蒙。

艾薇儿：海国的公主，海族。

歌坦妮与歌莉妮姐妹花：博尔德（天鹅）比蒙，神殿守护骑士。

茜茜：契肯（鸡）族比蒙，天赋祭司。

两个仙女龙——黛丝和若尔娜，龙族比蒙。

费雯丽：具有美杜莎的特性，蛇族比蒙。

艾莉婕：精灵族，当代花后，沉睡了万年，被主角唤醒。[①]

《兽血沸腾》的世界，比蒙角色设定的各种可能性发挥到了极致，给人以鲜活、惊艳的感受，使作品独树一帜，不可替代。

四、《龙与地下城》的位面架构

一些奇幻文艺作品和游戏作品的世界架构中，某个元素影响很大，成为独立发展的世界设定源头。桌上角色扮演游戏《龙与地下城》中，"位面"的概念就是一个影响广泛的元素。

《龙与地下城》的世界主要是三大部分：主物质位面、内层位面、外层位面。主物质位面类似我们常见的世界；内层位面是各种元素的所在地，主要元素是：火、空气、水、土、正能量、负能量；外层位面是精神和信仰的投影，这里也是神明和恶魔、魔鬼的居住地，在外层位面，信念就是力量，通常被所信仰的神拥有。[②]

---

① 比蒙角色的设定参见静官：《兽血沸腾》，首发于起点中文网。

② 参见（美）玛格丽特·魏丝、崔西·西克曼：《龙枪编年史三部曲》，南京，译林出版社，2012。这是作者为角色扮演游戏《龙与地下城》创作的背景性奇幻小说，其中的世界设定，广泛影响到后来的小说、游戏和影视剧创作。

位面概念丰富了宇宙设定的手段，在网络小说《亵渎》、《盘龙》等作品中，都是构成世界设定的主要元素。

《盘龙》的世界设定丰富而清晰，其主角林雷在各个位面战争中不断成长，魔法、法则、境界、神器、等级设定，都与位面，火、空气、水、土元素，信仰之力这些概念融合。整个世界分为鸿蒙空间、宇宙（主宇宙和副宇宙）、位面，而主角林雷所在的宇宙有四大至高位面、七大神位面、无数物质位面。[①] 作品用宇宙和"位面"体系安置了欧洲几大神话的诸多元素，让它们待在各自的空间中。最终，主角林雷与鸿蒙（东方神话中的创世神）、秦羽（同一作者的《星辰变》主角）一起成为各宇宙的主宰，成为凌驾于欧洲宗教神话与东方宗教神话之上的最高神，世界也以此统一。虽然体系庞大而粗疏，但好在符合同一性要求。

参考文献

石琴娥，斯文．埃达．南京：译林出版社，2000.

威廉·理查德·瓦格纳．尼伯龙根的指环．长春：吉林出版集团，2010.

托尔金．精灵宝钻．南京：译林出版社，2004.

埃斯库罗斯，等．古希腊戏剧选．北京：人民文学出版社，2012.

库恩．希腊神话．上海：上海译文出版社，2011.

赫西俄德．工作与时日 神谱．北京：商务印书馆，2013.

水野良．罗德斯岛战记．海口：南海出版公司，2011.

---

① 参见我吃西红柿：《盘龙》，首发于起点中文网。

第八章

东方神话世界

中国上古神话、道教与佛教神话、明清神魔小说，为玄幻、修真、仙侠等修炼小说的世界设定，提供了东方神话世界的原型。对于中国的写作者来说，东方神话世界具有文化身份认同的意义，其文化基因与中国读者也特别亲和。因此它在网络文学创作中，迅速复活，重新生长，提供了丰富的想象资源，介入了当代青少年的精神成长。

一、 东方神话世界的源头

中国上古神话，印度神话，佛教、道教神话元素相互融合形成的神话世界，是网络文学东方神话世界的基础。

（一）中国上古神话

中国上古神话缺乏系统性，没有鸿篇巨制和曲折生动的情节，散见于《山海经》、《水经注》、《尚书》、《史记》、《吕氏春秋》、《淮南子》、《风俗通义》等古代著作中。有些始祖神，经过西周以来的诸子百家有意识改造，被赋予了人类理想的美德，一些神祇与人间帝王身份相融合，历史传说与上古神话混杂在一起，这就与野性、人物个性鲜明的欧洲神话很是不同。

创世、诸神与人类起源

盘古创世：混沌未开之时，其中有一块浑圆如同鸡蛋的空间，里面生着一个巨人盘古。这巨人醒来，把这"鸡蛋"里的空间扩开，清气上升，成了天，浊气下降，成了地。盘古顶天立地地生长着，天日高一丈，地日厚一丈，盘古日长一丈，如此万八千岁，天数极高，地数极深，盘古极长，最终天地离开得很远，不会再粘靠在一起了，盘古力竭身亡，双眼化为日月，毫毛飞散成星，气息成为风云，他身躯倒下，肉体成了山川，血液成了江川大海。他牺牲了自己的肉体来完成世界开辟创造。

女娲造人与补天：女娲揉团黄土造人，又引绳入浆拖拉甩动，飞溅的泥点变成了人。上古世界，曾经天崩地塌，女娲就熔炼五色石块去修补苍天。女娲还替人类建立了婚姻制度，让男女互相婚配，繁衍后代。女娲还创造了乐器，她也是音乐之神。

其他开创诸神与神迹：伏羲演八卦，神农（炎帝）尝百草，黄帝（轩辕氏）主导农业发展，嫘祖（黄帝之妻）教人养蚕，仓颉造字，尧舜禅让，大禹治水，共工怒触不周山，后羿射日，嫦娥奔月，以及神话人物天帝、后土、姑射仙子、西王母、广成子、鸿蒙、刑天、雷公、河伯等等各有独特传说。

神兽和神怪

鹏、青鸟、青龙、白虎、朱雀、玄武、龙王、啸天犬、精卫。

灵地与神仙界

玄圃、瑶池、扶桑、鹊桥、蓬莱、瀛洲、方丈、广寒宫、天庭、琅嬛。[①]

这些世界元素，成为后世的宗教、文艺的世界构想的重要源头，

---

① 中国上古神话的创世与诸神参见周明初校注：《山海经》，杭州，浙江古籍出版社，2000；应劭：《风俗通义校注》，北京，中华书局，1981；袁珂：《中国神话传说》，北京，世界图书出版公司，2012。

在网络小说中更是得到了发扬光大：华夏远古神话回来了。

（二）印度神话

印度神话主要见之于《罗摩衍那》和《摩诃婆罗多》两部诗史，后来佛教吸收了其中很多元素，也主要是通过佛教的传递，对中国古代社会文化产生影响，并将影响递延到网络小说。其主要神明与创世神话如下。

梵天：印度教三大神之一，世界的创造者，佛教吸收其为护法神"大梵天王"。在混沌中漂着一个梵卵，其中孕育了梵天，梵天把梵卵剖开，变成天地、山海和日月星辰，以及空、风、火、水、地各种元素，从他身上产生了许多儿女，他们繁衍出世间的神与人。梵天的形象通常为四头四臂，坐骑为孔雀或者天鹅。在一些神话故事中，梵天的灵魂醒着时，世界就是活动着的；当他躺下时，世界就平静下来；当他睡着时，万物就融化于他的灵魂之中，如此，让万物永无休止地生生灭灭。

湿婆：印度教三大神之一，起死回生之神、破坏神，也是生殖之神，对藏传佛教密宗中的欢喜佛的形象有影响。湿婆的化身之一大黑天，在佛教中为护法神，传入日本后，成为著名的财神，也是武士和浪人的保护神。

毗湿奴：印度教三大主神之一，是秩序之神、救世之神。另一个创世故事中，在世界之初的宇宙之海上，毗湿奴躺在大蛇那伽的身上，从他的肚脐中长出了一株莲花，莲花绽放时发出了灿烂万倍于太阳的光芒，光芒中诞生了梵天，然后梵天创造了世界。毗湿奴以各种各样的化身闻名，通常他的形象是蓝肤、四臂，坐骑是大鹏金翅鸟。

三女神：梵天、毗湿奴和湿婆的配偶也是著名的女神，其中毗湿奴的妻子拉克希米，是佛教中的吉祥天女，是幸运、财富和爱的女神，也是世界之母。

死神阎摩：在佛教中成为阎摩罗王，佛教传入中国之后，又衍生出了十殿阎王。

迦楼罗：一种巨鸟，主神毗湿奴的坐骑，在中国的神话传说中演变成了大鹏金翅鸟。五百年自焚一次，又从火焰中复活，与凤凰重生的故事类似。

夜叉：夜叉由大梵天的脚掌中生出，如守护佛寺山门的手执金刚的夜叉。①

另外，印度神话中的"化身""转世"说，对整个东方神话世界影响巨大，也为后世中国的神魔小说、网络小说用道教"整编"佛教提供了方便。

（三）佛教世界观

佛教世界观自释迦世尊创立佛教之始，经过历代大能参悟而明晰，对中国历史社会与文学艺术影响深远。

觉悟者

佛学是关于世界的觉悟，而不是创世神话。释迦世尊是人间的觉悟者，不是创世主，也不是主宰神，虽能觉悟世界，但不能改变世界，他只能教导众生脱离苦海的方法，却不能代替众生脱离苦海。

佛教认为世界并非实有，构成世界的要素——时间、空间、自我、语言、善恶等等也不实有，但是却不妨碍因果的现象和作用显现（不昧因果）。宇宙万物由众生的共业所成，并没有一位全知全能、创造主宰宇宙的神。但佛教并非主张无神论，从信仰者的角度来说，神是有的，从被信仰的神的角度而言，可能是因地而异、因时而异的存在。

大千世界

同一个日月所照的世界为一小世界，一千个小世界为一小千世

---

① 印度神话的创世与主要神明参见（印度）蚁垤：《罗摩衍那》，南京，译林出版社，2005；（印度）毗耶婆：《摩诃婆罗多》，北京，中国社会科学出版社，2005；（俄）埃尔曼·捷姆金：《印度神话传说》，上海，上海世纪出版集团，2002。

界，一千个小千世界为一中千世界，一千个中千世界为一大千世界。整个宇宙是由小、中、大三千世界组成，故总称为三千大千世界，简称大千世界。大千世界以须弥山为中心，山顶为帝释天所在，四面山腰有四峰，各有一天王，分别保护四方天下，即四大天王。须弥山周围有七香海、七金山，第七金山外有铁围山围绕的咸海，海四周是四大部洲：东胜神洲、西牛贺洲、南瞻部洲、北俱卢洲。

劫

劫有大、中、小三种，1 小劫＝1680 万年，其 20 倍为 1 中劫，再其 20 倍为 1 大劫＝67.2 亿年。

四圣道

佛、菩萨、缘觉、声闻。

六道

天、人、阿修罗、畜生、饿鬼、地狱。

佛教认为，整个宇宙的变化，其基本原理不外是"以自性空"及"缘起有"而已，这是整个佛法的支柱。[1]

（四）道教的世界

道教是诞生于中国本土的宗教，主要创始人张道陵等人综合神仙思想、阴阳术数、巫术，并与汉代所崇尚的黄老思潮融合，以此立教，其神明队伍一直在四下蔓延，直至宋元明时期，还在大量吸纳民间信仰与佛教的元素，与佛教形成之初对印度神话的吸收相仿佛。民间道教更是大大咧咧地兼收并蓄，比如福建泉州修建于明万历年间的道观昭灵宫，同时供奉着十几种信仰的神明；在辽宁锦州笔架山的三清阁中，把儒释道主要神明与上古神话中的盘古大神放在在同一个石塔内供奉。这是《封神演义》神仙谱系的现实版，反映了道教混同宇

---

① 佛教世界观参见吴信如编著：《佛教世界观》，1 版，北京，中国藏学出版社，2008；圣严法师：《学佛三书》，西安，陕西师范大学出版社，2008。

内，"不争论"的思维特色。

道教奉老子的《道德经》、庄子的《南华经》、《易经》等为最重要的经典。《正统道藏》等经典记载了道教符录、斋醮、科仪、修炼方法。《周易参同契》、《抱朴子》是道教丹鼎派的基本经典。玄幻、仙侠、修真等修炼小说的基本观念根源于这些著作。

道教神话中的创世

"道"是宇宙万物的本原和主宰，万物都是从"道"演化而来的。宇宙创生的过程是：道生一，一生二，二生三，三生万物。三清尊神则是"道"的化身，三清三位一体，亦即元始天尊、灵宝天尊、道德天尊。道德天尊亦称为"太上老君"，圣人老子是他的化身。

主要神仙

玉帝：玉皇赦罪天尊，存在于始劫之先，本体是三清祖气所化，统御所有神仙人兽、妖魔鬼怪，总管世界的兴衰成败、吉凶祸福。玉帝也是儒教的最高神——昊天上帝，还是中国民间信仰的最高神——上天、苍天、老天爷等。

琼台女神：王母娘娘、碧霞元君、妈祖娘娘、九天玄女、百花仙子、送子娘娘、骊山老母。

战神：真武大帝、关圣帝君、雷公、电母、风伯、雨师、水神、火神。

财神：正财神赵公明、文财神比干、武财神关羽。

幽冥鬼神：太乙天尊、酆都大帝、东岳大帝、十殿阎王、天师钟馗。

其他著名神仙：八仙、福禄寿三星、和合二仙、喜神、月老、彭祖、麻姑、灶王、门神、床神、厕神、井神。[1]

道教与其说是信仰，不如说是修炼的观念与阶梯。道教的理想世界不同于佛教的极乐世界、基督教的天堂。道教追求得道成仙，在仙

---

[1] 道教的主要神仙参见范恩君：《道教神仙》，北京，宗教文化出版社，2007。

境中过着逍遥自在的生活，"洞天福地"就是仙境的代表。

在欧洲神话中，神、天使、精灵与人类的寿命极限都是创世神或至高神决定的，不能自主改变。道教认为"我命在我不在天"，人类与动物都可以通过修炼达到长生不死，相信万物有灵，甚至人体的各种器官都有自主神灵。道士的修行道术，包括内丹、外丹、服食、房中等内容。外丹是指烧炼丹、砂、铅、汞等矿物以及药物，制作能够使人长生不老的丹丸。内丹则是把人体作为烧炼丹丸的炉鼎，通过行气、导引、呼吸吐纳，在身体里"炼丹"以达到长生不老的目的。

道教是典型的多神教，神系纷繁复杂，神祇数量极多，吸收上古神话、佛教、民间宗教人物为己用。这种"神仙俱乐部"作风，优势在于能不断生长扩张，一派天真烂漫，仿佛总是处于青春期，而缺陷是体系庞杂混乱，神仙间的关系剪不清理还乱。

道教的修炼观和四处扩张的作风，为明清神魔小说，网络修真、仙侠、玄幻小说，留下了修炼成神的观念、成长途径，也留下了庞大的神仙队伍、法宝、丹药等资源。没有道教这个源头，就不会有网络修炼小说的发生发展。

二、 神魔小说的世界观

神魔小说主要代表是《西游记》与《封神演义》，在其世界中，佛道世界、神仙队伍相互混杂，显然作者们不在乎体系的同一性，因而故事情节精彩而世界体系、规则混乱。

（一）《西游记》的世界

作品以主角孙悟空的行动为线索，描画了一个佛教体系的世界地图。悟空从花果山一个仙石孕育而生，他寻师的路线是：花果山——傲来国——东胜神洲——南赡部洲——两个大海——西牛贺洲——灵台方寸山三星洞。唐僧师徒取经的线路是：长安洪福寺——两界山——西牛贺洲——灵山大雷音寺。

同时《西游记》里还有一个立体的佛道相杂的世界，上方有玉皇大帝为首的天庭神明体系，海是各位龙王的领地，四处名山名水是仙、魔的地盘，还有帝王将相等凡人生活在凡间，下方是阴曹地府。而西天是佛祖系统所在，主要角色经常过来东边公干。显然，这与佛教、道教世界观及其世界架构相冲突。

（二）《封神演义》的神话架构

《封神演义》借武王伐纣历史事件，引起阐、截、人道三教为国家天下而争、为神仙道统而争的故事，哪吒闹海、杨任手掌生出眼睛、雷震子长有肉翅、土行孙土遁水遁、陆压躬身杀人等等情节，激荡着后世幻想文学的想象力。

《封神演义》改造了上古神话，再造了神祇谱系。虚构人物鸿钧老祖是元始天尊、太上老君等人的老师。上古神话中的创造人类与其他种族的祖神女娲，在故事中成为妖界首脑，命九尾狐狸精祸乱商汤，是整个故事的缘起。因为鸿钧老祖的设定，华夏境内的各路神仙们就有组织了，但是中国创世神话的面貌与神仙队伍的关系就更为混乱了，它与《西游记》一起开创了一个体系混乱的神仙传统。

三界和仙山洞府

三界是玉皇大帝统治的天庭、人间帝王统治的人间、女娲统治的妖界。仙山洞府是仙道组成的昆仑山"阐教"，与海外仙士、方外术士，或得道禽兽组成的"截教"所在。主要势力与角色有：

周

姜子牙，世称姜太公，是书中主角；武王，西周开国君主；哪吒，李靖第三子，肉身成圣；杨戬，长于八九玄功、七十二变，屡次拯救周王阵营，肉身成圣；黄飞虎，原为商朝大将，后来反商入周，成为开国武成王。

商

纣王，以残暴著称；妲己，冀州侯苏护的女儿，被千年狐狸精占据身体；胡喜媚，九头鸡精，是千年狐狸精的同伴；闻仲，殷商太师；比干，商朝亚相、纣王叔父，对殷商忠心耿耿，被纣王与妲己害死，后来被周武王封为国神。

阐教

元始天尊，阐教教主，居于昆仑山玉虚宫；云中子，终南山炼气士；昆仑十二仙（十二这个数字广泛存在各种宗教神话中）；等等。

截教

通天教主，居于金鳌岛碧游宫；多宝道人，通天教主大弟子，曾奉师命在界牌关下设诛仙阵；无当圣母，通天教主弟子，道行高深；赵公明，截教弟子，以法宝厉害著称。[①]

《西游记》和《封神演义》为后世的修炼小说提供了庞杂的世界观，迷惑了许多网络小说作者，但是也弘扬了一种自我修炼成神、对原有世界主宰毫不畏惧的精神，这是造神工作的重要前提。

三、　网络小说的修炼世界

网络玄幻、修真、仙侠小说继承了中国神话、佛教、道教与神魔小说的世界基本架构、修炼成神成仙的观念、途径与方法，也继承了神魔小说的一些神棍作风。

开创玄幻小说洪荒流的《佛本是道》很有代表性，它广泛容纳了《西游记》、《封神演义》、《山海经》以及民间传说中的神仙灵魔，也延续了神魔小说用道教收编佛教的传统，各路神仙人马，都以鸿钧道人为首。鸿钧经常召集众弟子开讲大道，开创佛教的接引、准提二位

[①] 《封神演义》的三界与势力分布参见许仲琳：《封神演义》，北京，人民文学出版社，2007。

教主都是他的学生，并且《佛本是道》把"老子化胡说"落到实处："封神大战"中截教通天教主的大弟子多宝道人，被老子所擒，遂拜在老子门下学习，后来老子领着多宝道人西渡函关，化胡为佛，多宝道人化身为释迦牟尼，创立小乘佛教，多宝道人也拜阿弥陀佛为师，佛道兼修，一直都为教主之下第一人云云。① 在《佛本是道》故事中，这接引、准提、多宝，就成为主角"天道教主"周青的竞争对手，发挥了配角的垫脚石作用，显示出人品、能力的缺陷，以凸显主角的伟大。

在今天的幻想文学世界设定中，沿用《西游记》、《封神演义》中的世界架构传统，其缺陷被明显放大。这种世界架构与宋明以前中国人的世界认知有关，彼时主要思想对抗是佛道相争，需要确定彼此的位置，而荒诞无稽的佛道同源、老子化胡说，迎合了部分道教信众的自大心理需求。它对于今天全球化时代、太空探险时代的人们来说，就显得格局太小，佛与道的争风对于世界认知已经无关宏旨，不顾世界架构与学理的冲突强行合并佛与道，更是毫无必要。金庸武侠小说中，佛道正派如武当、少林，各有自己的信仰，每遇天下大事，就能携手共行侠义，应该是早就解决了佛道地位与彼此关系问题，又何必返祖到狭隘、世俗、幼稚的《封神演义》那里去？

在华夏神话里，盘古作为开天辟地的创世神，是世界的起点，相当于北欧神话中巨人伊米尔与奥丁两个角色功能的融合，《封神演义》及其后裔，给盘古安排一个老师，就引起了整个创世神话的混乱。这个鸿钧道人以及他的神仙弟子们、各种生物种族又是谁创造的呢？不能推给"不知道是何时何地就自然出现了"，因为创世神话，就是要回答世界与种族是怎么来的。从情理上说，已经有一大票人马存在，就需要另一个在他们之上的开天辟地、创造种族的大神和世界的环境

---

① 参见梦入神机：《佛本是道》，第二百六十三、三百五十七、三百六十六章，首发于起点中文网。

设定，但是如果世界与种族已经被他人开辟创造，那盘古开天辟地的工作也就没有必要了，盘古大神的功能也就废了。在《佛本是道》里，是每过一大劫，世界重新陷入混沌，开天辟地工作就要重来一次，这个世界设定真是太累人了。

忘语的《凡人修仙传》的世界设定，是对道教、神魔小说法术仙丹传统的继承发展，作品耐心地演绎了修仙升级进程中的各种神奇的法术、异兽、丹药的功用，是最具真切感受的修炼小说。法术如龟息功、大衍决、换形决、血影遁、分魂术、封灵大法、金磁重光、元磁神光，妖兽如墨蛟、脂阳鸟、血玉蜘蛛、啼魂兽；丹药如培婴丹、血气丹、万年灵乳、回阳真水；灵草类如天元果、补天芝、养魂木、灵眼之树，这些都是很炫目的创造，比之于《封神演义》的法术灵宝有所进化，相关情节更为精彩，勾起了读者内心深处对力量的渴求，读者原始的欲望和主角的修炼生涯高度相契合。作品还给予主角韩立一个金手指设定：他捡到一个小瓶，其中的液体可以快速催熟植物，因此可以无限度生产各种丹药原料，所以主角神速晋级，更是令读者偷笑。

而夺舍三大铁则的设定，是对神魔、修炼小说夺舍想象传统的明显演进：第一，修仙者不可对凡人进行夺舍，否则被夺舍躯体会因为太弱而自行崩溃；第二，法力高的人向法力低的人进行夺舍，才不会遭受对方反噬；第三，一名修仙者一生中，只可进行一次夺舍，若有第二次，元神会无缘无故地消亡。[①] 夺舍是很邪恶的事情，所以需要控制平衡的规则，免除凡人的恐惧，否则会引起读者的反感，《凡人修仙传》在暗黑世界观之下，总算是有一些平衡的意识。

四、 新世界

与其乱点神仙谱，给中国神话传统添乱，不如另辟新天地，再造

---

① 　参见忘语：《凡人修仙传》，首发于起点中文网。

神话新篇章，这是托尔金借鉴欧洲神话自建一个世界体系，给我们的启示：要尊重神话传统，不要肆意篡改原有神话，也不要被神话传统中的粗鄙混乱作风所牵累。

萧潜的《飘邈之旅》借鉴了道教和神魔小说的修炼传统，建立了自己的修真体系和修真世界，是网络修真小说的发端。它演绎了元婴、渡劫、法宝、符咒、黑魔界、灵鬼界、古修神等等修真概念，还开启了能量修炼的模式，修真者所需要的"精劲能量"主要存在于矿石里，后来其他修真玄幻小说借此演化出晶石、修真石、筑基石、灵石、神石等名目。在《飘邈之旅》的世界里，主角穿越星域等设定，也为星际修真小说建立了基本框架。其影响遍及修真、仙侠、玄幻、奇幻等小说领域。可以说，《飘邈之旅》才真正创设了一个东方修炼体系。①

特别是借鉴古老的道教丹道观念和仙侠小说，改造、创设了修真等级境界：旋照、开光、融合、心动、灵寂、元婴、出窍、分神、合体、渡劫、大乘诸名目。修真者进入第六层的元婴期，才算是登堂入室，而真正的难关是渡劫，渡劫期的到来是修真者难以掌控的。它是随着修真者的修为加深突然到来的，难以充分准备，很多修真者死于这个关口。渡劫成功，修真者很快就会飞升上界。这些修炼等级设定，为后来者指明了路径。

辰东的《长生界》设定了一个浩大的世界：附属世界、普通世界、高等世界、唯一真界（其他各个世界都是真界中的帝、皇级强者创造的）。这个世界分类应该是借鉴了奇幻小说"位面"与神魔小说"三界"的概念，这也是一种世界创设的思路。

《长生界》神兵宝物异兽的创设也很精彩，特别是翻用中国神话元素而新创的法宝大放灵光。法宝如：黄铜八卦图：伏羲氏祖神的神

---

① 参见萧潜：《飘邈之旅》，首发于幻剑书盟网。

器，可以吸收其他神兵灵识，有自主的兵魂，威力无穷；太极图：老子的本命法宝，攻守平衡，威力超绝。而异兽如独角兽、白虎、玄龟、黄金狮子王、凤凰、鲲鹏、麒麟、火乌鸦，来自于上古神话和印度神话。这些神兵宝物异兽都与故事情节密切相关，为作品增加了强烈的"玄幻"效果。①

《星辰变》世界设定与主角的修炼战斗密切相关。主角所在的宇宙是创世主鸿蒙所创，有自己的运行规则，有凡人界、仙魔妖界、神界之分，各界都有自己属性不同的星域，这是神魔小说"三界"的变异。作品在此世界架构上，创造了很多升级台阶，主角升级的快感也很密集，该作可以算是升级小说的代表。

就修炼境界等级设定而言，前部是化用修真小说常见等级，只是更为细致。凡界：后天、先天→四九小天劫；金丹前期、中、后期，元婴前、中、后期→六九大天劫；洞虚前、中、后期，空冥前、中、后期，渡劫前、中、后期→九九重劫；大成前、中、后期→飞升妖魔仙界（暗星界）。

妖魔仙界（暗星界）：天仙（与之对等的动物修炼等级：天魔、天妖）→金仙（与之对等的动物修炼等级：魔王、妖王）→玄仙（与之对等的动物修炼等级：仙帝、妖帝、魔帝）→飞升神界。

神界：预报神人、下级神人、中级神人、上级神人→下部天神、中部天神、上部天神→神王→天尊。

自此而后，运用天文学概念创设等级，主角通过丹田与宇宙原始能量连接，形成星体，经过星云→流星→星核→行星→渡劫→恒星→暗星→黑洞→原点各个阶段，主角逐步创造了自己的宇宙、自己的时空法则，与其他宇宙开创者比肩而立，成为兄弟。主角及其伙伴带着妻儿踏入了新宇宙，开始了创造生命、创造文明的进程。②

---

① 参见辰东：《长生界》，首发于起点中文网。
② 参见我吃西红柿：《星辰变》，首发于起点中文网。

《星辰变》的世界具有独创性和内在同一性，虽然世界架构还是很粗疏，但这是在神魔小说传统之外开辟的新天地，作者的首创精神值得称道。

参考文献

周明初. 山海经. 杭州：浙江古籍出版社，2000.

应劭. 风俗通义校注. 北京：中华书局，1981.

蚁垤. 罗摩衍那. 南京：译林出版社，2005.

毗耶娑. 摩诃婆罗多. 北京：中国社会科学出版社，2005.

魏伯阳，等. 参同集注. 北京：宗教文化出版社，2013.

王明. 抱朴子内篇校释（增订本）. 北京：中华书局，1986.

袁珂. 中国神话传说. 北京：世界图书出版公司，2012.

埃尔曼·捷姆金. 印度神话传说. 上海：上海世纪出版集团，2002.

范恩君. 道教神仙. 北京：宗教文化出版社，2007.

吴承恩. 西游记. 北京：人民文学出版社，1980.

许仲琳. 封神演义. 北京：中华书局，2002.

第九章

科幻世界

　　人类不了解而又迫切想了解地球的时代，于是创造了以神为主角的古代神话世界；人类还不了解宇宙的时代，于是产生了太空探险的新一代英雄神话。科幻文艺经典作品中的世界，如宇宙文明起源、种族、规则设定，以及人类科技创造物设定，与古代神话有许多相似之处。它不仅仅是科学幻想，而是人类心灵的投影，是人类愿望演化出来的世界，并借此表达对人性与人类文明的思考，对人类具有多方面的启示意义。

　　科幻文艺的世界设定有三类常见情形：一是宇宙先进文明如同神一样创造了多个星系的文明，创造或者启发了地球人类文明；二是未知的宇宙文明创造了自己的世界，与地球人类文明构成平行关系；三是人类的创造物与地球人类构成各种关系，造成了各种世界景观。

　　网络科幻小说是在世界科幻文艺经典的直接影响下发生发展的，捋清科幻文艺常见的世界设定路线，自然烛照了网络科幻小说的世界创设的思路，和未来可能的发展方向。

一、 启蒙人类的宇宙文明

　　世界与各种族，特别是人类及其文明是从哪里来的？这是一切创世神话的核心问题。

电影《2001 太空漫游》中，在宇宙遥远的区域、未知的年代，诞生发展起来一种智慧生命，文明程度已经发展到了极致，他们的心智已经可以脱离身体，变成一种无形的永生能量体，不断吸收宇宙间的能量，以强大自身，能迅速去往任何地方，帮助各种宇宙生命开启智慧，做着生命与文明的实验，犹如上帝或者天帝。

他们用比例是 1∶4∶9 的黑石碑向地球人类展现文明，开启了人类文明之光。人猿，我们的祖先，正在与各种动物搏杀竞争中生存，当他们小心翼翼地向黑石碑伸出了手，就懂得了使用工具……转瞬间人类学会了太空旅行，人类这一段进化史，对于宇宙，对于那些古老的智慧生命，那就是片刻光阴。

本片制作于 1968 年，片中的科技幻想很多已经实现。这是人类创造力使然，还是"创世主"早已完成的剧本使然？

《星际迷航》系列影视作品代有佳作，庞大复杂的世界设定、银河系冒险故事是它长盛不衰的主要原因。它的世界与古代神话世界具有同构性。

创世设定

在遥远的从前，一种生命基因散布到了宇宙各个星系，并引导着生命进化方向，如同上帝按照自己的形象创造了人类，所以在各个星系的许多种族很相似，虽然有突出的种族个性特征，比如瓦肯人有尖耳朵，克林贡人有高头脊，贝塔索人有心灵感应力，安多利亚人有蓝皮肤和头顶触角等等，但都与人类的形态大同小异。

地球人类在第三次世界大战之后走向了联合，又发明了可进行曲速飞行的太空船，吸引了尖耳朵外星人瓦肯族光临地球，帮助地球人进入"曲速文明"时代。他们一起探索银河系，与新的文明相遇，传播和平意愿，在 2161 年成立了星际联邦，首都设在巴黎，总部在旧金山。

象限与势力分布

作品根据平面直角坐标系里的横轴和纵轴，把银河系划分成了四个象限，分别命名为第一、第二、第三、第四象限，每个象限下又有数千个星区，每个星区内有若干行星系。比如地球、星际联邦就处于第一象限，0001 星区，太阳系；第二象限主要是瓦肯人、罗慕伦人、克林贡人；第三象限，星际联邦只是进行了简单的探索，情况不详；第四象限是"博格"集合体区域。星际联邦与克林贡帝国、罗慕伦帝国并列为银河系三大势力。

科技设定

曲速：是一种在被压缩的时空中航行的技术，依靠星舰的反物质能量引擎，制造一个人工力场，使时空扭曲，星舰在扭曲的空间中可以达到超光速的航行速度。曲速与其他科幻作品中的"时空跳跃"概念类似。

量子传送器：可以将人体与物品分解为量子，并将量子传送到终点后重新组合复原。只要输入目的地的坐标，就可以不受物体阻隔任意传送人体或物品。

惯性阻尼器：可以人造重力，让星舰模拟行星重力，船员不会飘起来，让星舰在启动曲速飞行时巨大的加速度不会再对船员造成惯性影响。

相位武器：一种能量武器，能发出一种类似于激光的"相位束"，产生不同程度的烧灼伤害，相位炮可装备在星舰上，相位枪可作为单兵武器。

进取号：是《星际迷航》的标志，一共出现过几代星舰，都叫作"进取号"。主舰体是巨大的圆盘，内有 33 层甲板。后方有两具圆柱形引擎舱，采用反物质引擎作为动力来源，也被称为"曲速引擎"，连接主舰体与引擎舱的部分是副舰体，搭载主防护罩生成器。进取号载有相位炮，是星舰的制式武器，还有一种曲速场武器光子鱼雷。

这些科学幻想，与神话中、网络小说中某些大神的神通是相似的，都是在人类愿望的指引下，对现实世界物理、时空规则的超越与突破。

主要种族设定

瓦肯人：有着尖耳朵、上扬的眉毛、齐眉的刘海，具有东方人相貌特征，人类在宇宙中的盟友。瓦肯人曾经是一个好斗的民族，差点因战争毁灭自己的文明。但在几千年前，瓦肯人在伟大的哲学家苏拉克的教导下，走向和平主义。现代的瓦肯人遵从逻辑与理性，压制感情冲动。

罗慕伦人：保留了侵略性的那部分瓦肯人，是够分量的反派，如同北欧神话中奥丁的兄弟恶神洛基及其部下，在第二象限建立了星域辽阔的罗慕伦帝国，比星际联邦大五倍。罗慕伦最为有名的技术包括分裂武器和等离子鱼雷束，著名的战舰"罗慕伦战鹰"是其标志物。

克林贡人：好战、重视荣誉的战士种族，他们的重要器官都是成双成对的，比如有八个心房的心脏、四个胃袋，一个坏了还有另几个可用，保证了克林贡人战斗时的持久性和自我修复功能。他们与人类战争不断，但是也与人类联合对抗博格人。克林贡人具有设定独特的文化，特别是克林贡语言文字，在科幻迷中颇为流行。

博格人：居住在银河系的第四象限，是半生物半机械的生化人，是最凶恶的敌人，一旦被他们用纳米探针感染，思维就被纳入博格集合体，个体意识也随之消亡，被他们同化，而且会被装上机械手臂和电子眼。他们总是以"we"自称，可怖又强大，只求效率，残忍无情，依靠同化其他种族，进化自身。

超级人类"可汗"及其同伴：可汗是人类科学家基于优生学培育的"超人"，力量是一般地球人的五倍，智力是两倍，可汗和他的超人伙伴一度统治了超过四十个国家、地球上四分之一的人口。可汗是最著名的反派角色、心狠手辣的野心家、暴君，可又充满激情和生命力，散发出致命的魅力。

这些势力分布、盟友与敌人的设置，使得连绵不绝的星战故事成为可能，与古代神话和奇幻文艺中的种族分布、正邪两派的设定功能相同，而各自的创世神也具有一个共性：听任创造物相互作战。这是在遵从某种不干预的伦理设定，还是创造物的战斗天性原本就是创世的核心设定？

二、 与人类平行的宇宙种族及其文明

宇宙很大，可能性很多，一定存在着很多种族、很多文明，比地球人类神话中的种族还要丰富。人类把梦想的方向指向了茫茫宇宙，科幻文艺也就成了现代"神话创作"的重点领域。

（一）与人类世界相似的世界

《星球大战》系列作品开启了自己的幻想传统，作品中外星人有着自己的独立发展的世界，但是与人类世界有很多相似性，让受众感到既熟悉又新鲜。

世界历史设定

在遥远的银河系，存在一个历史悠久的文明，他们经历了一个特殊的时期：古老的民主共和体制由于制度结构存在严重缺陷，被黑暗势力利用，建立了强势而专制的银河帝国，然后又被一个新生的共和国所取代。这个民主共和联邦与专制帝国对峙战争的设定，被许多以宇宙、银河系为舞台的作品所沿用，为星战剧情发展提供了澎湃的动力。

势力设定

肩负使命的"绝地武士"与邪恶的黑暗势力"西斯武士"，正邪双方长期作战，两种武士都能掌握"原力"。原力包括精神控制、隔空取物（意念致动）、释放闪电、隐身等异能。

场景设定

故事主要场景之一，是一颗巨大的沙漠行星塔图因，《星球大战》主要人物的故乡，有多样的沙漠种族在此繁衍生息，如高大凶猛的塔斯肯袭击者，也叫沙人；矮小怯弱的爪哇人；班沙兽，易于驯服的食草动物，犹如地球上的骆驼；克拉伊特毒龙，大型食肉爬行动物，牙齿和脊椎中有剧毒，捕猎毒龙可得到珍贵的克拉伊特龙珠。这个设定为故事提供了不同于地球的星外风情。

武器设定

等离子剑或光剑：是角色拼斗的主要武器，以纯粹能量凝聚成长度一米左右的剑刃形状，并发出光芒。

死星：是大小相当于天体卫星的战斗基地，拥有强大的涡轮激光阵与牵引光束发射器，威力惊人，可以在近地轨道上，用能量束摧毁一个星球，在其内部有大批帝国军队和战斗飞行器。

场景、道具、服装设定

该剧中使用光剑的绝地武士穿着古日本和服，银河参议院的卫士们穿着古罗马服饰，参议院有许多希腊风格的雕塑，驾驶太空战机的飞行员穿得像二战空军，如是等等，以人们熟知的形态展现幻想中的宇宙社会，拉近了与观众的距离。他们不是地球人类，但是，他们演绎的故事让我们处处联想起我们人类自己。

（二）人类的异己

在科幻文艺世界中，与人类来源不同的外星人，更多是扮演人类的敌人或者参照物，是人类所需要的"他者"。

在电影《独立日》中，未来某年的7月2日，美国各地的监视站发现一艘外星人的直径达数百英里的巨大飞船，正在接近地球，并放出了许多直径达15英里的子飞船，飞抵地球各大城市的上空。7月3日，外星人的飞船开始攻击地球，人类文明瞬间遭到毁灭性打击。7月4日美国独立日，美国总统指挥反击行动，全球各国同时行动，打败了入侵者，挽救了人类。

外星人入侵，是地球人类团结起来的重要原因，他们是一个称职的敌人，恰好突然来了，使人类团结起来，又恰好被人类打败。即使人类要团结，也是因为出现了共同敌人，否则内部恶斗不休，好吧，让我们来想象各种外星敌人吧。

电影《阿凡达》的情感倾向，却偏向于外星人一边，他们是被人类侵凌的外星土著。

故事中的"潘多拉星球"有一种别的地方都没有的矿物元素：Unobtanium，它将彻底改变人类的能源产业，所以人类大举入侵。但是潘多拉星球的空气对人类是致命的，人离开空气保障系统就会死去，且本土的动植物都是凶猛的掠食者，极度危险。这里的环境也造就了特殊的智慧种族纳威人，是 10 英尺高（约 3 米）的蓝色类人生物。充满灵性的原住民纳威人凭借弓箭和飞翔能力，和恶劣的空气，最终战胜了拥有飞船以及各种尖端武器的地球殖民者。作品中这些特殊的世界设定，为原住民战胜殖民者、奇幻元素战胜科幻元素创造了条件。

站在弱者一边，向强者抗争，是人类迄今为止最为高贵勇敢的立场选择，《阿凡达》代表着人类伦理的进化方向。

三、　人类与自己的创造物

当人类需要什么而又有能力创造什么，目标就一定会实现，各种智能机器人、类人生命体的创造是不可避免的。而在拥有它们（他们、她们）的世界，人类命运未定。

机械化有机体是一种影响广泛的设想，也就是将机器、人造生物质组织，替代人类的肢体、器官，用人的大脑来操控这种新型的"身体"，就能拥有可控的新陈代谢过程、强化的感官知觉能力，超越常人的反应速度和运动能力，而且无须繁衍后代，就可以永久存在，只要更换零部件就可以了。

这是一种充满诱惑力的永生梦想，也是《银翼杀手》、《黑客帝国》、《人工智能》等赛博朋克概念作品的基础性设想。赛博朋克[①]文艺，充满数字空间、虚拟现实、人工智能、电脑生化、基因工程、毒品和生化恐怖主义等等世界元素，演绎了人与自己的创造物的各种关系。

（一）人类辜负了类人创造物

在《银翼杀手》中，人类依赖与真人无异的复制人为人类工作，维持人类的安逸生活，但是只让他们拥有四年的寿命，也不允许复制人具有独立的人格。"企图成为人类"是一种不可饶恕的罪过，因此派出专门的杀手追杀这样的"罪人"，极力防范人类的"创造物"威胁到人类自身的存在。作品呈现了人类的自私，给予复制人以同情。

《人工智能》的主角大卫是一个具有情感的智能"男孩"，被人类夫妻收养，却又被人类抛弃，因此去历险寻求"母爱"直到天荒地老，后来还是不明高级生物帮助他得到了母爱。这个世界设定和愿望实现的故事，使我们对主角产生了移情代入，使我们倾向于认同智能机器人也有感情，也有得到爱的权利——智能机器人也应该具有人权。

（二）人类将被创造物控制与灭杀

不管如何煽情，人们无法忽视这种可能性，如果高级智能机器人、复制人和人一样优秀，甚至更优秀，那么人的存在本身就会面临考验。人类毕竟是自利的，人类这个造物主没有上帝那样淡定，人类担心自身毁于创造物或者被其控制，可能是人类不可违抗的命运。而

[①] 赛博朋克（Cyberpunk）一词由表示"控制论"（Cybernetics）的 Cyber 与表示摇滚乐流派的 Punk 组合而成，是科幻文艺的一个分支，有着强烈的反乌托邦和悲观主义色彩，警示人们对社会科技发展保持警醒。

利用这种担心构造故事情节，是很常见的市场策略。

《黑客帝国》（英文名有"矩阵"之意）的世界展现了这样的人类命运图景，其创世的主角是智能机器人和他们的智能系统，而人类是他们的"食物"，为他们提供生物能量，如同人类曾经种植的庄稼、放牧的牛羊。

智能机器人的创世

矩阵：本意为"母体"，也是数学名词"矩阵"。未来的某一天，一个智能机器人突然杀死了它的人类主人，引发了人类社会对智能机器人的屠杀和驱赶。一部分智能机器人汇集到一个地方，建立了自己的国家，并迅速强大膨胀，与人类爆发全面战争。人类节节败退，终于拿出终极武器核弹，因为机器人的能源供应是依赖太阳能的，核爆后漫天尘雾，会阻断机器人的能源供应。但是核爆后，智能机器人把人类战俘连接在机器上，通过刺激人类的脑部使人类的身体发电，提供能源。因为当作电池的人类会很快死亡，智能机器人开发出了让人类得到真情实感的虚拟系统，人类以为自己还是生活在现实世界里，于是在各种情景中生活着，只有少部分人类觉察到了真实的处境。

锡安：在《圣经》中，锡安是所罗门王建造的圣殿所坐落的山，位于耶路撒冷，当世界毁灭后，人类将在锡安接受最后的审判。电影中的"锡安"，是从矩阵中觉醒的人类所居住的家园，位于地球深处，依靠地热作为能源，是人类对抗矩阵的最后基地。锡安的觉醒者们主要是有色人种，以体现多民族的融合，因为这是一个人类对抗共同敌人的故事。

主要角色

尼奥（Neo）/托马斯·安德森：在希伯来语中托马斯的意思是双生，象征着尼奥的双重身份：程序员托马斯·安德森和黑客尼奥。安德森在希伯来语中的含义是"人之子"，这是耶稣的身份，组成 Neo 的三个字母掉转顺序后就可以组成"one"，表示他是那个救世主"The One"。

墨菲斯：在希腊神话中，是一位长有双翼的梦神。他给睡梦中的人们带来欢乐或悲伤的消息，拥有改变梦境的能力。在电影中，墨菲斯是把人们从虚幻世界中唤醒的指路人。

崔尼蒂（Trinity）：是人类美女。在基督教中，Trinity 的意思是圣父、圣子、圣灵"三位一体"。

先知：来自于希腊神话的概念，是圣贤、神谕等意思。电影中的先知一直在引导主要人物的行为。

史密斯（Smith）：在英文中，Smith 是铁匠的意思，电影中特工史密斯的功能，是消灭一切危害矩阵运行的异常程序。

卡玛拉：梵语，意思是"莲花"，具有清净品性。在影片中，卡玛拉是矩阵世界中第一个由人工智能培养出来的智能程序，她具有改变矩阵世界代码的能力。

智能机器人势力设定

智能机器国与人类社会一样，有国王机器大帝，有当权的统治者系统架构师，还有意识到机器人世界巨大危机的改革派先知、救世主等人。

人机相爱设定

影片从人类崔尼蒂爱慕尼奥开始，尼奥历经了复杂的爱情情感体验，改变了立场，站到先知这一边，燃起了社会变革的火焰。但尼奥的自身功能就是为了矩阵的升级，他在爱和使命中挣扎，最终选择牺牲自己。

作品的世界设定与宗教神话世界具有类似的结构，展现了人类宿命意味的灾难故事和拯救主题。人们熟知的宗教神话故事，对于理解这个冰冷怪异的科幻世界很有帮助，受众会自动把宗教意义联想、叠加到故事之上，创造出一加一大于二的效果。对于科幻文艺，这种世界创设的思路具有持久的启示意义。

在《星际之门：亚特兰蒂斯》系列影视剧作品中，人类被人类的创造物猎捕追杀，处于被灭绝的危机情境中，其世界设定是为制造惊悚剧情服务的：

地球人类联合探险队利用亚特兰蒂斯人留下的星际之门到达飞马星系。

他们遇到的劲敌，是古人类亚特兰蒂斯人所创造的幽灵和复制人。幽灵依靠吸食人类的生命强大自身，人类是他们放牧的羊群，而复制人处心积虑要消灭人类，因为人类对他们有害无益。

已知的亚特兰蒂斯人的科技水准远远高于地球人类，他们中的很大一部人已经进化到飞升体——以纯能量的形式存在，并且不再轻易介入物质世界，比如不介入人类与幽灵和复制人的斗争。这个设定解释了剧情的合理性疑问：为何他们能够制造各种先进复杂的人造人，却不解决人类的困境，令人类持久处于危亡境地？其实这样是创作者想让星战故事继续下去，以拉住观众。

飞马星系的人类社会相当于欧洲文艺复兴后与工业化时代之间的不同阶段，令观众有熟悉感。

古代亚特兰蒂斯人留下了可以穿越各个星球的"星门"，主要种族都在利用它们而不是摧毁它们。这就使得在遥远的星际之间、敌对势力之间，可以突然发生面对面的战争、搏杀，剧情好看，节奏快速。

这些经典科幻作品的世界设定，都很好地把握了新颖性与可理解性的关系。各种特异的世界情境，为星际探险、星际战争中的英雄提供了舞台，为观众提供了特殊情境下的情感体验历程。

四、 网络小说中的科幻世界

网络科幻小说的世界设定，受到欧美、日本的科幻小说、影视剧的影响，脉络格外清楚。

在著名网络小说《间客》中,《星球大战》、《星际之门》、《黑客帝国》等开创的世界元素,如联邦与帝国的星际战争、控制全世界的智能电脑系统、奇特的原始武功等等,显著影响了其世界设定。与《银河英雄传说》相同点更多,可以当作是互文来阅读,都是人类在宇宙间的三国演义,战斗舞台都是两片星域的中间地带,都存在两条星空回廊,都是宇宙舞台上的政治斗争与战争故事,可见人类最喜欢的敌人可能还是人类自己。

《间客》创世设定

因为爆发核战争,地球不再适合居住,地球人类只有进行星际探索,找到新的家园。逃离的两支船队中,一支到达一片星域,发展出联邦社会,在舰船电脑的帮助下建立了联邦宪章电脑系统,无处不在的宪章电脑系统保障了整个社会的秩序。由于依附于统治核心的特权家族的存在,社会不公根深蒂固,宪章电脑系统也成为禁锢公民的手段。在常年与帝国的征战中,军队的势力日益强大,他们对现有的利益分配格局不满,渴求更多的权益,希望联邦实行军事统治。

另一支船队到达相邻的星域,形成了帝国,有一些原初科技基础,实行严格的等级制度,榨取广大的底层民众,为特权阶层提供给养和支撑星际战争。

联邦和帝国进行着漫长的相互厮杀的历程。

三大星域势力分布

三林星域:联邦管辖的星域,包括三大星域,即上林星域、西林星域、东林星域。

左天星域:帝国统治的星域。

百慕大星域:由联邦与帝国之间的自由中立派把持。[1]

《间客》的世界架构的空间感还不是很好,用光年来做距离单位

---

[1] 参见猫腻:《间客》,首发于起点中文网。

的两方势力的战争，像是二次大战中常见的阵地战，没有把星际战争所必然具有的战争手段用足。当然这只是披着科幻与星际战争皮囊的作品，主角最终解决问题的方式是个人武力搏杀，而非有组织的军事对抗。

网络科幻小说《小兵传奇》营造了星战背景下的个人权力梦境，在银鹰帝国和万罗联邦的长期对峙战争、宇宙大乱的背景下，主角如同黑帮争地盘一样，拉小弟，攒实力，发动战争而成为唐帝国皇帝，统一宇宙，世界设定呈现出星战游戏的图景。

作品以角色设定与主角爬地图成长的特色而受到欢迎，赛博朋克概念对于角色设定影响很大，主角的主要助手功能强大而又单纯忠诚，是有美丽肉身的智能机器人，她们是他建立帝国的实力保障。

主要角色

唐龙：唐家家主，大唐帝国皇帝。经过严酷的军事训练，在与银鹰帝国的战争中立下巨大战功，经过多次大战，建立了自己的皇朝，统一了宇宙。

唐虎：主角唐龙被军部关押时遇见的机器人。从牢中逃出去建立自己的势力，后来被另一个生命体附身，吸收智能机器人的思维来增长能量，后期又被威神国的神强行夺取身体，率领威神国成为唐龙的头号敌人。

星零：万罗联邦的主电脑、大唐帝国内务总管、帝国皇后。唐龙的五个机器人教官给星零制造了一具肉体。后来进入人类社会体验人类情感，成为宇宙著名歌星。

唐星：大唐帝国外务总管、帝国皇后。星零拥有肉身后，所分化出来的电脑系统智能，协同星零进行大唐帝国的科技开发，协助唐龙统一宇宙。

尤娜：SK23连队（主角最初的队伍）原队长，后来的大唐帝国的财政部长。

凤冰与凤霜：主角贴身护卫、机器人、大唐帝国皇贵妃。

蓝梦云：唐龙的高中学姐。开发了一种能够让所有电脑都拥有智能的程序，后成为机器人。[①]

这其中的美女机器人角色，可能正是守候在电脑前、等待更新的男性青年们所需要的，那种忠诚而单纯的情欲对象，通过她们，读者也看到了作者的表情。

而网络小说《诸神的黄昏》中，把多个科幻经典作品的世界元素进行了拼装，构成了复杂的世界设定。其中智能机器人造反、追杀人类的设定，来自于《黑客帝国》、《星际之门》、《太空堡垒卡拉狄加》等剧；基因改造人，人的职业社会等级以基因为划分标准等设定，来自于《再造战士》、《基因》、《变种异煞》等科幻电影，而野心家篡位搞帝制则是星战故事的常见设定，作品是科幻世界元素的集大成者。[②]

网络科幻小说的世界创设情形说明，借鉴经典作品是必需的过程，而亟需的独创性还有待网络作家们的努力。也希望网络作家与文学网站更为重视科幻文学的创作，因为想象未来比重温过去，对于人类更为重要。

参考文献

田中芳树. 银河英雄传说. 北京，北京十月文艺出版社，2009.

---

① 参见玄雨：《小兵传奇》，首发于起点中文网。
② 参见撒冷：《诸神的黄昏》，首发于起点中文网。

网络文学的人物创设

第三部分

第十章

主角与人物关系创设

写作者常常听到这样的教诲，叙事艺术要创造人物（或塑造人物），但是创造人物的目的何在呢？创造人物就是目的本身吗？写作者首先就要清楚各种人物与人物关系对于受众的意义所在。

大众文艺创造人物的根本目的，还是为了满足受众的心理需求，人物是受众的欣赏与审美对象，受众会把各种情感投射到人物身上，所以创造人物要沿着受众需求与期待的方向前进，并令受众得到超越于预期的惊喜。有一只看不见的手在支配着人物的创造，这就是作者在受众期待的基础上形成的写作意志，在引领着人物舞蹈，所以人物创造是作者与受众合谋的结果。

人物在故事中扮演着各种角色，依据其功能，主要有主角、情欲对象或情感对手、敌人或者竞争对手，与他们身边各自依附的辅助性人物，共同构建起人物关系网络，而每一种人物都对应着受众不同部位、频谱的内心需求。

一、 主角创设的要点

主角的创设在整个人物与故事的创造中，处于优先位置，写作者要明了主角在作品中承担的功能，明了主角的愿望、性格、身份所起的作用，据此进行主角创设。

主角是受众的主要代入对象，人们认同主角的愿望与情感倾向，认同主角身份、品性、行为特征，就会把自己代入作品主角，而主角在故事中实现愿望的行动过程与结果，就是作品的主要构成。主角的愿望、动机、行动决定了故事的基本方向，主角的行动带动其他人物的行动，一起推动情节的发展。因此，主角的主要功能就是承载并实现受众的愿望、以主角为枢纽构建人物关系网络，以主角行为推动故事情节的进展。

都市类、历史类文艺作品的主角，通常会具有获得权力、财富、情爱的愿望，并为之努力奋斗，会与实现目标相关的人物，构成密切关系；奇幻、玄幻文艺的主角会带着获得超能、长生、成神成仙的愿望，去修炼战斗，与修炼相关的人物会成为盟友或者敌人，而这些愿望是否能够实现，正是人们最为关心的问题，所以创设人物，明晰他们的愿望—动机是前置性的工作，是作品的起点。虽然有一些作品不会明确说出人物的愿望，甚至于隐藏人物的愿望动机，但是在人物的行动中，一定会表现出人物的真实愿望，没有愿望与动机的指引，人物与故事就没有前进的方向，就没有构建人物关系的内在动力，所有的人物都不是无缘无故地出现在作品中的，他们一定是与主要角色的愿望与行为密切相关的。

《三国演义》中刘关张集团趁着天下大乱，从散兵游勇到聚集抱团，与其他集团争夺天下，建立自己的王朝，他们打天下的愿望得到大众读者认同，并盼望着他们成功。《西游记》主角孙悟空开始时的愿望是去寻师学艺，后来的愿望是保得唐僧西天取经，成就功德，所以才会有那些战斗故事。《鹿鼎记》主角韦小宝的愿望是升官发财娶美妞，让娘高兴让自己爽，这些愿望都指明了作品的方向，是引领读者的灯光。

作为主角，特别是超长篇幅作品的主角，通常具有强烈的欲望、外向型性格，天生就爱"惹事"，积极主动与各类人物构成复杂关系，与其他主要人物具有深入的情感交流。这样，故事就更容易具有动感，更容易让故事情节的发生具有合理性。一个时刻找事做的主角，会令作者愉快地跟从主角到处冒险，情节妙招自然会源源不断地产生。

《红楼梦》主角贾宝玉无心于仕途经济，却有一个明确的愿望，就是在各位姐妹面前，尽到心意，表达一些温情，并且他是无事忙的性格，对于姐妹们的事情很是上心，恨不得黏上去把事情办好，方才安心，即使被父亲责打，也不肯改变。他的愿望—动机—行为，把花团锦簇的大观园带动起舞，叮咚作响。那些风格多样的美丽女性，谁是欣赏者？她们为谁歌哭？贾宝玉就是观看大观园的眼睛，是最好的倾诉对象，是百花开放的大观园的中心，他不在场发生的事情，都是为了他到场而做的准备。而贾宝玉这样的愿望与性格设定，是主角履行功能、构成作品的基础。如果没有这个四处献殷勤的主角的串联引发，整个作品就是一捧散落的珍珠。

《鹿鼎记》的主角韦小宝、《回到明朝当王爷》的主角杨凌、《极品家丁》的主角林三，都具有贪婪好色、油嘴滑舌的品质与性格，像被欲望充了电的狗，不停息地追逐自己的各类目标，这是构建长篇作品，带领读者不断体会成功快乐，所适宜的主角性格。读者可以休息，主角不能休息，读者一天生活二十四小时，主角要格外多活几个小时。

而修炼小说的主角，通常都有坚忍不拔并且好战的性格，否则难以忍受长期的艰苦修炼，也难以引发、经历各种战斗，修炼小说的主要故事内容也就难以发生。修炼小说主角的祖先们，孙悟空、武松、鲁智深、李逵之流，都有寻衅滋事的爱好，听说有架要打，马上就能找到正义的理由。若不如此，读者看什么呢？网络修炼小说的主角，到处溜达、修炼、战斗，必须具有强烈的进取心、战斗天性，而且要具有很强的目标感，这是修炼—战斗—升级故事的必要前提。

若把主角设定为内向的性格、被动性人格，作者就得网罗各种主动性的人物，前来与主角纠缠，否则就难以构建故事情节，让作者疲惫欲死。如《射雕英雄传》的主角郭靖为人木讷、迟钝，这是非常冒险、也是令作者与读者劳累着急的主角性格设定。故事前期是江南七怪因为打赌，主动来找郭靖教授武功，后来只能为他配一个恋人黄蓉，性格与郭靖相反，主动、聪慧、机灵、人缘极好，为主角郭靖笼络关系，创造机会，这样故事情节才得以不断拓展，但是郭靖这个主角就不免于因人成事的讥评，黄蓉出现之前，作品就显得呆板，后来黄蓉如果不在场，故事情节立即就有停滞感，作品因此显得不平衡。

大众文艺主角的身份、地位等人生状态设定，有两种常见情形：一种是与目标受众相似，一种是受众想要达到的那种状态。两者没有绝对的好坏之分，要看这些设定，对于完成作品是否有益。

通常网络文学主角初始身份设定与期望中的主流读者相似，比如学生、刚出校门的年轻男性、女性，处于正从社会底部向上爬行的状态，这是目前网络文学的主要读者群。无论是何种类型小说，主角若是中老年大妈大爷，则受欢迎的概率很低。

主角通常具有普通人的嗜好、缺陷，以平易近人一些，让普通人没有障碍地认同主角。但总是如此，就会显得陈腐，缺少新鲜感。有时候，读者会代入与自己相似的人物，而有时候，人们会更倾向于代入自己心目中理想的人物，比如贾宝玉、林黛玉、薛宝钗，身份、才情、美貌都非普通人，但却是人们乐意代入的对象。

许多年来，美国电影中的超能英雄，虽然有超凡的能力，但是通常身份设定为普通人，隐藏在大众之中，让观众从这些超级英雄身上看到自己，如《超人》。而近期的《蝙蝠侠》、《钢铁侠》等剧的主角设定就花样翻新了，主角是男性观众理想中的形象：拥有影响力巨大的公司；拥有忠心的老部下，特别是忠心、漂亮且暗恋自己的女下属，以确保自己外出去干某些事的时候，公司还能正常运转；有男性魅力且能够到处证明自己的男性魅力；拥有超能并且到处行侠仗义，参与对国家社会至关重要的大事；具有潇洒幽默的个性、不循规蹈矩的行事风格，最重要的，财富、地位来源于自身的智慧才能。

可以说大众从这样的主角身上看不到自己的影子，那是每一个男人想要成为的、每一个女人想要拥有的男人。由此可知，没什么不能改变的，主角身份设定应该具有多样性，而不是墨守成规。追求人物的创新，需要我们不断回到问题的起点：人物创造的目的是什么？有助于此的任何新招数、好主意都值得使用。

二、 以主角为中心构建的人物关系

单一主角的文艺作品数量远远超过多主角的文艺作品，网络文学更是如此，因为主角单一，作者控制情节走向更省力，能更好把握故事的整体布局；读者跟随单一主角一路前进，不用在几个主角之间跳进跳出，也更容易入戏。

单一主角的文艺作品，其他角色通常是围绕主角而创设的。主角、情感对手或者情欲对象、敌人或者竞争对手，此三种主要人物形成"三角框架"，再加上依附于主要人物的功能性人物，构成一个相对易于把握的人物关系网。

他们履行各自的功能，主角在自己的愿望动机支配下，结识志同道合的同伴去行动，与所爱所欲的对象，发生情感纠葛。有时候主角行为目标就是得到所爱，有时候情欲对象或者情感对手进一步发挥作用，协助主角去完成其他任务，而他们必然遇到敌人或者竞争对手及其同伙的阻拦，克服阻力，达成目标，这就是各类人物在故事中的主要作用。

完整的神话与民间故事，在流传的过程中，故事与人物关系会逐渐向主要人物集中，其人物关系网通常就是以"三角框架"为骨干来构成的，兹以北欧神话的主要人物为例加以说明。

北欧神话中的主角奥丁，其主要愿望是维护统治世界的权力，并为此征战不休。他遇到了内外强敌的挑战，并最终被敌所害，其子为其报仇，并继续统治世界。其主要人物关系就是围绕奥丁来构建的。

主角

奥丁：众神之王、世界的统治者，与众神一起创造完善了世界并创造了人类。具有强烈的权力与爱情欲望。主角不断追逐各色情人，她们为主角生下了许多儿女。所以奥丁也被称作众神之父。

主角的妻子、儿子

弗丽嘉：奥丁的妻子、爱神，掌管婚姻和家庭。

维达：奥丁与女巨人格莉德之子。森林之神，在诸神的黄昏之战时，芬里尔狼击败奥丁并将其吞下肚中，维达赶上前来，把芬里尔撕为两半，报了父仇。之后和他的兄弟瓦利成为新世界的主神。

瓦利：是奥丁与女神林德之子，他一出生迎风即长，刚过一昼夜就能上阵打仗。

布拉吉：奥丁的儿子，智慧、诗词、雄辩之神。其妻伊敦拥有青春的金苹果。众神只要尝一尝金苹果，便可以返老还童。

奥丁的情人若干。

主角阵营的同伴、部属

托尔：雷神，腰束一条魔带，使他的力气加倍，手执神锤，诸神的黄昏之战时，与耶梦加得巨蟒同归于尽。

海姆达尔：神界的守护神，能眼观四路、耳听八方，日夜守卫在天界入口的要道，防御冰霜巨人的侵袭。诸神的黄昏之战时，与火神洛基同归于尽。

英灵殿瓦尔哈拉的战士：奥丁在人间的战场上挑选的英勇善战的战士，让他们同诸神并肩作战。那些牺牲在战场上的人，到了晚上又像没有受伤的人一样狂饮。

精灵与矮人：诸神的伙伴与助手。

敌人及其帮凶

洛基：火神，奥丁的同母兄弟，为人乖戾，后来变成恶魔，神通广大，能在一瞬间把自己变成无数的怪物，是主角的主要敌人。洛基有着可怕的后代，如冥界女王海拉、巨蟒耶梦加得、巨狼芬里尔等。

芬里尔狼：造成众神毁灭的元凶，大嘴巨狼，当它张开嘴时，上下颚可以顶住天地。善制兵器的矮人用山之根、猫之脚步、鱼之呼吸、女人之胡须、熊之跟腱以及鸟之唾液这六种罕见事物，锻造成一根无形的魔链，才将芬里尔缚住。诸神的黄昏之战中，芬里尔挣脱了这根魔链，吞食日月，杀死了诸神之王奥丁。

巨人族：最古老的种族，诸神也都具有巨人族的血脉，但是为了争夺世界的统治权，巨人族与诸神世代搏杀不休。

这些角色都在故事中履行了自己的功能，并且成为后来的幻想文艺的人物创设的原型。

文艺作品的人物关系创设，根据主角与故事的不同，通常是在三角框架的基础上进行适度调适。

当故事从主角童年开始时，导师、保护者以及主角的同伴，通常会处于更为突出的地位，给予主角和代入主角的青少年读者一种浓郁的爱与友谊的体验。在《哈利·波特》的主要角色创设中，就体现了人物关系的三角框架与这种青少年读者需求的共同作用，同伴代替了情感对手与情欲对象的位置。

主角

哈利·波特：詹姆·波特和莉莉·波特的独生子。他与主要敌人伏地魔，具有共同的祖先（主角与主要敌人血脉同源是欧洲神话、奇幻文艺的惯用设定）。有着黑发绿眼，头上有一道很酷的闪电形伤疤。在老师与伙伴们的帮助下，最终打败伏地魔。

同伴

赫敏·格兰杰：喜好钻研学术，霍格沃茨魔法学校最聪明的学生，有时显得独断专行。主角的红颜知己，最终却奇怪地和主角的好友罗恩·韦斯莱成为夫妻。

罗恩·韦斯莱：韦斯莱家族是古老的纯魔法血统家族成员，与主角是铁哥们，最后和赫敏结婚，并和哈利在魔法部成为同事。

宠物伙伴

有灵性的家养小精灵多比、闪闪、郝琪。

主角的导师、保护者

阿不思·邓布利多：魔法学校校长、当代最伟大的魔法师。

西弗勒斯·斯内普：魔药课、黑魔法防御术教授，邓布利多死后升为校长，因为深爱着主角死去的母亲而暗中保护支持哈利·波特。

鲁伯·海格：生物课教授、猎场看守、混血巨人、主角的保护者。

主要敌人

伏地魔：被称为"史上最危险的黑巫师"，是杀害哈利父母的凶手。

德拉科·马尔福：主角的同学，是主角的死对头。

在这个人物关系网中，主角的母亲有着很多爱恋者，他们后来成为主角的保护者，并且与大众的期待不同，最终女主角没有和男主角在一起，而是嫁给了男配角。也许作者罗琳把主角看作自己的儿子，而一个男孩的母亲可能希望儿子得到很多人的爱，却不希望儿子爱上别的女人。

著名网络小说《亵渎》的角色设定中，增加了许多功能与倾向暧昧的角色，构成了一个色彩斑斓的人物关系网，然而万变不离其宗，其主要人物都对主角的愿望达成产生重要影响，而三角框架还是人物关系的基础。

主角

罗格·奥塔·里弗斯：是一切人类欲望的代言者。不知其父，是母亲偷情的产物，拥有魔兽般强壮的体魄，又精通魔界黑暗魔法。他是世界秩序的反抗者，卑鄙、阴险、好色、贪婪，做事不择手段，而又非常执著。在各种族的导师、女人、伙伴的帮助下，战胜了各个空间的敌人，但还是在至高神的威力显现中灭亡，最终在自己的绝对领域中复活，成为制定规则的绝对领域之主。

主角的情感对手

风月：第一女主角，最初是罗德里格斯利用光天使威娜的神之本源创造出来的宠物，是一个会装死的骷髅，拥有造物与吞噬技能，与威娜共用同一个神之本源。后来成为死亡世界第八位君王，是智慧之眼女神、冰雪女神，是罗格的守护神，彼此心灵相通，主角不惜为之牺牲一切。审判日被毁灭，后来在主角的绝对领域内复活。

主角丰富多彩的情欲对象

威娜：创造之主提拉特弥斯亲自创造出来的光天使，精通各种战斗艺术，纵横于各个位面，曾被罗德里格斯消灭肉身，在遗弃之地苏醒，后来爱上罗格。

凯瑟琳：王都第一美女，精明冷酷而风华绝代，与主角生了一个儿子。

芙萝娅：高傲的莱茵同盟公主，拥有倾城之貌，是强大的魔法师，精于使用魔法道具、用药炼毒。深爱主角，为了罗格放弃被转化为天使的机会，在审判日毁灭。

安德罗妮：最有天赋的剑士。与芙萝娅是恋人关系，后深爱风月，因怀有罗格的孩子，而被凯瑟琳暗杀。

埃丽西斯：冷艳高傲的魔族公主，是罗格内心深处的挚爱，死于圣焰之中，罗格为此背叛光明教会。

风蝶：精灵族战士，被迫与主角签下灵魂契约，成为主角最有用的美丽奴仆。

阿佳妮：精灵族武士，外表坚强内心柔弱的精灵女孩，为了成全风蝶而接近罗格，而后爱上罗格，在爱人与朋友不能共存的痛苦煎熬中选择了逃避。

艾菲儿：神秘的精灵女孩，擅长预言术，为罗格生了一个儿子，在位面毁灭时把儿子送入乱流空间，死于审判日。

主角导师、保护者、同伴

罗德里格斯：史上最伟大的死灵法师，灵魂与罗格融为一体，带给罗格强大的精神力，指引罗格掌握力量的本质。

死神班：著名杀手，曾经受人委托杀过罗格，又为完成一个约定而保护罗格。

修斯：神秘的精灵族长老，秘密组织的首领，为主角指点迷津的人。实际年龄一千岁上下，拥有数百个分身，实力深不可测，与罗德里格斯、教皇并驾齐驱。

贵族败类五人众：主角与同伴凯特、埃特、弗朗哥、伦斯。

查理：主角部属，正直、勇敢的骑士，帮助罗格管理阿雷公国。

罗伯斯基：主角部属，罗格收服的土匪首领，马屁精，精于政治。

温拿：擅长炼金、机械研究及制造魔偶，为罗格制造武器机械。

主角的敌人

至高神：天界及十二主神的创造者、亿万位面之上的至高存在、规则的制定者，以纯粹、强大的光的形式存在，最后毁灭了主角所在位面。

四大德鲁伊：天空之怒、无尽之洋、火焰暴君、大地先知，四个各有所长的强敌，各有自己的部属，要消灭罗格，但被罗格消灭。

魔皇：魔界最强者，拥有"创造"的能力，罗格为取得神格、解救风月，与魔皇大战，最终魔皇死于罗格之手。

主角的垫脚石

尼古拉斯：银龙族的最强者，被罗格反复欺辱，最后龙魂被封于龙魂战枪内，成为威娜的武器。

弗雷：天空之怒之子、高大英俊的男同性恋者，主要功能是提供喜剧效果。

雷洛：杀手，刺杀罗格未成，被罗格反复欺辱。

女主角风月的同伴、垫脚石

格利高里：原是魔界魔龙，死后变成骨龙，被风月改造成"神圣巨龙"，搞笑巨星。

第九骑士海因里希：死亡世界君王，用罗格的坐标威胁逼迫风月，被风月击败后吸收了其力量。①

《亵渎》的各种角色填满了主角的欲望世界，人物功能完善，一群变幻不居的人物演绎了一个变幻莫测的故事，阅读感受丰富而有层次。主角其实与贪婪好色的希腊神话大神宙斯、北欧神话大神奥丁，颇有相通之处，他们的贪婪品性是人物关系构建和故事情节发展的重要元素，难以对他们进行好坏判断，对于后来的奇幻小说人物创设具有显见的影响。

三、 多主角的人物关系创设

在神话与大众文艺中，两个或两个以上的主角，独立发展其故事情节，具有各自的人物关系网络，但也不是互不相关，而是几个人物关系网相互连接统合，构成统一的人物网络，这样的作品也代有佳作。

希腊神话中，几个世代的神祇、诸神都保持了自己的独立性。在青铜时代，统治关系上，诸神以主神宙斯为首，但是雅典娜、阿波罗、普罗米修斯都是具有独立意志和独立故事情节的人物，普罗米修斯更是违背宙斯意志，创造人类并给予人类智慧，宙斯成了陷害普罗

---

① 参见烟雨江南：《亵渎》(1—7)，北京，朝华出版社，2005—2007。

米修斯的反角。阿波罗作为美神、光明之神，有很多恋爱故事，成为人人景仰的帅哥英雄、一号男神，反而是主神宙斯偷情显得猥琐。当然，诸神所在的世界仍然是统一的世界，遵循着神界的发展逻辑。

印度神话也是多主角各自发展的，印度神话三大主角是彼此竞争的关系，在神话发展史上此消彼长，不断演化各自的故事。

在小说史上，《水浒》是突出的多主角小说，武松、林冲、鲁智深、李逵、晁盖、宋江等人都有自己的独立发展的故事，再以核心事件梁山聚义和宋江等人的串联作用，把整个故事约束在一个框架内，可以说宋江是一个传奇英雄，也是一个穿针引线的功能性人物。《三国演义》是多方势力互动的群戏，在多阵营的人物关系网中，前期又突出曹操、关羽的形象，后期突出诸葛亮的作用，把他们并列为主角也无不可，因为他们的行为带动了故事发展，并且头顶光环，也为他们安排了各自的垫脚石角色。

在电影电视剧中，特别是长篇幅电视剧中，多主角群戏很是常见，因为可以为观众提供更多的观赏兴奋点，如长达数百集的电视剧《老友记》，演绎了生活在一个公寓楼中的三男三女，在日常生活中点点滴滴的爱与关怀，他们在十年彼此的陪伴中一起成长。这六个人的性格秉性相异而互补，都是主角又都是他人的配角、倾听者、欣赏者，为观众代入人物留下了足够多的通道。该剧的群戏给人以这样的感受：友情比爱情、比拥有主角的光环更令人心醉，观众渴望能够跳进剧中的"家"，成为第七个伙伴，以对抗孤独冷漠的现实生活。

其中三位女性角色得到更多关注。瑞秋：有点任性，但是善良、随和、漂亮，有女人味；菲比：经历丰富、风趣、真诚、有才华；莫妮卡：争强好胜、独断专行、有洁癖、有点爱折腾人，但其实是很敏感、容易受伤的人。这些角色特征覆盖了生活中的多数女性的自我体认，令大众产生代入感。

《天龙八部》是最为成功的多主角现代小说。段誉、萧峰、虚竹三个主角对结义兄弟的热诚是相同的，而身份、性格秉性、人生愿望差异很大，彼此相映成趣，覆盖了大众读者代入主角的多种偏好。三个主角拥有各自的人物关系网，又通过主角与串联型人物相互连接，构成作品整体的人物关系网络。

段誉一方

段誉：云南大理国镇南王之子，长相俊美，深受父母与家族宠爱，是多情种子，与其父一样四处招惹情债，不愿意学武却在被动中习得绝世武功。是天下一切娇懒少年乐意代入的对象。

情感对象：王语嫣、木婉清、钟灵等。

父亲：段正淳。母亲：刀白凤。

段氏父子的部属：高升泰、巴天石、傅思归、朱丹臣等。

导师：枯荣大师、黄眉大师。

敌人：四大恶人，恶贯满盈的段延庆、无恶不作的叶二娘（同时是另一主角虚竹的生母）、凶神恶煞的南海鳄神、穷凶极恶的云中鹤。

番僧：鸠摩智师徒（是绑架段誉的敌人，又是促成段誉功力飞涨的垫脚石）。

萧峰一方

萧峰：丐帮帮主，侠义冲天、豪气干云，是热血男儿的榜样，因对待阿朱、阿紫的深情厚义，而成为少女们的理想爱人。身为契丹人的秘密被揭露之后，原来的部属朋友皆成敌人。

父亲：萧远山，契丹贵族。养父母：乔三槐夫妇。

情感对象：温婉贤淑的阿朱、精灵古怪而用情很深的阿紫，都是男性的理想对象。

盟友：契丹皇帝耶律洪基。

部属兼敌人：丐帮诸长老，以及无数江湖群豪。

敌人：马夫人（康敏）、游坦之（也是著名的垫脚石）等。

虚竹一方

虚竹：少林寺小和尚，相貌不佳，为人愚直，无意中成为逍遥派掌门人无崖子的徒弟，得其功力，成为逍遥派的掌门人后，又被灵鹫宫主天山童姥带至西夏皇宫中，尽得逍遥派真传。天山童姥与西夏王妃李秋水同归于尽后，虚竹成为灵鹫宫主人。是希冀好运气的普通人的代表。

生父：少林寺掌门玄慈。生母：四大恶人之一无恶不作的叶二娘。

导师：无涯子、天山童姥。

情感对象：李清露（梦姑、西夏银川公主）。

部属：余婆、石嫂、梅兰竹菊四剑、苏星河、丁春秋以及无数江湖群豪。

三个主角共同的盟友与敌人

少林寺：扫地僧、玄慈、玄渡、玄难等僧人若干。

慕容氏：慕容博、慕容复。

三个人物网中的角色互相有很多交集，少林寺是虚竹与乔峰的成长之地，少林寺众僧参与了故事中的重大事件，涉及几方势力，其实是贯穿性人物群体。慕容复是段誉的竞争者，也是乔峰的对手。三个主角的行为带动着整个人物关系网的运转，各种角色履行了自己的功能，又呈现了各自的个性，辨识度很高，本身就是作品有趣的部分。

参考文献

E. M. 福斯特. 小说面面观. 北京：人民文学出版社，2009.

金庸. 金庸作品集. 广州：广州出版社，2008.

烟雨江南. 亵渎（1—7）. 北京：朝华出版社，2005—2007.

陈墨. 人物金庸. 北京：东方出版社，2008.

第十一章

情欲对象与情感对手

主角的情欲对象与情感对手，是依据主角的欲求而创设的，对应着大众文艺受众的心理需要，其功能主要是扮演主角的目标角色，主角得到他们（她们）的爱情，即意味着某种成功。

一、 创设情欲对象与情感对手的心理因素

大众对情欲对象与情感对手的想象受到几方面因素的影响。

其一，人类的基因遗传策略，决定了人类总是在希求更多种类的情欲对象，这是人的本能，是长期进化的结果。总体而言，对各种身体姿态、品性、身份的情欲对象的想象，给人类带来快乐，并且强化了人类的爱情信念，激励着人类的爱情生殖行为，从而有利于人类的基因遗传和种群进化。然而如前文所述，基因遗传的公平性，对人类整体的安全和秩序非常重要，所以人类伦理倾向于约束个体，遵从公平均等的一夫一妻制的规则。对于个体来说，这种本能与伦理的冲突，需要通过文艺作品得到宣泄、缓冲，在文艺作品的白日梦中，得到更多爱情激励和多方面情欲体验，以强化生殖本能。因此，古往今来的大众文艺的主角，通常具有不同特色的情欲对象与情感对手，从北欧神话主角奥丁，到《红楼梦》之贾宝玉、《步步惊心》的女主角若曦，都是得到很多异性爱意的"成功人士"。

其二，人类拥有白日梦的变形能力，把人生苦难、心理挫折置换为愉悦的情色想象，这是人类重要的自我保护的功能。在文艺作品中得到"意淫"式体验，是重要的创作心理和接受反应心理，对此无须避讳。悲苦流浪的行吟诗人最乐意歌唱主角无所不能、在情爱方面大获成功的神话故事；当代作家张贤亮笔下的被迫害陷入饥寒的男性主角，总是能得到美丽善良的"马缨花"们的爱与温暖，得以渡过悲惨岁月，其人物是白日梦机制与家国情怀、人生理想的蝶变。而在女书中，处于艰难困苦处境的女主角，总能得到皇帝、亲王、财经巨子、大家族传人的青睐，建立爱情婚姻关系，与各种身份的英俊风流男性，发生激动人心不可抗拒的爱情，而他们会拼命地帮助女主角获得成功，获得一切她所想要的东西。在梦想中，美女的各种"好"是为男主角准备的，帅哥的各种"好"是女主角所需要的，而情人的表情总是相似的——他（她）总是看着你，等着为你做任何事情，因为你累了。

其三，主角定律使得作品总是偏向于主角的欲求，影响着主角的情欲对象与情感对手的性格秉性的创造。主角的目标人物，可能会以各种理由主动爱上主角，而且一旦爱上主角，就会忠贞不渝，不受他人诱惑，专心等待花心的主角回来团聚，特别是男性主角把他们的女人放在那里不管，放心地去争夺另外一些女人，情节发展也不会节外生枝，而企图诱惑主角情人的不轨之徒，主角的情感竞争对手，都会受到命运的惩戒。主角的恋人爱上别人，主角形象会受损，那么其背叛的恋人也就会死去。电影《蝙蝠侠：黑暗骑士》男主角的前女友瑞秋及其后男友，都死于命运之手，这种安排居然受到观众的欢迎，他们期待主角得到更有魅力的女友。

当然情欲对象与情感对手的创设还会受到诸多社会历史文化因素、小说类型传统、人物种族身份与特征的影响。很多作品赋予这类人物丰富的个性元素，甚至于比主角更为色彩鲜明，更会引人关注。

主角的情人，是主角与读者对面的最明亮的"世界"，情人的品性其实反映了主角与作者的品性。

二、 情欲对象

在中国古典小说中，女性人物较少独立性，呈现"被看"的万千姿态。英雄传奇小说《水浒传》中，女性是有毒欲望的化身，对于武林好汉是一种消耗性物体，有害于修炼和男性团体的向心力。那些著名的淫妇，艳若桃花毒如蛇蝎，一时不察，就会偷人，令英雄蒙羞，所以打杀淫妇带来十足的快意。在《金瓶梅》中，女性是主角欲望实现的对象，女性魅力十足，个性特征鲜明，是能够引起复杂身心感受的美艳"妇人"，也是害死主角的欲壑难填的雌性生物。《聊斋志异》中半夜淫奔的女妖女鬼，是为百无聊赖的穷书生而存在的，她们妖艳而主动，足以安慰穷书生的渴望，羞涩男性一贯倾向于赞美积极主动、"敢爱敢恨"的女性。《红楼梦》中水一样纯情而多才多艺的女孩儿，则满足了男性体察各色美女之审美欲求。

在古今大众文艺中，追求各种身份、姿态的情欲对象，被看作是主角实现人生愿望的成功标志，但是在古代和某些现代社会，文艺作品的欲望表达会受到某些限制，而在现代工商社会，人们把大众文艺中的白日梦与现实生活分开，文艺作品的欲望表达是一种精神补充剂，所以尺度渐宽。

在金庸二十余年的武侠小说写作中，对男性欲望的态度发生了明显的变化，可能也是社会观念变迁的反映。早期作品主角，如《射雕英雄传》的郭靖性格较为拘谨，钟情于一个女性，而到了《笑傲江湖》的令狐冲，对待爱情的态度则趋向于灵活，身后跟随的美女丰富起来，《天龙八部》的段誉则主动追求多个对象，《鹿鼎记》的主角韦小宝公然贪色无厌，连连得手，贪财好色的品性不再是反派人物的专利，这对网络小说主角与情欲对象创设的影响最为显著。

《鹿鼎记》中不同长相、身份背景、能力、禀赋、性格特征的女性角色，对应着男性的不同欲望部位，主角韦小宝大得其趣。

贴心身边人：首先是双儿，美丽温顺，心无旁骛，心心念念只有相公小宝，还身具灵巧的武功，能帮助主角建功立业，还能跟着他去泡妞。作者一再抬举双儿，一如贾宝玉抬举袭人，其实是为了安心享有她们的角色功能：美丽忠诚的女仆与助手，与电影《钢铁侠》主角身边性感而忠诚的女部下功能类似。曾柔，王屋山强盗的女儿，具有草莽身份符号，性格功能是双儿的备份角色。

敌人与对手的女人：阿珂，以带刺儿的娇艳为特色，李自成与陈圆圆的女儿，台湾势力郑克爽的恋人，从小被崇祯长女独臂神尼掳走，教她武功。作为各种敌对势力的女儿与女人，极其难缠狠辣的性格，还存在强大的情敌，为主角提供了巨大的成功障碍，但是主角最终得逞了，因此快感强烈。方怡，沐王府的武士，沐剑屏的师姐，青春热情，性格多变的江湖女子，主角竞争对手的未婚妻，为救未婚夫而被迫接受韦小宝的勒索，而成为主角的女人。

公主与郡主，主角的成功阶梯：建宁公主，皇帝康熙的妹妹，身份尊贵，却荒唐残忍，野性勃勃。"公主"是一个富贵符号，穷小子娶公主，意味着一步登天进入皇权社会的亲贵集团。这在古老的神话与民间故事中，是常见的主角欲望对象，韦小宝树立了一个现代版的榜样，后来的穿越历史小说主角娶公主是一个常规动作。沐剑屏，沐王府的小郡主，清秀、纯真、善良、情窦初开，是高贵身份、纯情品性与萝莉姿态的结合。

女神：苏荃，神龙教主洪安通的妻子，天然妖艳、光彩照人，且武功高强、见多识广，是韦小宝的人生导师。本来格外难以搞定，成了主角的女人以后，却格外温顺忠诚，令人每个毛孔都安稳妥帖。

异国女王：苏菲亚，热情的罗刹国公主，代表着异域风情。在韦小宝"安邦定国"计谋的帮助下，苏菲亚成功政变，当上了摄政女王，韦小宝则因策划有功被封为远东伯爵。

很多网络小说主角情欲对象设定，可以说是对上述人物名单的模仿，各种身份、风姿与功能的女性与《鹿鼎记》一样色色齐备，而《极品家丁》主角林三动能更加充沛，情欲对象的"剂量"在此基础上加倍。

公主：肖青璇，架空朝代大华朝的"出云公主"，有贤淑宽容的"大妇风范"，是主角来到这个世界的第一个女人，彼此情真意切，心意相通；秦仙儿，大华朝的"霓裳公主"，肖青璇的妹妹，性格刁蛮精怪，擅长吃醋。姐妹两人因故行走江湖，各有师门，身份神秘，又都热爱主角，彼此成为竞争者。

女神：宁雨昔，武功天下第一，是个高傲的不食人间烟火的仙子，是肖青璇的师傅，与主角同生共死，情缘深重；安碧如，白莲教圣母，狐媚之术超群，却又贞洁无比，只爱主角林三，是秦仙儿的师傅，与宁雨昔是死对头，构成另一重竞争关系。

异域女王与公主：月牙儿，本名玉伽，突厥人的金刀可汗，集青春、美丽、智慧、武功于一身的女王，对于男人，充满征服与被征服的符号意义，在心身搏斗中与主角迸发了热烈的爱情；徐长今，高丽公主，纯洁而执著，为祖国利益而色诱主角。

姐妹花：萧玉若，主角的商业伴侣，外表坚强而内心柔软，擅长吃醋和"作"；萧玉霜，痴情忠贞的少女形象。

神秘女上司：与主角一起穿越的女强人，主角穿越前所在公司的上司，阴错阳差地穿越到高丽国，成了世人膜拜的"女神棍"，在这个时空与主角的竞争中一再吃瘪，主角报了前世之仇，同时也彼此有情。

另有其他不同功能的情欲对象：董巧巧，小家碧玉，温良体贴，是助手型人物，协助主角开创商业；洛凝，才艺过人，为主角提供各种感性生活；徐芷晴，未婚夫死在了前线，成了未出阁的寡妇，是女中诸葛、巾帼英雄，与主角彼此欣赏而生爱意；萧夫人，贞洁的寡妇，与主角陷入暧昧；依莲，痴情的温馨的苗家小阿妹；李香君，肖青璇的小师妹，精灵般聪慧美丽，与主角相期以未来。

作品的最后，林三与肖青璇的儿子成为大华朝的皇帝，与玉伽的儿子成为突厥之主。主角林三开枝散叶，成几姓几国之祖宗，这可能才是男性更为根深蒂固的欲望。[①]

《极品家丁》女性角色创设水准有过于金庸小说，作品如果分阶段看，是数部不同女主角的爱情小说，每一段爱情故事都感人肺腑或者妙趣横生，各有巧妙，也各有难度，但是合在一起，却只能是泡妞全集，因为主角拿下一个美女后就转身去狂追别的美女，破坏了刚刚呈现的情圣形象，那款款深情，都是男性基因遗传本能使然。这其实反映了大众文艺的局限性，主角们如同被欲望驱赶的疯狗，难以在端庄处停留，减弱了作品感染力。

大众文艺中，主角情欲对象的身份通常是一种欲望的符号，是情欲与权力、财富、力量等因素的统合象征，如公主、女王、校花、明星、女总裁，女书中女主角的对象皇帝、亲王等。即使奇幻文艺中的非人类种族情人也常常具有世俗的高贵身份，主角得到他们就意味着巨大的成功，但是一味因袭，不免于陈腐，身份符号也可能妨碍了新鲜体验的表达。

以人类的文艺史来看，通常好色的主角才会经常遇到美女，正如修炼的主角总会遇到神仙，都市（市井）和历史小说主角，贪求在有限的生涯中，求得更多世俗的成功，而武侠、修真、玄幻、奇幻类小说主角，追求长生、成就神仙事业，应该避免过多在情爱中消耗生命，如《水浒传》的主要英雄角色，与《西游记》主角孙悟空，就不好女色，而那些好色的就不是好汉。既猛追美女又冀望修炼成神，那

---

① 参见禹岩：《极品家丁》，首发于起点中文网。

叫作贪婪。在网络小说中，贪婪的修炼小说主角也很常见，如影响甚广的《亵渎》、《风姿物语》的主角。贪婪好色的主角其实是当代华人男性读者的偏好，是他们本身太贪婪，还是因为他们的生活太压抑，所以更需要白日梦呢？

在网络作家们交口称赞的奇幻小说、台湾作家罗森所著的《风姿物语》中，"苍月系列"女性角色，形态、功能齐备，远比主角兰斯洛更有神采。

苍月草：兰斯洛的结发妻子，与主角患难与共，把自己的国家统治权给予主角，死去后以灵体形态存在，用令人叹为观止的智略，协助主角逐鹿世界，还包容主角的多情种马行为，具有网民们所称颂的"大妇风范"；

苍月泉樱（紫钰）：主角直属第三亲卫队统领，由仇敌而成情人，武功高绝，智勇双全，具统帅之能，是主角的权力支柱；

苍月风华（玉签风华）：是贤德女子的典范，秀丽、优美、端庄、温馨，是本代西王母，身怀绝世医术，法力无边，造福天下，拥有奇特力量而不怪异，是主角亲切温婉的精神保护者；

苍月枫：主角第一亲卫队统领，主角的超级杀手、超级冰山大美人，也是感性的贴身贴心的香艳保镖；

苍月香（织田香姬）：主角身边的第一高手，魔种孕育成胎，天分极为惊人，可随自己的意愿，自由变幻身体性别，惊艳的神女兼铁血大将；

华扁鹊：隐流苍月 8 号，暗黑研究院院长，是人与精灵的混血儿，主要功能是提供医学服务和科技研究，用怪癖难测的个性制造辨识度；

爱因斯坦·苍月（爱菱）：隐流苍月 15 号，太古魔道研究院院长，与超生化人 T1000 合体，天分过人，武器制造高手，以搞笑的性格，与华扁鹊的冷僻性格相对照，以免功能性人物的呆板。

她们很美艳很能干，全方位满足主角的身心需要，支撑主角的大业。主角很幸运，可以坐享其成，但是主角也因此显得很低能。①

三、 情感对手

情感对手是情欲对象的升级产品。考之于文艺史，那些人格独立，有自己的愿望—动机—行为线索，对情节进展具有推动作用，对主角的成长具有影响力，处于主角仰慕追求的优越地位，与主角发生过重重精神纠葛，能够与主角演绎"对手戏"。受众乐意代入的角色，才可算是主角的情感对手，这样的人物通常会对读者的精神世界产生强烈影响。

独立性是情感对手最重要的指证，《金瓶梅》中的潘金莲无论其形象多么精彩，也只是男性的情欲对象，因为她的表情、姿态、行

---

① 参见罗森：《风姿物语》，各篇作品出版情况如下：
(1) 星星篇，台北，万象图书，1999。
(2) 鸣雷篇（01），台北，万象图书，2000。
(3) 鸣雷篇（02），台北，万象图书，2000。
(4) 鸣雷篇（03），台北，万象图书，2000。
(5) 鸣雷篇（04），台北，万象图书，2000。
(6) 鸣雷篇（05），台北，万象图书，2000。
(7) 陨星篇（上），台北，万象图书，2000。
(8) 陨星篇（下），台北，万象图书，2000。
(9) 银河篇（上），台北，万象图书，2000。
(10) 银河篇（中），台北，万象图书，2000。
(11) 银河篇（下），台北，万象图书，2000。
(12) 风姿正传（01），台北，狮鹫文化，2000。
(13) 风姿正传（02），台北，狮鹫文化，2000。
(14) 风姿正传（03），台北，狮鹫文化，2000。
(15) 风姿正传（04），台北，狮鹫文化，2000。
(16) 风姿正传（05），台北，狮鹫文化，2000。
(17) 风姿正传（06），台北，狮鹫文化，2001。
(18) 风姿正传（07），台北，狮鹫文化，2001。
(19) 风姿正传（08），台北，狮鹫文化，2001。
(20) 风姿正传（09），台北，狮鹫文化，2001。

为，时刻呈现着自己欲壑难填的精神倾向，无论男性是喜爱还是痛恨，潘金莲都是男性欲望想象中的一种对象。她的悲惨下场也是作者为了警示世人而特意安排的伦理教训，她不是具有独立人格的、女性读者愿意代入的人物。

贾宝玉身边柔顺的袭人，火辣的晴雯都是主角不同风格的情欲对象，其身份与人格都对主角具有依赖性，而林黛玉、薛宝钗具有独立人格，与主角势均力敌，能够与主角进行深入灵魂的情感交流，才是万千女性受众乐于代入的角色，才可以算是主角的情感对手。

男女双方在各自的愿望动机支配下，经历过深切的精神融合是情感对手的另一指证。在《射雕英雄传》中，从人物关系的构建来看，主角毫无疑义是郭靖，而灵魂人物却是黄蓉，她对情节发展的推动力甚至于超过主角，绝顶美丽又绝顶聪慧，性格灵活，却忠贞坚定，上得厅堂下得厨房，是许多矛盾品性的综合体，与郭靖的耿直、木讷、稚拙、坚韧品性形成互补，又主宰着郭靖的前进步伐，是彼此依靠、相互深度嵌入、一起成长的精神伴侣。

《天龙八部》中萧峰的爱侣阿朱，为了化解生父与萧峰之间的仇怨，化妆为生父，承受萧峰的雷霆一击，而萧峰为了挽救阿朱的性命，不顾随时受到天下群豪围攻的处境，偕同阿朱遍寻天下名医名药，经历同生共死的人生旅程，展现了人性之美。虽然在天下人看来阿朱身份卑微，但他们是彼此恩义深重、影响至深的情感对手。

以是观之，网络小说中颇有一些成功的"情感对手"形象，兹述几种情形。

在《庆余年》中，北齐的"圣女"海棠朵朵与主角"庆国"的要人范闲，开始是作为竞争对手而存在的。她是一个精神独立、有担当、身负门派与国家使命的武林高手，有着村姑的仪态，却比绝色美女还更有魅力。在多次对抗与合作中，与主角彼此吸引，心心相印，心有灵犀，没有小儿女的饶舌与矫情，后来在与共同敌人、危及天下人自由的"庆帝"的抗争中，两个人互相依靠，性命相托，与主角成为精神伴侣式情感对手。而另一个出彩的人物，女扮男装的"北齐皇帝"战豆豆，虽然具有强势的支配性人格，诱占了主角范闲，以生下皇位继承人后代，却仍然是一个具有"女王"符号意义的情欲对象——她做了令主角愉悦的事情，与主角的欲望有关而难以触及主角的灵魂。

《亵渎》中奇特的角色风月，本是罗德里格斯利用光天使的神之本源创造出来的宠物，她被赋予永远保护主角的主导性意志。因为心无旁骛，不断依靠吞噬死亡界其他生物，功力突飞猛进。当主角遇到危险，她就会飞速来到主角身边，解救主角，在主角困惑时，温暖着他的内心，后来女性意识萌发，爱上主角，成长为独特的美女，不断为了主角的喜好而修改完善自己的外形，并有了女人的嫉妒心，就这样成为一个强大、能保护主角、而又忠诚专一的美女。

但是风月超越情欲对象的是，她具有独立的成长史，从主角的宠物，成长为能够支配主角行为的女神，其动机行为构成作品的另一条主线，是名副其实的女主角。风月经常强迫主角修炼进步，是主角的实力增强器，生死关头，风月是主角最后的倚仗，而罗格为风月同样也会不惜牺牲一切。风月的内心存在着多重矛盾和挣扎，特别是应否成神难以决断。为了保护罗格就要变强成神，而成神就要忘却所有一切，包括忘记罗格，超然地俯视众生，按照神的行为逻辑行走世界，这些内心挣扎的展现，人与命运的相互追逐，使人物具有了人类精神的深度，因而是主角的动能强劲的情感对手。

辰东作品《神墓》中的女主角雨馨，是多重化身的融合，是情欲对象的深度想象，也是具备足够精神深度与广度的情感对手。主角辰南为雨馨决斗身死，万年后从神魔陵园复活，为了追寻心中的挚爱，走上了一条逆天之路。而雨馨是"人王"转世，当年为保护辰南几乎香消玉殒，为了生存被迫修习太上忘情录，成为天界冷艳的无情仙子，随后被迫分裂出妖异的灵尸雨馨、甜美单纯的小晨曦，又在生命之树中分裂出纯洁的精灵圣女凯瑟琳。在辰南与雨馨拼命努力之下，这性格禀赋与情态各异的四女灵识融合，恢复万年前的雨馨，后来又与前身人王骷髅灵识合一，恢复为人王。两个人彼此奋不顾身、生死相依的爱恋神话，比之于情欲对象为主角单方面奉献的梦想，令人温暖心安得多，也可以说最好的情欲对象，其实就是彼此心灵相通、爱意互动的情感对手，而不是有特色的花瓶。①

参考文献

理查德·道金斯．自私的基因．北京：中信出版社，2012．

弗洛伊德．梦的解析．北京：中华书局，2013．

金庸．金庸全集．广州：广州出版社，花城出版社，2002．

蒲松龄．聊斋志异（全本新注）．北京：人民文学出版社，1989．

---

①　参见辰东：《神墓》，首发于起点中文网。

第十二章

敌人与竞争者

人类需要敌人，因为人类需要在战斗中保有生命力、磨砺积极进取的精神。越是和平的文明时代，就越是需要战斗与战争的体验，以避免人类生存机能的退化。人类经历了长期的战争，深知战争的邪恶及其对文明的摧残、对人类的异化作用，战争的创伤需要长期的历史时光来平复，因此越来越倾向于用文明规则解决不同群体的利益纠纷，然而人类本能地需要强化战斗大性，这就使得剧烈的对抗性体育运动，和表现战争与战斗的文艺作品受到普遍欢迎，它们为人类提供了敌人和对手，提供了战斗体验。

在现实生活中，利益与情感纠纷导致各种斗争。事实上，人类互为敌人或竞争者，而在争斗中，大部分人会有强烈的失败感，所以在文艺作品中体验斗争或竞争的胜利感，也是人们所渴望的必要的心理补偿。人们会把自己代入主角，而在主角敌人的身上，看到现实生活中敌人的影子，所以看到主角战胜敌人，就是自己赢得了胜利。

一、 敌人与竞争者的功能

虽然大众文艺故事中，主角面临的障碍不全是由敌人所制造的，但是敌人与竞争者的主要功能就是为主角制造障碍。他们作为对手是主角投入竞争、斗争、战争的理由，有了对手，主角实现愿望才有阻碍，才有克服阻力获得成功的快感，才有故事。高潮体验的强度，既由欲望的强度决定，也由阻碍的强度所决定。

敌人与竞争者及其帮凶，对于主角的成长、对于故事的形态具有重要意义。超长篇幅的网络小说，尤其需要足够强、足够多的敌人，而缺少合适的敌人，也就缺少激烈对抗的情节，缺少高潮，乃至于整个作品的构成就缺少支撑。对手就是世界的另一边，决定了世界的宽度，敌人与竞争者有多强大，故事中的世界就有多广阔。

创设敌人，首先要寻求他们与主角为敌的理由，有充分的理由陪主角一直玩下去，故事才有合理性。同时他们的品性、能力应该符合需要：足够坏、足够强，但又刚好能够被主角打败。合适的敌人使我们希望他一直好好表演，与主角一起成长，而不希望他早夭；不合适的敌人，使读者深感不耐烦。在生活中，人们说最好的敌人是死去的敌人，对于死去的敌人，人们甚至不吝啬于赞美；然而在文艺作品中，最好的敌人是不会轻易死去的敌人，他们强大而有韧性，与主角一样不达目的绝不罢休，总能给主角不断带来各种阻碍，如同《哈利·波特》中的伏地魔，因为生命力隐藏在不同的魂器中所以能够不断复活，总是压得主角喘不过气，直到主角最终彻底战胜敌人。当然敌人与竞争者最终会被了结：死亡或者失去竞争力。如果未被了结，那通常是创作者想让读者等待续集。

在文艺作品中，敌人远比人们所知的更多，即使是温情之书《红楼梦》的贾宝玉，也是有敌人的，温情的书有相对温和的对立关系，与主角形成对照的人物薛蟠、贾环以及其父贾政，虽然不是性命相搏的敌人，但是在理念上、情绪上、伦理上是敌对的，也是给主角制造障碍与困苦的人。因为任何故事中的主角都是需要阻碍的，读者有多么盼望主角成功，就会有多少阻碍存在。

敌人与竞争者可以有多种形态，最容易与主角构成敌对关系的敌人，是与主角在善恶伦理、利益、社会理念、规则等方面处于对立面的人物，但是当我们在创设敌人与竞争者角色的时候，应该牢记他们的功能：他们是为主角制造障碍或阻力而存在，不要在文学野心和个人情感倾向的支配下，偏离了方向，使得敌人不能履行使命，而被迫另外创设敌人。

二、 恶人

恶人是最古老的"敌人"角色。恶人普遍存在于民间故事、童话与神话中。在民间故事与童话里，常见兄弟姐妹中存在对立双方，一方天性善良，而一方天性邪恶，互相缠斗不休；在神话中，创世神在创造诸神与人类时，同时为他们创造天性邪恶的敌人，善恶双方构成矛盾冲突，以此来演化世界的面貌与伦理教训。

洛基是北欧神话中主神奥丁的同母兄弟，是神通广大的火神，也是恶人的典范，是很多恶人形象的原型。开始洛基只是天性顽劣，喜欢逞能、捣乱生事，而且是相貌堂堂的大帅哥，好事、坏事都做，比如剪断希芙的金色头发后又使其复原，帮助制造了雷神托尔的雷神之锤，但即使经常做好事，也因为他的恶作剧，受到诸神的排斥，后来洛基索性自甘沉沦，到处欺诈行骗，行凶报复。坏人也有自己的成长史，而且其邪恶具有人性的基础。而真正的原因是一个故事要发展起来，必须具有动能强劲的敌人，洛基的性格、秉性、身份都很合适，所以他的角色就沿着恶人的方向演化下去。

具有转折意味的事件是他设计杀害了光明之神巴尔德尔，种下了祸根。巴尔德尔做了一个关于"死亡"的噩梦，母亲弗丽嘉知道之后，要求世界上的万物向她发誓，保证它们永不伤害他，但生长在英灵殿旁的槲寄生（一种植物）没有被要求立誓，因为它们看起来很弱小，但是偏偏洛基设法从弗丽嘉口中套出秘密，唆使盲眼的黑暗之神霍德，用槲寄生的尖枝投向巴尔德尔，它像长枪一样刺穿了他的胸口，光明之神气绝而死。

洛基因此受到了最严厉的惩罚，奥丁捆绑了洛基，并唤来一条巨大的毒蛇，让毒液滴落到洛基脸上，洛基的妻子用杯子来承接毒液，但是杯子里的毒液满了，她就必须去把毒液倒掉，这时洛基的脸就会被毒液灼烂，因此变得丑陋：恶人一般都会变丑，恶人洛基就此定型。

洛基是许多邪恶怪物的父亲，与安尔伯达生有三个奇特的孩子：巨狼芬里尔、中庭之蛇耶梦加得、死神海拉。在诸神的黄昏之战时，他们联合巨人族一起向诸神发起复仇之战。

洛基与其子女名声不佳，然而与主神奥丁及其子女一样，是故事的重要支柱。如果没有这些"恶人"，也就没有许多神话故事的发生，说明自从"故事"被创作与传播，敌人的角色就是不可或缺的。

这样的敌人创设启发了后来的许多作品，在托尔金的《魔戒》等系列作品中，主要敌人米尔寇是主神曼威·苏利缪的兄弟，同是创世神思维中产生的神，并且是最为强大的神，个性强悍，表现欲旺盛，在创世神创造世界、主神们完善世界的过程中，就在不断进行干扰破坏。他的部下炎魔巴龙格、魔王索伦·戈索尔以及米尔寇创造的食人妖、狼人等怪物，是系列作品中主要的敌对势力，他们与正面人物一起演绎了神话战争史。

在罗琳的《哈利·波特》中，主要敌人伏地魔与主角拥有共同的祖先，主角心灵中同样具有邪魔的基因，但是主角克服了邪魔的诱惑，趋向正面人性；而伏地魔顺从并强化了邪恶的欲望，成为最为强大的敌人，并且拥有许多跟随者。他们是始终笼罩在主角头上的阴影，给予主角许多考验、许多灾难，也促使主角成长。可以说，没有这些强大的敌人，善恶对立的故事就难以存在，作品就不是这样的形态。而伏地魔的形象也是阴险而怪异的，具有传统的恶人形态。

现代大众文艺也经常把善恶对立关系复杂化，而不是像宗教神话、儿童读物那样善恶分明、一目了然。

在金庸的《笑傲江湖》中，为主角令狐冲设置的敌人既有面貌丑恶的江湖群氓，更有埋得很深的敌人，特别是主角的师傅岳不群，满口侠义、道貌岸然，为了获得武林盟主的地位，暗中引刀自宫，修炼可以功力猛进的葵花宝典，并清除一切妨碍他的人，把祸事引向主角，陷害主角，内心彻底走向邪恶深渊，然而仍然保持正人君子的嘴脸。比较而言，同样是修炼了自宫大法的东方不败，邪恶变态而又强大，却较为坦白，而真小人左冷禅更是坏在明处，但都不如岳不群这种表里相悖的伪君子更令人痛恨。这样的敌人给主角制造的障碍更难以逾越，给主角带来更为深刻的伤害，这种伪君子形象深化了邪恶概念。

三、 利益、 规则、 理念的对立方

在《魔戒》中，主角一方要把能够支配天下的统御魔戒送往末日火山销毁，而敌对一方抢夺魔戒则是为了控制天下，在此过程中主角一方的同伴也经历了魔戒的诱惑，这都暴露了人性中的恶念，这就是善恶观念对立冲突的故事。

但如果主角与敌人双方主要是在社会规则、理念等方面对立，虽然也不免要赋予敌人以反面色彩，或者在与主角争夺目标时，体现出邪恶的一面，但是主角与敌人并不是善恶分明的双方，甚至因为敌人有自己超越现实利益的追求，而使人产生同情之心。这在现代大众文艺的敌人创设中，也很常见。

电影《蝙蝠侠：暗影骑士》中的"小丑"，作为主角的对立面，与主角所争的不是一般的社会人生目标，而是要证明谁的规则才更具普世性。"小丑"当然是邪恶的，但是与主角的对立关系超越了善恶对立的意义，其实是把潜藏在人类社会底部的不同的秩序规则，显性化呈现出来，并且因为"小丑"表现出不凡的激情与聪明才智，这个角色赢得了很多观众的激赏。

在故事中，主角蝙蝠侠不愿意暴露身份，暗中打击黑帮和毒贩，个人代替司法机关行事，他也是在违法，当然他有自己的规则——不杀人。而狡诈的"小丑"，不断犯罪刺激蝙蝠侠这个"正义的化身"，希望蝙蝠侠将自己杀死，这样就会证明蝙蝠侠的信奉正义不过是作秀而已，小丑的想法才是普世的真理。小丑利用人们心中的欲望和恐惧，让匪徒、黑帮、警察都做了小丑希望他们做的事情，并且小丑声明说，只要蝙蝠侠公开身份，向司法机关自首，他就停止杀戮，结果大众纷纷呼吁蝙蝠侠现出真身。小丑屡屡得手，似乎已经证明了他的规则才是真理：在诱惑、恐惧之下，每个人都会作恶。

小丑最疯狂时，威胁整个城市的人，要么"成为我的人"，要么离开这个城市。小丑到处安放炸弹封锁道路，市民只能通过轮渡撤离。最后一批逃离的人乘坐了两条船，一条船上是普通市民，一条船上是那些黑帮囚犯。等船开到河中时，小丑向他们发出威胁：每条船上都装有大量炸弹，还有一个起爆器，但只能起爆另一条船上的炸弹，人们要活着就应该先下手为强，否则都会被炸毁。那条普通人乘坐的船上，通过投票决定摁下起爆器，但是没有人愿意充当这个刽子手，而载有黑帮的船上，起爆器被一个黑老大扔到了河里。终于，世界没有按照小丑的规则运行，给人以一点温暖。

小丑憎恨人间的法治秩序，但他希望整个世界屈从于恐惧与暴力之秩序，而他正是这种秩序的化身。小丑就像是一把锐利的螺丝刀，撬开了人性中被小心密封的隐秘：人们保持了勇敢的表情，其实内心很容易顺从暴力的秩序。这是"敌人"在为难主角之余，负载的另一重功能：用行动引导公众推敲人性的暗黑之处。

《庆余年》的主角范闲需要面对强大的、难以摆脱的敌人。他的生母被"庆国"多种势力联手害死，她开创的企业被庆国皇帝之妹长公主李云睿霸占。主角在庆国皇帝等人支持下，要收回这些企业，而这些企业是李云睿在庆国呼风唤雨的依仗，所以双方构成了利益对立。而李云睿的亲生女儿又是主角的恋人，李云睿想置主角于死地，主角却无法对之痛下杀手，这就构成了复杂的敌对关系。这个敌人贪婪疯狂、欲壑难填、行为歇斯底里出人意表，又具有疯子的敏锐机智，仿佛舞台上充满激情的表演者，是拥有非凡魅力的女人，一朵恶之花，令人不由自主地欣赏她的激情与美丽。

而作品的后部，真正的敌人露出面目，不是个人利益、个人关系意义上的敌人，而是一种理念意义上的敌人，一直欣赏支持主角的庆帝，才是害死主角生母的真正凶手。因为主角生母传播的自由理念危及了皇权，同时，庆帝企图以武力一统天下，控制人们的思想与行为，与主角的自由理念相对立。如果人们要寻找一位好皇帝，庆帝就是，他勤政、明智，以统一天下为念，又是深藏不露的绝顶高手。对于崇拜皇权或者信奉国家主义的人士来说，他可以说是一个雄才大略的圣君明君。但正因为如此，他更是自由主义者的强大敌人，是主角难以逾越的高山。最终主角一方战胜庆帝，才更惊心动魄，对"历史"走向才更影响深远。

四、 竞争对手

在善恶对立的关系中，读者很容易选择厌弃恶人的立场，在规则的对立关系中，往往令人深思普遍人性，而主角的竞争者角色，争取自己的合理利益的当事一方，往往令读者报以理解之同情。如《三国演义》中，刘关张、诸葛亮的蜀汉集团当然是作者最为偏向的集团，但是并不妨碍读者喜爱其竞争对手，曹魏与孙吴两大集团中的人物。

但是竞争对手的主要功能是为主角制造障碍，却是与坏人的功能一样的。以电影《乱世佳人》而论，主角斯嘉丽面临的主要障碍是美国南北战争的社会环境，而具体目标的实现，却面临着竞争者的阻碍。开始，她最心仪的一位男人、另一个庄园主的儿子艾希礼，被竞争者，温柔善良的梅兰妮赢去了，梅兰妮是好男人心中的好女人，宜室宜家，贤妻良母，几乎是利他主义的代言人。与其相对，斯嘉丽具有自私自利而独立自强的秉性，她虽然叠经结婚守寡，内心却一直没有放弃艾希礼，因为这是她不甘承受的失败。梅兰妮对斯嘉丽却一直信任有加，她因病死去，临终前，她还把自己的丈夫艾希礼和儿子托付给斯嘉丽，可以说梅兰妮这个竞争者是照见斯嘉丽品性的镜子。

斯嘉丽和英俊的船长白瑞德结了婚，女儿邦妮出生成长，活泼可爱，成为与主角竞争白瑞德的爱与关注的对手，白瑞德表现得只在乎女儿，斯嘉丽深感失落，女儿邦妮却因坠马摔断了脖子而死去。

对于资深作家，这种让竞争者因为疾病和意外死去，而不是主角经过努力战胜了对手，夺回自己的目标人物，是在处理人物结局方面的浅薄之处，历史战争的宏大叙事也难以掩饰作者的无能。然而恰恰是梅兰妮与邦妮这两个竞争者的简单的死去，使得主角得以放肆地实现无条件的自恋与自利的梦想，得到了深受现实生活压抑的女性的强烈认同。在现实生活中人们乔装贤德而在梦想中释放欲望，如同辛劳忙碌之后的母兽在洞穴里睁着湿漉漉的眼睛，向往着被万众宠爱追捧的幸福。在这样的故事里，主角与竞争者都会得到人们的认同，她们是人性的一体两面。

在大众文艺中，一些坏人，因为处于竞争者的地位而赢得了人们的同情甚至是喜爱，这更是令人困惑的伦理思考题。难道人们是在善恶不分喜欢恶人吗？显然不是。

美国电视连续剧《越狱》是提供了许多创作思考题的作品，其中为主角安排的一个竞争性对手"袋泡茶"，因为观众意外的激赏，出品方增加其戏份，并给予不死的结局，就是一个值得写作者深思的问题。"袋泡茶"是一个案底令人发指、性取向异常、习性残忍的变态狂。故事开始，与其他真正的罪犯一样，是作为主角行动的拦路虎而存在的，不断给予主角寻机越狱增添阻碍，后来掌握了主角等人正在准备越狱的秘密，胁迫主角答应了他合伙越狱的要求，发挥了高智商罪犯的长处，协助主角排除万难，成功越狱。

后来一伙人在美国西部寻求掩藏的五百万美元，彼此钩心斗角，都想排除对方。"袋泡茶"凭借机智，居然卷走了这笔巨款，逃向南美洲，使得主角兄弟不得不追随而去。他是依靠自身的心智取得成功的家伙，是一个成功的竞争者，也是主导了剧情发展的重要人物，同时他对自己的女人又一往情深，人们自然会同情甚至喜欢这样有情趣的竞争者，因此赢得了观众的心，最后不像其他重罪罪犯那样被安排死去，而是安全地回到原来的狱中，过着原有的生活。

对于创作者，人物走向与结局出现这样的意外其实是一种失败，因为他由麻烦制造者角色，转换为令人同情的竞争者，就需要调整别的角色所承担的功能，可能会造成整体布局失衡、剧情合理性降低，而一个变态的罪犯最后不死，就增加了作品的伦理负担。这就提醒写作者，主角的"竞争者"这种角色，在预订的功能与创作的自由发挥之间需要仔细平衡。

五、 敌对势力与敌国

网络小说由于篇幅巨大，连载时间很长，创设连贯始终的单一敌人是很困难的，在数百万字的作品中，同一个敌人从始至终，不依不饶地与主角为敌，实在是太累了，需要解决沉重的合理性难题。但是如果敌人太分散，互不统属，也使得剧情难以集中，难以制造最终大决战的高潮感。

巨幅作品中利用敌对势力、敌国，为主角安置一些统一连贯的敌人，是比较有效的做法。如《天龙八部》中宋、辽、夏、大理数国势力是天然的敌人来源，作品中宋辽对立冲突，处于核心位置，帮助了整个故事的高潮建构；美剧《太空堡垒卡拉迪加》中，庞大的复制人势力，始终在追杀逃命的人类，他们中的一些角色已经深入人类之中，敌我抵近纠缠，为连贯的太空逃命故事提供了足够的戏剧冲突。

围绕争夺一个目标而纠集许多敌人，也是可行的，如《西游记》中吃了可以长生不老的唐僧肉就是吸引敌人的目标，几十拨妖怪连番前来与主角作战；《笑傲江湖》中诡异的葵花宝典引来正邪各方的抢夺，主角令狐冲被怀疑已经掌握其中秘密，各式敌人纷至沓来，不断为难主角。这些都是有效的创设敌人的策略。

很多网络小说的敌人创设比较随意，缺少构思谋划，听任敌人"自然"出现。在历史小说中，穿越各朝代的主角们会尽力建功立业，敌人可以是保守的官吏集团、造反的王爷、叛民、游牧民族边患，主角都能战而胜之；而在修炼小说中，主角在不同星域、位面或者界别，跳地图式地成长，而敌人就在他的路上，来自于各种敌对门派、宗教、国家、种族、神明的势力，阻碍他获得修炼秘籍、宝物、升级发展的机会，主角也可以打怪升级，获得成功快感。但这样随意出现的敌人到处都有，互不统属，就不是高效能的"好敌人"，作品的主要敌我关系不明确，读者对敌人的能力、品性也缺乏预期，矛盾冲突的连贯感就比较弱，也很难累积、抬升出最终的高潮体验。

具有重要影响的网络小说，通常都有建构主要敌人的意识，尽可能使对立关系更明确、更集中，并随着主角的行动，靠近最后最强大的敌人，爆发最激烈的对抗冲突，而走向故事的高潮。

在《盘龙》中，故事涉及许多空间、无数敌友关系、繁复的战斗过程，然而作者有意识设置了主要的敌对势力，使得故事具有比较统一的面貌。主角的母亲被光明教廷统治下的芬莱国王夺走，被光明教廷献给光明主宰，成为十二翼天使，父亲霍格后来也因此殒命。林雷走上了复仇之路，光明教廷及其背后的光明主宰成为主要敌人。后来主角经历了无数的战斗，都是奔向恢复父亲和兄弟的生命这个目标，并最终杀死光明主宰，救出母亲，主角也得以最终创世成功。故事一直围绕着这个矛盾冲突的主线来展开，并未因为主角在不同位面跳地图战斗成长而显得散乱。

《亵渎》的敌人创设也是成功的典范。主角罗格在成长的路上遇到的敌人，是由低到高越来越强，先后有人间世俗社会的各色贵族、实力强劲的四大德鲁伊，这些敌人阻碍主角取得地盘与俗世的控制权，主角战胜他们，就壮大了己方力量；龙族最强者"银色奇迹"尼古拉斯、强壮而暴躁的红龙纯红之怒焰、绿龙特里伦休特、三头龙伊斯塔拉泽、七彩龙泰德蕾亚，这些骄傲蛮横的龙，不断与主角为敌，也不断成为主角提升功力的补品；魔界最高领袖魔皇，罗格为取得神格、解救风月与之大战，魔皇最终死于罗格之手；还有一些形迹可疑的天神与天使，不断给主角制造麻烦，而最终被主角战胜与利用。

而一直笼罩在主角头顶的压力，主角难以抗拒的敌人是"至高神"，亿万位面之上的至高存在，是他制定了宇宙存在的法则，支配着神明系统，与主角的矛盾不是利益之争，而是规则之争。主角企图挑战规则，导致至高神毁灭了罗格所在位面。主角能力越强，距离至高神就进了一步，就越想制定自己的规则，而不是被他人支配，被毁灭的命运也就近了一步。最终，罗格在自己的领域复活，主角不能战胜至高神这个敌人，而只能模仿敌人的行为：制定自己统治领域的规则，让别人去遵守。

敌人的设置与主角追求的价值目标密切相关，超越个人利益的对立冲突，可以辐射更为广阔的精神领域，给读者以更多回味。也可以说，敌人反衬了作品的品质，"好敌人"是作品经典性的重要方面。

参考文献

石琴娥，斯文．埃达．南京：译林出版社，2000.

威廉·理查德·瓦格纳．尼伯龙根的指环．长春：吉林出版集团，2010.

J. R. R. 托尔金．精灵宝钻．南京：译林出版社，2004.

J. K. 罗琳．哈利·波特．北京：人民文学出版社，1997.

第十三章

功能性人物

作品的主要人物通常具有自己独立的发展线索和结局，是故事进展的主要推动力量。还有许多人物，没有自己独立的地位，在故事中存在的主要意义就是承担某种功能，可以称作功能性人物。

一、 功能与性格

功能性人物通常是依附主要人物而存在的，居于从属性、副属性地位，通常是为衬托主角、成为主角的目标，或者为主角制造障碍、为故事叙事服务等功能而创设出来的。

不同的读者群对人的关系认知和欲求不同，武侠、奇幻、玄幻、仙侠作品的主力阅读人群是大中学生，他们很期待身边有可共生死的同伴兄弟，所以这些修炼主题的作品中，主角与伙伴们结伴横行天下；历史类作品主力阅读人群较为年长，而在社会台阶上爬行的中青年男性，向往拥有一群尊奉自己的忠诚部下，所以历史小说主角部下角色众多，而同伴鲜少。读者需求对作品角色创设影响很大，所以不同类型的小说具有各自的人物关系、各自的功能性人物。

一般功能性人物的创造，是为了履行其特定功能，通常应该具有单一而强烈的外部特征，在有限的篇幅内，给人留下深刻印象。如果性格创造过于复杂，会令读者迷茫，干扰读者关注的焦点，比如《红楼梦》中，扮演副属性女仆角色的美艳丫鬟（与角色扮演游戏中女仆装角色功能相似）中，晴雯暴烈而率真的性情、袭人的温顺细致的脾性，都是为了满足"贾宝玉们"的情感体验的需求。她们具有某些单纯、鲜明的性格，效果更好，更符合读者期待。如果让晴雯兼备不同的性格侧面（如某些教科书所要求的），既暴烈率真，也深沉也婉约也粗中有细，或者是袭人既温顺忠诚体贴，也恩怨分明也机智敏锐，那就会搅乱读者的感受。读者在这种角色身上并不想体会人性的复杂，而是要体验到有温度的女性美，得到一种质感很强的有特色的生命体验。

在动作性小说与影视剧中，功能性人物的创造，常常让人物具有异形、异习、异秉，有意凸显人物行为的夸张怪异之处，如金庸《笑傲江湖》中打诨插科的"桃谷六仙"，善恶不定、头脑不清、突兀行事、武功高强又总是结伴出场，擅长把人一撕几块，经常在出场时，带来喜剧效果；《射雕英雄传》中江南七怪外形与行为都很怪异，他们执著、偏执，但是一诺千金，若非性格如此，如何才能万里寻踪，找到郭靖并教他武功？若非有这样的师傅，郭靖又如何成长？

那些江湖地位很高，但是在作品中就是履行一种功能的人物，都可能具有单一而强烈的性格特征，如《射雕英雄传》中的五大高手，东邪黄药师、西毒欧阳锋、南帝段智兴、北丐洪七公、中神通王重阳，他们或者是主角的师傅、盟友，或者是敌人的后台，都具有让人过目难忘的行为特性，使读者能够预期、预见他们的行为；网络小说《庆余年》中五竹叔是绝世高手，他存在的意义主要是保护主角，因此他坚定、清心寡欲、沉默寡言、心无旁骛、执著于一端，其行为特征、武功招数都简捷明了、明确可知，因此是最可靠的保护者。

这些功能性人物的特异个性参与了情节进展，使得情节更有色彩、更有意外惊喜。奇异的人物，更容易创造奇异而又理所当然的情节，人们容易记住并喜爱他们，把他们当作是角色扮演时，不可或缺的陪伴者。

巨幅小说、影视剧往往有一些人物很有个人特色，却又很快消失，是客串阶段性剧情的明星，其功能就是制造阶段性兴奋点，所以也要赋予他们单纯而强烈的个性。在奇幻小说《风姿物语》中，一些很有人气的配角，被读者深度喜爱之时，作者就会让他们死去，以赚取读者眼泪。这些人物命名往往沿用历史人物的名字，也沿用了读者共同记忆中的性格品质，比如陆游，爱国诗人，在作品中就是热爱"大陆"的反魔先锋，最终死在和魔族势力的决战之中，死得壮烈，符合陆游的名头；李煜是绿帽子落魄南唐后主，在作品中也继续戴着绿帽子，优柔寡断至死；白起，战国时代的绝世名将，杀人盈野，伏尸百万，在这里依然是冷酷、坚定的性格，执著于自己的目标，通过认真细致的准备，获取每一次胜利。

《史上第一混乱》的人物群像策略也是如此，因为神仙们特殊的错误，历朝历代的开创者、带来历史转折的关键人物、水浒人物纷纷来到现代社会，每个人出场时间有限，只有抓住人们所熟知的历史人物性格特征，比如热爱统一事业的秦始皇看见许多混乱的事情，就说一句口头禅："统一哈"；刘邦很快适应现代社会，依然凭借实用主义精神混得风生水起；关羽热爱自己的形象名声，喜欢摆姿态；水浒人物爱热闹，爱打抱不平，爱惹是生非。这些人物特征反复强化呈现，才能既有趣又符合读者期待，才会带来井然有序的阅读心理，而不是令读者陷入混乱。

由是观之，功能性人物的特质与特征，是为其功能服务的，所以把握这些角色的功能与鲜明特质，是人物创设的前提。

二、 主角的疼爱者与保护者

一些文艺作品的主角是从低幼状态起步的，所以为主角安排了保护人、疼爱者的角色，其实也是为了回应读者被保护、被疼爱的渴望，使"我"有安全感、温暖感。

《红楼梦》中，娇美的男主角贾宝玉就拥有一群疼爱者和保护者：贾母、母亲王夫人、姐姐元春，她们决定了男主角可以住在花团锦簇的大观园，与姐妹们朝夕相对，使得一男对群芳的故事具有合理性，而王熙凤与秦可卿则充当了主角的人生与情欲的启蒙老师，每每呵护主角春心萌动的心灵。

《哈里·波特》与《庆余年》的人物设定具有相似性，都为主角设定了已经逝去但是影响深远的母亲，与身边默默守护的诸多大叔。《哈里·波特》主角的母亲莉莉·波特的荫佑，是主角生存发展的强力保障，她的爱慕者以及好友一直看顾着哈利·波特。其中，有"巨人"血统的海格，哈里父母被害后，海格将哈里带到他的姨父母家里，从此在暗中守护着主角；邓布利多校长，从哈里出生，就一直关注着主角的成长，人生关键时刻为主角开解迷津；斯内普教授，主角母亲的暗恋者之一，表面严厉，其实暗中关怀保护着主角。

网络小说《庆余年》的疼爱保护系人物的创设，是对《红楼梦》与《哈利·波特》原型的递进。主角范闲死去的生母，为他创造了权力财富的强大基础，也造就了他的保护人、疼爱者与敌人，这个世界里最有权力的人，都在等着主角接班，或者等着残害他。他拥有一个保护人、疼爱者的强大方队："老祖母"范老太太，对主角严格管教，其实又极其疼爱，是对皇帝和朝廷具有影响力的贵妇人；其母的暗恋者，智慧的不动声色的掌管国家财政大权的养父范建，对主角的成长深谋远虑；掌管"监察院"的陈萍萍，凶狠而顽固，对主角爱得深沉，期望主角做自己的接班人；还有一直在保护主角安全的五竹叔，外表冷酷而信念执著，从主角出生起，每当主角身处危机，他就会神秘地出现，解决问题后默默地离开，是主角最可靠的倚仗。由于保护与疼爱的力量太强，主角在成长过程中缺少磨砺，所幸后来最厉害的保护者庆国皇帝变为了敌人，增加了主角前进道路上的阻力，形成更强烈的矛盾冲突。

三、 导师

对于年幼主角的成长，导师的设定是必需的，饱经世故的导师可以介绍历史、预示未来，对读者了解故事背景、跟进故事进程很有作用。武侠、奇幻、玄幻小说等修炼小说的主角，几乎都有导师或者师傅，以至于没有导师的主角会成为令读者感到诧异的异类。

在金庸的武侠小说中，几乎每一个主角都有独具特色的师傅。《射雕英雄传》主角郭靖叠遇名师，都有非教他武功不可的理由。除了江南七怪承担启蒙工作，后来郭靖又得全真教掌教马钰传授玄门内功。武功初成后，郭靖南行与女扮男装的黄蓉相识，彼此倾心，在黄蓉的帮助下，结识武学宗师、丐帮帮主"北丐"洪七公，颇得洪七公欢心，将两人收入门下，并把平生杰作降龙十八掌授予郭靖，主角得以走向武学巅峰。

《天龙八部》中的虚竹则是极其简单地、"机缘巧合"地被动成为绝世高手。虚竹本是少林寺内的无名小僧，木讷老实、长相不佳，二十四岁时随师父下山，误打误撞破解了苏星河的珍珑棋局，成为逍遥派掌门无崖子的关门弟子，被无崖子强行灌顶，接受了修炼七十余年的内力，并成为逍遥派掌门。后来又被天山童姥强迫习其武功，并和西夏公主破色戒，又在无意间得到天山童姥和李秋水的内力，虚竹小和尚承受了难以想象的好运。

在名师指点下稳步高升，与被迫灌顶一日成功，原本就都是幻想，都是主角愿望自我实现的一种招数。而这些师傅为何要不辞辛苦、不惜毕生功力，要把主角打造成绝世高手呢？这就必须给予读者一个可信的说法，这是主角成长故事合理性的重要课题。

在托尔金经典奇幻小说《魔戒》中，甘道夫/米斯兰达是主角佛罗多·巴金斯的指导者、引路人，真实身份是创世神创造的"迈雅"，出场时是灰袍巫师，跌入莫瑞亚深渊并战胜炎魔后重返人间，在创世神帮助下，剥夺萨鲁曼的权力成为白袍巫师，是主角之外的贯穿性人物，主角与读者一直期待他的每次出场。

网络小说《盘龙》中的德林柯沃特，是"圣域"级别的魔导师，五千多年前遭对手算计，失去肉体，将自己的灵魂藏于盘龙戒指中，后来被主角林雷随身携带，在林雷的初期成长历程中充当导师，后来为保护林雷而魂飞魄散，是林雷心中永远的痛。其实是林雷成长之后，这个导师的作用逐渐下降，乃至于多余，为主角而死得其所哉。

这些形态不同的导师，功能都是一样的，是主角成长的助力。当然，导师、师傅的角色也有许多变种。在《笑傲江湖》中，令狐冲的师傅岳不群后来成为他的敌人，而令狐冲被骗进入黑狱，任我行留在石板上的吸星大法，使他成为绝世高手，也给他留下无穷后患，任我行也是一种传艺的师傅类型。在修真小说《凡人修仙传》中，主角遭遇的师傅是狼心狗肺之徒，只想利用徒弟，甚至于残害徒弟，"师傅"角色也转换为"敌人"。一个品种存在久了，就必然会发生变异，这是大自然进化、社会变迁与文艺发展的共同规律。

四、 同伴

主角要实现自身的各种愿望，同伴是必需的角色，各种修炼小说中同门师兄弟、师姐妹、结义兄弟都是合适人选，彼此性格秉性应该很是不同，互相比照，才有趣好看。

有些同伴角色因为作用过大，几乎享有主角的声誉。塞万提斯的骑士小说《唐·吉诃德》主角，可笑、可敬、可悲的唐·吉诃德骑士活在幻想之中，他的同伴农民桑丘则与之相反，求实、胆小而聪明公正，两个人的个性、愿望与行为显著不同，构成了戏剧张力。古典戏剧《西厢记》女主角崔莺莺敏感害羞，男主角文雅多情，而女主角身边的丫环同伴红娘，活泼开朗、口才便给，在主角与恋人之间穿针引线。没有红娘就难以成事，她是推动故事的关键力量，因此红娘是喧宾夺主的那一种同伴。

有时候动物角色也适宜作为同伴，因为天真有趣，对主角更依赖和更忠诚，许多幻想文艺的主角身边，都有这样的角色。《盘龙》中主角林雷的同伴贝贝，是一种噬神鼠，幼时与林雷缔结平等契约，二人亲如兄弟，一起成长，历经无数生死大战，最终也一起成长到世界顶峰地位。《神墓》中主角辰南的同伴龙宝宝，本体乃"大德大威天龙"，曾经化身为第一代光明神，因为受重伤，跌落到最低层，而且失去了记忆，遇上主角后，成为天真、可爱、心性犹若孩童的小伙伴，后来恢复实力；而龙宝宝又有一个跟班小凤凰，是凤凰天女的化身之一，这是一对很萌很可爱的同伴。其实是主角需要这些厉害而单纯的伙伴，如同男孩喜欢威猛而忠诚的大狗。

在《鹿鼎记》中，主角有着特殊的同伴，韦小宝与康熙是少年玩伴，也是一起扳倒鳌拜等彪悍大臣的战友，结下了深厚的伙伴之情。二人密切配合，办了许多军国大事，后来韦小宝娶了康熙之妹，与最高统治者的特殊友谊使主角迅速成功。康熙既是主角的同伴，是主角迅速成功的强大保证，也是主角难以逃脱的控制者，除非放弃他所给予的一切，隐姓埋名而去。

这种同伴、权力关系的设定，后来为许多网络小说所模仿、改造。与最高统治者建立密切关系，拥有一个特殊的同伴、后台，其实是一种"金手指"的安排，同伴友情的强调其实是对主角崇拜权力的掩饰。《回到明朝当王爷》的主角杨凌与正德皇帝的关系，最为接近康熙与韦小宝的关系，只是在杨凌实现了人生梦想之后，仍然保有与正德皇帝的友谊，并且脱身而去，另辟天地，成为大明王朝的西伯利亚王。

《庆余年》中的太监陈萍萍，因为主角范闲的母亲叶轻眉曾经平等慈悲地对待他，所以终生铭记恩情，要把叶轻眉的政治经济遗产还给主角，不惜身死，也要与害死叶轻眉的元凶庆帝决裂，被庆帝判处凌迟处死。而主角也不惜生命要挽救陈萍萍。陈萍萍既是主角的导师、保护人，也随着故事进展成为主角的同伴，履行了多重功能。

一些文艺作品中，共同从事某些事业的拍档，也是特殊的同伴。主要的同伴关系对于情节的贯穿性具有统治作用，特别是剧情、情节不连贯的、段落性呈现的科幻、惊悚、犯罪剧集或者系列小说。这种二人或者数人同伴，对剧情的统束作用就非常大，所以更需要强化他们之间的伙伴之情。如果是男女二人档，同伴就可能变成情侣，因为他们之间的关系太过紧密，无法掰开与他人成为情侣。

美剧《X档案》的男女主角就是如此。FBI探员福克斯·穆德专门负责经办各种诡异事件的X档案部门，因穆德难以驾驭，高层调来女性探员黛娜·斯科莉，协助并制约穆德的行为。两人思维模式不同，时刻导致激烈争论，但随着两人交往的加深，穆德和斯科莉最终变成可靠的伙伴，可以为对方出生入死。两个人的诸多不同变为彼此互补，在精神上互相深深依赖和信任，拥有柏拉图式的不言自明的爱恋，不说爱情，但是深情可感，最后作品只能迎合部分观众让他们成为情侣。但是，这样也会让另外一些人感到怅然若失，因为之前那种超越爱情的同伴关系终结了，暧昧与期待的心理形态终结了，同伴拍档对剧集的统治作用消失了，夫妻情侣档是无法继续拍摄这样的剧集的，这是给男女同伴关系安排结局的二难选择。

五、 关键性蠢货

当愚蠢品性成为一种人物的功能，这种人物在长篇小说、长篇剧情片的故事情节构造中，其品性就起到特殊作用。

主角英明神武、算无遗策，那情节发展岂不是一帆风顺、缺少波澜吗？惊险曲折的故事又如何发生呢？所以必须有所阻碍，要么有强大的敌人，要么主角有一个或数个蠢猪一样的同伴队友。在情节发展的关键时刻，蠢货犯错，导致主角一方失败或挫折，这种角色可以称作是关键性蠢货。

这种功能性角色的运用，古已有之，如《三国演义》中，如果没有关键性蠢货，神一样的诸葛亮早就该统一天下了，所以刘备、关羽、张飞都不断犯下低级错误，后主刘禅也经常有一些蠢行，阻挠着主角的行为，而有事实根据的马谡失街亭，更是被作者大书特书，《三国志》中几十个字的内容，被创造成《三国演义》连篇累牍的关键性情节。诸葛亮亲自率领十万大军，突袭魏军据守的祁山，不听众人意见让马谡统领前军，去占领街亭，而马谡违背诸葛亮的作战部署，将部队驻扎在远离水源的山上，调度混乱，也不重兵据守山下城邑，魏军包围了这座山头，断绝其取水道路，大败马谡所部，军队败逃四散，导致北伐失败。蜀汉最终没有成功统一天下，是蜀汉实力与诸葛亮的智慧都不如人们愿望中的那样强悍，而非几个蠢货的行为所导致，但是人们需要这种戏剧性演绎：那不是主角的能力不足，是蠢货坏了主角大业。

《水浒传》中的李逵等莽汉，不断给智慧的主角宋江带来麻烦，有宋江出现的地方，就经常有李逵制造波澜。这是"天真的莽汉"这种角色最有用的地方：给主角发挥智慧提供机会。

最著名的关键性蠢货是《西游记》里的猪八戒，每次他的春心、私心荡漾，都会招引来妖怪，或者被妖精所骗，令西天取经的队伍陷入困境，产生艰难的战斗，也为主角孙悟空大显身手创造了条件，带来新的故事情节的发展。如果没有猪八戒，西天取经的故事就缺少许多精彩情节。《西游记》反复利用猪八戒这个蠢货，也有招数用老的嫌疑，过度依赖这种人物行为，某些情节的合理性就有疑问，使作品显得幼稚。

美剧《越狱》第一季很受欢迎，第二季、第三季剧作质量迅速下降，原因之一是过度依赖主角的哥哥林肯的蠢行，构造情节的难度与情节转折。主角迈克尔智力超群，其他合伙越狱的人物也多是狡猾聪慧之辈，总是迈克尔的哥哥林肯来扮演愚蠢惹事的角色，制造对主角一伙致命的危险，比如他们在千辛万苦才成功越狱之后，在遭到紧盯不放的追捕之际，林肯非要去见儿子，使得自己与同伴的行踪暴露，儿子的安全也遭到威胁。若不如此，他们顺利逃之夭夭，警方如何追捕他们，后面的情节又如何展开呢？但是林肯的愚蠢多次成为情节转折的关键点，使得情节的合理性受到质疑。功能性人物的作用，不宜过于突出，人物蠢病反复发作，驱动情节的发生发展，关键性蠢货的作用事实上超过主角，会使读者观众失去耐心。

六、 小角色： 跟班、 帮凶、 串联、 填充人物

一些副属性小人物协助主要人物完成某些任务，或者起着凑趣的作用，充当着各种形态的垫脚石。

《红楼梦》主角贾宝玉身边娇宠的秦钟、惹是生非的跟班小厮茗烟等人，协助主角闯祸、打对手的脸之后，却让对手被惩罚，愈加显示出贾宝玉被宠爱的优越地位。《亵渎》女主角风月身边的宠物骨龙格利高里，不停地拍马搞笑，弥补了风月少言少语的沉闷性格带来的阅读障碍，而风月在死亡世界的敌人海因里希，死亡世界的君王、强大的亡灵骑士，用风月恋人罗格的安全，威胁逼迫风月与之决斗，被风月击败后吸收了他的力量，这些人物其实是来奉献力量、帮助主角晋级的垫脚石。

在敌人一方，主要敌人的同伴、助手应该称为帮凶，但其功能与主角阵营的人物是一样的，重要的敌人要么个人实力强悍，要么也具有一帮人马。

《天龙八部》的四大恶人中，为首的老大段延庆才与主角段誉有仇，其他三个恶人是因为与老大的义气才与主角作对，他们也垫高了老大段延庆的地位，而厉害的敌人对主角段誉的人物塑造很重要。

"四大恶人"个个令人生畏，而长相、武功、人生愿望与个性却各不相同："恶贯满盈"的段延庆有心计有决断，孜孜以求追逐皇位；"无恶不作"的叶二娘因失去儿子而疯狂，沦为邪道，情绪激烈，其情可悯；"凶神恶煞"的南海鳄神，性格爽直，极重承诺，容易被骗；"穷凶极恶"的云中鹤，好色之徒，轻功卓绝，罪不可赦。这几个帮凶犹如几头漂亮的巨犬，在主角身后狂追，给主角带来变生不测的危机，也极大丰富了情节发展的手段。四大恶人是辨识度最高的坏人，总是一起出场，而行为特征相映成趣、极具戏剧性。而被"大燕"复国野心扭曲灵魂的慕容复，身边的同伴几乎都是可爱的角色，因为跟随慕容复，才为难主角，最终多数被慕容复毒害，说明跟着主角的敌人厮混，是没有好下场的。

网络小说《庆余年》对帮凶这种小角色也倾注了心血。殊为难得，主角前期主要敌人长公主李云睿，身边颇聚集了一些青年才俊，如郭攸之、郭保坤、郭铮、贺宗纬，个个都性格鲜明，个个都有自己与主角为敌的理由。他们并非都是坏人，但是因为利益、性格、情感、身份认同等各种原因，给主角造成阻碍。这些敌人也在成长，但是主角凭自己的能力、性格、气度和优越的地位，战胜了敌人。他们作为垫脚石垫高了主角的形象，履行了自己的功能。

在文艺作品中，常有一些串联故事情节的人物，或者是故事情节的重要背景性人物。如《西游记》中，经常是孙悟空制服了一个妖怪，要把它打杀，观世音菩萨就出场把它收走，其实是为了不让主角孙悟空过多制造杀孽，方便主角最后成佛，也是为了推动西天取经的情节继续进行，观世音菩萨督战来了。

在《魔戒》中，创世神话的主要神明受到主神的约束，不能参与人间的战争，即使有所例外，如甘道夫组织护戒队伍去销毁魔戒，也只能以人间的身份出场。在修炼小说中，各种神话体系的创世神与主要神明，通常并不直接参与故事，他们可能只是故事的背景元素。如果这些一言定天下、定人生死的人物随便出场，哪里还有主角的表现余地呢？当然，如果需要这些大人物充当敌人、盟友，从幕后转向台前，那么这些人物的功能就转换了。

还有一些人物用来填充空间、装点世界、渲染气氛，比如历史、武侠、修真、玄幻小说的群体性活动中，总会出现许多三山五岳的人物，或者推波助澜加剧矛盾，或者来充当主要人物的垫脚石，用完就扔，但却是作品不能缺少的零部件。《三国演义》中，十八路诸侯围攻汜水关时遇挫，先锋猛将孙坚都被守关一方的华雄击败，多位大将接连被华雄斩杀，华雄耀武扬威，诸侯束手无策。关羽主动请缨出战，曹操令人为之斟杯热酒。关羽斩杀华雄，片刻即归，酒还温热，关羽从此名震诸侯，华雄与那些被他斩杀的"名将"，就都是一次性垫脚石。

最好的小角色，是有特色并且履行了自身功能的角色。归根到底，人物创设不能忘记人物的功能。一部成功的作品，是由一个一个成功的人物，包括功能性小角色，卖力气踮起脚跟来垫高的。

参考文献

张小花. 史上第一混乱. 首发于起点中文网.

猫腻. 庆余年. 首发于起点中文网.

罗贯中. 三国演义. 北京：人民文学出版社，1990.

吴承恩. 西游记. 北京：人民文学出版社，1990.

第十四章

人物的类型属性与类型人物

类型化的人物是大众文艺的重要特征，具有展现类型文体特征的功能，而大众文艺的诸多类型元素也是人物创造的重要材料。

一、 人物的职业身份属性

在各种类型的大众文艺中，人物通常具有一种职业身份，如武士、剑士、骑士、魔法师、修仙者等等，或者更社会化、人间化的身份如强盗、黑帮、国王、贵族等等。他们用自己的职业技能解决问题，实现自己的人生愿望，而这些人物的创造，也重视其人性与职业属性的展示，或者用职业属性来强化人物的某种特质，呈现作品的类型特征。

比如"武士"是武侠小说、武侠影视剧人物的主要身份，当读者看到一部作品中的主要人物是武侠人物，做出武侠行为，就会认为这是一部武侠作品。而林黛玉不可能是武侠小说的女主角，因为她内心纠结的问题，无法通过武功来解决；韦小宝的女人们也不可能是言情小说的人物，因为以她们的特质，无法完成言情的任务，她们的性格与功能是为了武侠课题而创设的。

武士职业属性会影响人物的性格品性，某些武功强化了人性的一种倾向。比如在金庸的《笑傲江湖》中，修炼葵花宝典的人，为了练就神功，需要引刀自宫，东方不败、林平之、岳不群等人因此变得身体阴柔，性格阴狠毒辣，而修炼吸星大法的任我行、令狐冲等人，性格也逐渐受到这种邪门功夫的影响，变得冲动难以自控，其实是武功放大了欲望对人物品性的影响，他们的这种职业属性影响到他们的价值观与行为，也影响了故事情节的发展方向。

魔法师是奇幻小说的代表性人物，他们的魔法技能是解决矛盾冲突的主要方法，是奇幻小说情节构成的核心。掌握魔法需要特殊的天赋，以精神之力调动世界各种元素，形成玄奥的魔法能量。在西方奇幻小说中，通常为了平衡，魔法师被设定为精神之力强大而身体力量较弱，或者不以身体的物理力量为特长，需要与物理攻击力强大的武士配合作战，而在网络小说中，主角通常会被设定为魔武兼修，身体也会变得强横，以更大化实现梦想。

与特殊武功对人类品性有影响一样，魔法的某些属性也会影响人物的行为特征。网络小说《亵渎》的主角罗格，初始身份是魔法学院学徒，后来成为强大的死灵法师，精通魔界黑暗魔法，他的职业技能与他的性格都偏向于暗黑色彩，无所顾忌，无恶不作，但求自己获利，不问是否道德。

当然具有同样职业属性的人物也可以形象迥异，比如哈利·波特与他的敌人伏地魔，在天赋与魔法训练甚至于血统，都是同源的，但是善恶观念使他们敌对，人物正邪有别。

电影《教父》与电视剧《黑道家族》中，黑道人物具有相似的职业属性，都是法外之徒，使用暴力或者组织指挥使用暴力，解决利益纠纷、组织内外的秩序问题，但是主角的风格品性却大不相同。

《教父》主角迈克尔·柯里昂，形象优雅体面，具有明星风范，使用暴力也举重若轻，自身不沾血腥。而《黑道家族》有意识地解构深入人心的"教父"形象，虽然主角托尼也是黑道一方霸主，但是外貌姿态与大街上平常的胖子无异。当职业危机与中年危机同时压来，他也不那么坚强，患上了焦虑症，于是去找心理医生救治，与人们心目中强悍的黑道大佬形象迥异。他可以温情地送女儿去大学面试，途中顺便手刃仇家。这种平民风格的黑道老大与明星风范的"教父"同样经典。

可以说"教父"是男人理想中的自己，而这个"胖子"是男人们日常生活中真实的自己。黑道职业属性在大众文艺中，就如同黑色的大氅，是一种有特色的人物外观，内里包裹的还是各色各样的人心。

二、　神灵

在幻想文学中，神、仙、天使、先知、巫师等类人物的创造，是把超越人类的各种属性与人性的因素相融合，赋予他们人类难以企及的能力、意志品质，创造出高于人类而又具有可理解性的人物，他们是人类理想中的自己。而这些非现实的人物是幻想文学的重要特征。

希腊神话中的神，对于后世的戏剧、小说、影视剧人物创造影响最为显著。他们具有人类的外貌，具有完美的肉体，不会为疾病所困，拥有永恒的生命和绝大的神通，但是希腊神话人物又具有人类的各种情感和人性弱点，而这些人性因素是推动人物行动与故事进展的重要动力。

宙斯、阿波罗就是这样神的特异性与人性相结合的典范。

宙斯是古希腊神话中的第三代众神之王，宇宙之王，以雷电为武器，维持着天地间的秩序，公牛和鹰是他的标志。宙斯有一串放肆的情史，其欢爱故事比战争故事更为有名，奥林匹斯的许多神祇和许多希腊英雄，都是他和不同女人生下的子女。他与多位血亲如姐姐赫拉乱伦，化身为公牛去诱惑欧罗巴公主，化身为雄鹰将美少年伽倪墨得斯掳走，在奥林匹斯山上公然欢爱，令赫拉嫉妒欲狂，害死这名美少年，把他变为一只水瓶，宙斯伤痛之际，将伽倪墨得斯的灵魂封印在天上（奇幻小说封印观念的由来），成为水瓶座的标志物，这些神迹是人性与神通的结合。

阿波罗是奥林匹斯十二主神之一，是人类的保护神，快乐、聪明、身段完美，眉心嵌着一个耀眼的太阳，是最受女性欢迎的男神，他的适合于恋爱的浪漫特性，在后世的文艺作品中继续延伸。在古罗马奥维德的作品《变形记》中，小爱神厄洛斯有两支奇特的箭，被那支黄金利箭射到的人，心中会立刻燃起恋爱的火焰，被另外一支铅做的钝箭射到的人，就会十分厌恶爱情。他把爱情之箭射向阿波罗时，正巧来了一名叫达芙妮的美丽少女，厄洛斯把那支铅制的钝箭射向达芙妮，阿波罗爱上了达芙妮，立刻对达芙妮表达自己的爱慕之情，狂追逃进深山的达芙妮，达芙妮却变得十分厌恶爱情。阿波罗弹奏竖琴，达芙妮被优美的琴声所陶醉，慢慢从藏身处走出来，阿波罗冲过来要拥抱达芙妮。达芙妮急切之下，大叫救命，河神为了救她，把她变成了一棵月桂树，深深地扎入了泥土中。阿波罗懊悔万分，抱着月桂树哭泣，变成月桂树的达芙妮深受感动，连连点头。可见除了拥有神通，阿波罗具有南欧青年的热情品性。

圣经神话传说与众多文学影视作品中的天使，是影响最为广泛的人物形象类型，涵括了人性的深度与广度，是网络文学中天使形象的主要原型，他们是上帝的创造物，履行各自的功能。其中正面形象的米迦勒是上帝的首席战士、天使长，正直、勇敢，曾经一夜之间歼灭进犯耶路撒冷的十几万亚述大军，召唤摩西率领希伯来人出埃及，捕拿撒旦，他还引导死人走向"彼岸"，并判决人死后的命运；拉斐尔是掌握治愈术的天使，既治疗人的身体，也治疗人的心灵，具有愉快、稳重、慈爱的形象；加百列领导着守护伊甸园的智天使们，防止撒旦的入侵，他在最后审判中负责吹响号角以示死人的复活，引导灵魂转生，加百列身负140对羽翼，具有很炫的职业形象。

而堕天使是负能量的化身，履行其特异的使命，因为他们的存在世界才完整，多数具有戏剧性、颠覆性的性格，能够制造对立的矛盾冲突，因而对后世奇幻文学的影响不亚于正面的天使。其中撒旦是反叛上帝耶和华的堕天使，是邪恶、黑暗之源。他的形象是一条蛇，诱惑亚当和夏娃吃下禁果、诱惑耶稣与凡人生育后代，诱惑人类犯罪，而这一切都是上帝默许的对于人类信仰的考验，他曾是抵抗天使路西菲尔，曾任炽天使长的职务，他自高自大，率领天界三分之一的天使反对上帝，因失败而堕落至地狱。杀戮天使昔拉外形有似蝴蝶，有着强大的攻击力，但上帝封印了他的记忆与能力，他是上帝的"杀手"，曾瞬间造出洪水淹没世上的一切，末日审判前三天，他杀死大量人类。扭曲天使亚伯罕的力量也很强大，可以在上帝的世界中建立一个"扭曲"的空间，那样人类就会死在自己的梦中，所以被上帝封锁其能力。叛逆天使潘尼有着独特的赐予力，虽然他不反抗上帝，但是他给予人类反抗上帝的力量，他是最不顺从的一个天使，代表着人类不可磨灭的个性。

这些著名的天使分布在人类欲望、道德观、职业能力的不同频谱上，具有各自的故事功能、各自的性格。

先知、德鲁伊、巫师等角色，虽然不是神，但通常是神与人之间的桥梁，传达神的旨意，也具有绝大神通，因此也具有神性，是超越人类的存在。

而中国神话中的神仙，与西方的神、天使有所不同，他们永生、自由逍遥，偶尔游戏人间，表现出人们艳羡的神通，而较少人性展示，不像希腊神话、北欧神话的主角们那样私欲膨胀、纵情声色，因为那是不符合神仙伦理的行为。

网络小说继承了中国传统神话与神魔小说的修炼成神的观念，同时也接受了西方神话与奇幻文艺的神明人物传统，主角修炼成神，也可以像宙斯、奥丁那样妻子、情人、子女成群，在爱恨纠缠的情节中呈现性格，表现职业特性，是具备人性弱点的神灵。神的属性既是人性的超拔，也是某些人性的强化。

烟雨江南的《亵渎》全面继承了西方神话与奇幻文艺的神、天使、德鲁伊等人物传统，而又显示出自设神话体系的雄心。其"至高神"是万千位面的最高主宰，原本是一个凡人，立志探索世界的终极，因为修炼而进阶为至高的存在，制定万年之约来约束天界主神的行为，也是主角所在位面的毁灭者，是不可逾越的敌人。其功能与上帝类似，也是他决定了末日审判与灭世，从而决定了故事行进的最终方向。

《亵渎》的十二主神功能与性格的设定中，可见希腊神话、北欧神话与小说《魔戒》的多重影响，也与圣经大天使相近。其中，"毁灭之主"迪斯马森是主角罗格的幕后支持者，位居天界十二主神之首，修成了毁灭与救赎之身，是毁灭与救赎相互对立的两种价值取向的综合体；"战争之主"塞坦尼斯托利亚创造了智天使；"亿万之主"席尔洛司掌谎言与欺诈，创造了精灵族。这些主神在作品中的作用较显著，体现着作者的一些创作意图。

而《亵渎》中的天使，与圣经神话中天使的功能秉性基本相似，是力量的体现，比如炽天使安德雷奥利，主神之下能量最强者，双眼有摧毁星辰之力，因能量太过强大，只以投影形式在罗格的位面出场；光天使威娜精通各种战斗技术，是女战士形象；降临天使奥古斯都，罗格所在位面的顶级强者，光明教会神圣骑士团团长，曾下令屠杀七十万暴乱流民，绰号"血天使"。这些人物都与天使原型有传承关系，也有所创新。

三、 智慧种族

西方神话与奇幻文艺中的精灵、矮人、龙、魔兽、幻兽，东方神话与幻想文艺中的妖怪、妖精、灵兽，通常是人形、人性与动物形态、属性的结合体，已经形成各自的深厚人物传统，具有丰富的人物谱系。

　　精灵、矮人、龙、魔兽等智慧生物主要源自于北欧神话，经过托尔金的创造性运用，成为西方奇幻文艺种族角色的主流。其中精灵、矮人与人类形态相似，又具有自身种族特点。托尔金笔下的霍比特人，与矮人比较而言，是与人类更为靠近的种族，体型娇小而匀称，比人类长寿，也比人类更为清心寡欲，这是托尔金独创的人类分支种族，可以看作是矮人传统启发下的变形创造。

　　精灵、矮人是奇幻文学的标配，在奇幻故事中，通常扮演人类的盟友、伙伴的角色，因此也具有某种听从主角调遣的从属地位，但他们都是骄傲的同伴，不允许人类以玩乐的态度对待之，这恰好是我们的朋友与宠物的区别。

　　精灵美丽而长生，通常住在充满灵性的森林中，对人间本无所求，却因为各种原因参与世间的纷争。在《魔戒》中，精灵王子莱戈拉斯是魔戒远征队的成员之一，参加了多场大战，其英俊帅气、超凡脱俗的精灵风范，颇能吸引女性读者。在《亵渎》中，精灵族更深入地介入了世俗社会的战争，精灵族长老修斯是主角罗格的盟友，实力深不可测，是智慧的精灵族领袖；精灵女子风蝶、阿佳妮、艾菲儿，则是主角的精灵情人，其爱恨纠结的心理矛盾与人间女子无异。《佣兵天下》主角艾米的妻子莹，来自于精灵族，是具有美貌与美德的贤妻典范，更有东方气质。

　　矮人也是人类的常见同伴。北欧神话中，矮人脾气火爆，擅长锻造，与精灵不合，是固执、重视荣誉的英勇战士，又非常喜欢黄金财宝，这些种族属性设定都被奇幻文艺继承。其实这是人类所需要的矮人特质，既能履行人类需要的功能，也有人类可以利用的种族弱点。在《魔戒》中，矮人金霹自始至终与人类、精灵并肩作战，最后成为精灵莱戈拉斯的好友。《佣兵天下》中的矮人霍恩斯，作者赋予其矮人族少有的秉性，让他成为擅长谋略、兵法的统兵大将，扩张了矮人种族属性。

龙则是善恶不定的、高傲强大的巨型生物，物理与魔法能力都是超群的，有时候也能变幻为人类，因为其强大，而成为满足人类欲求的对象。在《亵渎》中，龙是主角的敌人、垫脚石，它们拥有的财富、力量为主角吸收利用；在《佣兵天下》中，世界上的龙已经为数不多，高傲而强大，却因为莫名其妙的理由发下誓言，成为人类的坐骑兼同伴，其中绿儿是冰系神圣巨龙使、大青山的伙伴，可幻化为万物，却具备人类的幽默感。

妖怪与魔兽的种类则很多，几乎与动物种类一样多，在西方神话中多数是造物主、诸神的产品，或者是性格古怪邪恶的神灵所生的后代，比如希腊神话中的女妖美杜莎，是有双翼的蛇发女人，原是一位美丽的少女，在处女神雅典娜的神庙与海神波塞冬交合，雅典娜一怒之下把美杜莎的头发变成了毒蛇，面目变得丑陋，两眼闪着骇人的光，任何人只要看她一眼，就会立刻变成石头。她四处为祸，勇士柏修斯设谋砍下她的首级，装入神奇的魔袋里，柏修斯利用美杜莎的眼神，把许多敌手变成了石头。而美杜莎的形象在奇幻小说《恶魔法则》、《斗破苍穹》、《兽血沸腾》等作品都有花样翻新的形象，只是变成了美人，因为主角既需要她令人胆寒的功能，也需要她的美貌。

在《魔戒》中，兽人由埃努米尔寇改造精灵族而来，兽人容貌丑陋，性格凶暴，寿命短，畏惧日光。强兽人由迈雅萨鲁曼混杂兽人和人类血统而造成，高度与力量都比兽人优胜，这些品种显然具有邪恶属性。

在东方神话、神魔小说、志怪小说如《西游记》、《聊斋志异》中，各类动物、植物因为仰慕人类的形态与能力，经过修炼而能够变身为人，这种情形被称为妖精或者妖怪。他们已经具备人类的属性，但也还保留原本的动植物属性，如狐狸精变人后通常较为娇小、敏感，可能还保留了狐狸特有的骚气，有时候衣服里还藏着那条尾巴。在《西游记》主角们的取经路上，各种妖精为了唐僧肉而来，经常变身为美女来引诱猪八戒；在《聊斋志异》中各种女性妖精，经常在深夜与苦读的书生幽会，甚至与人类生下孩子。显然，妖精随着作者与读者的需要，履行着各种不同的功能。

而各种动物都可能修炼进化为神佛。《西游记》主要人物中，孙悟空是一个神猴，猪八戒本体是猪，沙僧的本体是鲨鱼，他们的形态是动物本体与人类的结合，最后都因功成佛。作品赋予他们以人类的愿望、情感、个性和缺陷，非人类的人物创造更加重视其"人性"的表现。

在西方奇幻小说中，"树人"是能够行走的大树巨人，形态笨重，而在《聊斋志异》等作品中，树与花草的灵魂，都可以变幻为人，脱离植物本体，和人类交往。可能是万物有灵论，在古代东方更为深入人心，所以动植物的灵魂更强大自如。

四、 鬼与魔

东、西方幻想文艺中都有灵肉分离的想象传统，鬼、亡灵、骨灵、僵尸这些死去人类的灵魂、肉体、骨骼，以令人恐怖的方式存在着。

在东方文艺世界，因为佛教、道教的影响，人类灵魂离开身体远游别处，是修炼活动中的常见现象，而人死去，鬼魂脱离了肉体，可以逾越物理障碍，但通常不能见阳光，须在一定时期内，经过一定的程序去投胎某地，并被迫喝下孟婆汤以抹去记忆，也可能鬼魂因故被彻底泯灭。《聊斋志异》中，那些因为各种原因没有去投胎的鬼魂，会在夜间与独居的书生纠缠。鬼具有反人类的属性，他们会吸取人类的阳气而壮大自己，被吸者轻则生病重则送命，所以美丽善良的女鬼，爱上了书生，尽可能不与他交合。女鬼吸取阳气以后，力量变得强大，可以寻找新死去的人，与其肉体结合而复活，甚至可以与鬼魂自己的遗体复活（因为某种原因肉体未腐），从而实现与书生爱人长相厮守的目标，所以书生也会自愿向女鬼奉献阳气。可以说鬼魂丰富了人类的生活，人类多出了一个附属于人间的隐形世界，宅男多出了许多恋人想象。

传统神魔小说中，吸取他人生气、能量的行为是邪恶的，是鬼或者恶人的属性之一，而在网络玄幻修真小说，如《阳神》、《凡人修仙传》中，修炼者的灵魂与肉体的分离是经常发生的，因此强者能够占据他人的身体（夺舍），吞噬他人的身体或者灵魂，化为自身能量，这种"鬼性"就成为修炼者的角色属性。

在西方基督教的世界，人死去后的灵魂会接受审判，以此生的道德状况为依据，判令不同的出路归属。而在奇幻小说中，灵魂或鬼灵发展出各种存在方式。

《哈利·波特》中伏地魔的灵魂，可以分藏在七处不同的魂器中，只要一个魂器存在，他就不会被消灭。《亵渎》中精灵族长老修斯，拥有数百个分身，都具有自身的灵魂力量，他的茶杯数是他的分身数，每死一个分身，茶杯就会碎掉一个，与伏地魔的魂器功能相似。《盘龙》中的戒灵德林柯沃特，将自己的灵魂藏于盘龙戒指中，后来通过灵魂交流，指导主角成长。

《亵渎》主角罗格利用光天使的神之本源与一具骷髅相结合，创造出一个拥有吞噬技能的"骨灵"：风月，并且在死亡世界，吸纳各种灵魂之力与骨骼不断成长。一般骨灵具有吞噬本能而智慧不足的特性，显得又坏又蠢又非常执著，风月却由骨灵进化为兼有智慧美貌的神。《佣兵天下》中的池傲天是一个死神龙骑士，面庞俊美，身着黑色披风，行为恐怖邪恶，是对西方神话世界的死神形象的改造。他乘坐的龙兽"要离"由洁白的龙骨架构成，与人类骨灵相似，是亡灵骨龙，能对魔法攻击免疫，能够喷射毒气攻击敌手。

现代大众文艺对于灵魂与死亡世界的想象，还在不断生长。同样难以穷尽其可能性的，还有恶魔与魔界。

恶魔的人物原型，主要来自于基督教的撒旦、北欧神话中的洛基，他们具有反人类的邪恶属性。恶魔的形态与人类相似而趋向于怪异丑恶，但如果魔族隐藏在人类世界中，外貌就会与人类相同，只是头上可能具有难以发现的肉角。

在现代奇幻文艺与游戏中，逐渐发展起来的魔族与魔界，邪恶属性逐渐消退，而成为一个与人类具有相似性的怪异种族，比如眼睛是紫色的，气质较为阴冷，犹如街头叛逆青年。当然，各种文艺作品中，魔族的外形、行为特征并不相同。魔族拥有自己的世界："魔界"，通过一些特殊的空间通道与人世间相连，一旦侵入人的世界，就意味着大规模战争，他们因为其怪异属性而成为合适的敌人。

网络小说《盘龙》中，恶魔这个品种住在地狱中，行为还保持着邪恶属性，但是也有自己的修炼等级，也可以成神。《亵渎》中，魔族住在魔界，与人类古代社会组织结构相似，多人与主角罗格发生爱恨情仇的纠葛。《兽血沸腾》中，魔界势力打通了空间屏障，进攻主角所在的比蒙世界，主角反攻进入魔界，与魔界女巫王发生爱情。虽然这些魔族与人类种族不同，但其实主角们并没有真正的心理阻隔：他们其实就是敌人或情人的一个品种，是人类心灵某个角落的自身投影。

五、　人造人与外星人

在科幻文艺中，人类在宇宙未知领域探索时，会遇到各种敌人、盟友、情感对象。创作者想象中的各种人造人与外星人，是映照人类自身属性的对照物，外星人与机器人的人物创造，比照人类形态设置其相异性与相似性，其人物品质、特性是人性与机器属性、种族属性的融合。

电影《人工智能》的主角大卫，是具有儿童形态与心智的智能机器人。他对母爱的渴望，寻求母爱的执著，使我们完全接受并进入了主角的情感世界，因为爱是人类的基础人性。所以即使你见过机器人的制造过程，知道大卫身体内部结构，知道他不能吃食物，那样会让他返回工厂修理，但是他为了得到养母的爱，与养母的亲生子一起拼命吃菜，你还是会感动的，因为他对爱的渴望，使我们把他当作是真正的男孩，这就是人性的力量。

在电影《银翼杀手》中，与真人无异的复制人为人类工作，人类不允许这些复制品拥有做正常人的权利，但是他们具有人类的情感与道德。最强的那个复制人，有聪明的头脑、强健的体魄、细腻的感情，为人类执行过很多危险的任务。人类派去追杀他的银翼杀手根本不是他的对手，而在银翼杀手掉下高楼的一刻，他出手相救，显示出人性的光辉和自身的尊严。

美剧《太空堡垒卡拉狄加》中的赛昂人，最初是人类制造的智能机器人，但是在造反屠杀人类之后，他们自己能够复制与人类一样的"人"，并派遣到人类中，伺机破坏，比如女复制人布玛，具有双重人格，有时候会失忆，自认为是人类，与人类恋爱，且忠于职守；有时候会清醒，这时就是一个冷酷的赛昂人，可以冷静地安装核弹企图炸毁太空堡垒，但其实都与人类的形态与行为逻辑无异，只是立场不同。把机器人创造得与人类一样，其实更方便于考验人性，也更方便于矛盾冲突的构造。

在网络小说《小兵传奇》中，主角唐龙依靠机器人建立了统治宇宙的帝国，他的主要助手都是美女机器人，具有人类的肉身，也学会了人类的情感，却具有机器人的强大功能，美丽忠诚而又能够满足主角的各种需求，还容易相处。这种角色形态、职业属性，其实与《聊斋志异》中女鬼女仙一样，是按照宅男书生的欲求而成型的。

大众文艺对外星人的想象与此相似，外星人的种族属性与人性的混杂，构成了各种外星人形象。

系列影视剧《星际迷航》中，有意识地强化外星人对人性的靠近与向往。他们是"类人种族"，各有突出的人种特征，但外在形态与人类大同小异。很多种族的科技文明、单个生命体的能量，都远超人类，比如瓦肯人，他们尊奉"逻辑"而压制情感，但是人类能把理智与情感调和得恰到好处，人类行为更优美协调，人间更温暖有趣，正是瓦肯人不具备的特点，所以吸引了一部分瓦肯人认同人类品性，这是在赞美人类，其实也是一种用心深邃的叙事策略：人类的自我肯定会给受众带来强烈的快感。

许多科幻文艺中入侵地球的外星人，外形难看，形同丑恶的动物，如爬虫状、蝙蝠形状，皮肤皱巴，渗着黏液，或者如发育不良形态不佳的畸形人类，他们科技发达而品行不良，秉性与外形一样可恶，这是把令人不舒服的特质赋予了人类的敌人，比如《异形》中的外星人就是这样令人厌恶和恐惧的形态，调动观众生理性的反感，以达成叙事效果。而《阿凡达》中，令我们同情的、被人类欺负的外星人，身材修长，有灵性，与大自然和谐相处，行为如同浪漫的人类艺术家，使观众不由自主地倾向于他们，人类中主张解决外星人的那些军人，则有着冷硬僵化的形态表情。

在人类的想象物中，善人美貌，恶人恶相，人类偏好给予我们快感与美感的对象，这正是我们人类的特质之一。

参考文献

石琴娥，斯文．埃达．南京：译林出版社，2000．

威廉·理查德·瓦格纳．尼伯龙根的指环．长春：吉林出版集团，2010．

埃斯库罗斯，等．古希腊戏剧选．北京：人民文学出版社，2012．

库恩．希腊神话．上海：上海译文出版社，2011．

赫西俄德．工作与时日 神谱．北京：商务印书馆，2013．

圣经（和合本）．中国基督教会出版发行．

J.R.R. 托尔金．精灵宝钻．南京：译林出版社，2004．

烟雨江南．襄溟．首发于起点中文网．

第十五章

人物性格创造

人物性格是什么？在文艺作品中有何功能？如何创造人物性格？人物性格如何影响故事情节？明了这些问题是写作者的必修课。

一、 人物性格的内涵与功能

创造人物的核心是创造人物的性格，而人物性格的主要内涵，就是在人物行为中呈现出来的，与他人不同的心理特质与行为特征。虽然人物的一些外部特点如独有的表情、行为习性、常用口头语、明显的弱点等等都对创造人物辨识度有帮助，但是性格创造更重要的是表现人物的内心特质与行为特征。

对于读者来说，人物性格是读者认同、代入人物的重要依据，是进入人物精神世界的定位坐标，读者需要从不同质感的人物那里，得到丰富鲜活的生命信息，以激发自身生命与心灵的生长发育。文艺作品的各种人物性格，"冰山美人"或者"热情似火的女郎"，林黛玉或薛宝钗，其实对应着读者各种不同的生命情感需求，而读者也可以从人物身上感受到作者的特质。

人物应该具有很强的辨识度，应该能够引起读者强烈的情绪反应。比如鲁迅笔下的人物阿Q、孔乙己、祥林嫂，都是单向度特征强烈的人物，并不具有复杂性、多面性，但都能够引起读者强烈的情感反应与伦理判断，也因此成为百年中国文学最成功的人物。人物性格创造不应该追求面面俱到，过度表现人物性格的复杂性，会使人物性格显得含混。

长篇故事应该根据读者的期待、作品构成的需要，构建主要人物成长史，心理、行为特征的变迁史，在一种性格基调上展示其特质的多侧面状态，但也不必把人物性格弄成迷宫，使读者无法预知他的行为倾向。赋予人物过多意义感、过多性格侧面，会带来沉重阻滞感，使得作者失去创造的快感，令读者丧失积极主动参与的热情。

《天龙八部》中最令人心折的主角萧峰，具有豪放热诚的性格基调，与群豪搏杀，呈现豪气干云的一面，对待把兄弟则真挚而仁义，对爱人阿朱则深沉温厚，以萧峰大起大落变生不测的遭遇，如果让他的性格转向善恶不定，以追求人物性格变化的复杂丰富，也是合理的，但是这样叠经命运考验，仍然本色不变的大英豪性格，则更震撼人心，单纯而强烈的性格最能深入人心。如此豪放的"大哥"性格，也与段誉、虚竹等主要人物的特质，构成显著差异。

人物的性格秉性，特别是主角的性格秉性，与人物在作品中的作用、与故事的性质是匹配的。如贾宝玉天性浪漫、敏感、多情，喜欢讨女孩子欢心，擅长与各类女子贴心交流，适合于在《红楼梦》的温柔富贵乡厮混；韦小宝自小就生存艰难，养成实用主义价值观，性格泼悍而机灵，所以在《鹿鼎记》的朝堂与江湖就如鱼得水，如此，主角就成为特定故事性质的内核。

二、 在行动与冲突中创造人物特质与特征

有些作品刻意追求人物性格塑造的特别或者深刻，却置情节发展的合理性、情节的速度与节奏于不顾，而有些作品追求故事情节的新奇有趣，却对人物性格的创造没有帮助，其实可以把人物创造与故事进展密切结合起来。

凸显人物性格——人物的心理特质与行为特征，最有效的方法就是让故事成为人物的行动历史，就是说人物性格的创造过程，也就是故事情节的行进过程，就是在人物的愿望、动机、行动、冲突链条中、在故事情节构建过程中呈现其特质与特征。在行动中特别是人物的交流、对抗中展示人物特征，是最古老、最有效的人物创造方法，能吸引读者的积极跟进。阅读原本就是对人物行动的跟随，是一个流动的情感体验过程。

虽然《红楼梦》很少大开大合的动作性情节，但是其人物一直在活动中，在具体的美妙情境中，如同表演艺术所要求的，人物如同入戏的演员，真听、真看、真体验，人物之间，特别是贾宝玉与众姐妹之间，一直在进行情感交流，创造了一幅一幅动态的画面，所以喜欢它的读者可以从任意一个画面进入红楼梦境。

《水浒传》这样的动作性小说更是如此，人物的性格几乎都是在人物搏杀争吵中呈现的。武松在景阳冈打虎、杀嫂、血溅鸳鸯楼、醉打蒋门神等情节中，展现其豪迈、凶狠、易走极端的性格，潘金莲在春心荡漾、偷情、杀夫等剧情中，暴露出淫邪、狠毒的品性，这些动感十足的行为，令读者最容易把握人物特质与特征。

用戏剧性行动塑造人物性格，是现代大众文艺的常见手段。电影《闻香识女人》的主角弗兰克中校是一个盲人，人物行动受到限制的情景下，如何表现人物性格呢？对人生已经厌倦的弗兰克，决定到纽约放纵一天就死去，在高中生查理陪同下，去享受生活。他们乔装是准备购买跑车的父子，在名贵的跑车上，弗兰克要查理告诉他大街的情况，然后这个疯狂的盲人在大街上飙车（查理负责阻拦，当然越是阻拦，主角就越疯狂，好的同伴能凸显主角的风范）。到了豪华餐厅，弗兰克通过他敏锐的嗅觉（他声称能够靠闻女子的香水味道，识别其身高、发色乃至眼睛的颜色），发现了一个漂亮的女子。他向查理打听餐厅中间舞池的形状位置，然后邀约那个正在等人的美女，一起跳了一曲探戈（查理负责表达惊奇，美女负责表达欣赏，现场群众负责鼓掌）。后来，主角自杀被查理所救，在查理帮助下找到活下去的理由。弗兰克去查理学校帮他出头，不顾阻拦（总是有人在阻拦主角），发表长篇痛快淋漓的演说，痛斥查理所在学校虚伪嚣张的校长，捍卫了人的尊严、正派公平的价值观。这些超越了盲人行为局限的行动，把一个性格激烈的人物，既热爱生活又对生活绝望的心态，表现得真切可感，把人生的痛苦变成充满魅惑的表演，呈现出一种奇特的男性魅力，为观众传递了紧张、刺激、心痛和释放之后狂喜的身体感受，令你对这样一种人生状态、人的特质与特征，形成了强烈的画面记忆。

在《极品家丁》中，突厥女王玉伽，芳名月牙儿，可以称得上是震撼人心的人物形象。"女王"是男性欲望对象的鲜明符号，艺术史上有着电影《埃及妖后》中的埃及女王克莱奥帕特拉，电影《纳尼亚传奇》中的金发的白女王等深入人心的女王形象。对于男性，充满野性和魅惑力的女性掌权者，是有着致命诱惑的挑战的，所以征服与反征服的动作性情节几乎是规定剧情。

主角林三与月牙儿经历了一连串对抗与冲突的剧情。二人在大华与突厥战争之间邂逅，互相深深吸引，月牙儿被林三所带领的突袭骑兵俘虏，美丽而野性的月牙儿与智慧武勇的主角在互相纠缠中相知，萌发惺惺相惜之情，在穿越死亡沙漠中，在大自然的狂暴肆虐中携手求生，转化为男欢女爱，一路走向突厥王庭。双方既真心相爱，又玩着欺骗争斗、征服与反征服的游戏。林三攻破突厥王庭，虏获月牙儿之弟作为人质，月牙儿向林三射出惊天一箭，重伤林三，瞬间天降大雪，为一对爱人志哀，而月牙儿刹那身心沧桑巨变。

后来他们终于坐到了谈判桌前，忍受内心的爱恨搏斗，为了各自的国家利益，进行艰难的讨价还价，而夜晚，二人在国境线上的大床上拼死相爱，像史诗一般壮怀激烈。在这个过程中，呈现出月牙儿的纯真与狡黠、坚贞与柔情、热烈与感伤的复合性格，令人不觉泪下，只愿主角与月牙儿尽快团聚，但恰恰天涯分隔，相聚不易。虽然也是"女王"角色，但两个人是旗鼓相当、爱恨体验尽兴、能够称量灵魂容积的激情恋人。[①]

在《庆余年》中，男主角与主要情感对手，恬淡而大气的海棠朵朵之间，原本是两个敌国代表性人物，也经历了许多对抗性缠斗才成为知心伴侣，那些"斗争"凸显了双方的品性。比如某夜月色正好，却有点冷，范闲到了海棠朵朵的屋里，海棠在床上，范闲掀开锦被，钻了进去。他们在一张床上、一个被窝里，谈婚论嫁，也谈国家大事，暧昧，温情流连，彼此却并未情欲澎湃，两个人之间隔着两个国家，隔着范闲复杂的家庭状况，又不肯抛下一切去私奔。无可奈何之下，两人在冰凉的月光下，争夺那床锦被，几个来回之后，身心近了很多，决心也增强了一点，海棠朵朵绝对不能嫁给别人。这一"月下争夺锦被"的对抗戏码，恋爱意味浓厚却并不急色，与一般饮食男女不同，两个角色都显出文艺青年的浪漫气质，在一张床上贴身相处，若是韦小宝与苏荃、阿珂一干人等通常已经大功告成，但海棠还是独立自主的大气女人姿态，令男主角不忍过度冒犯。有尊严、气质好的人，并不在意别人眼里如何看待自己，却很在意自己意愿的尺寸。[②]

三、 在情态呈现中创造人物特质与特征

大篇幅的静态的人物形态描写、心理分析，在一定文学时期具有新颖感，但不是可依赖的方法，它会使得情节停滞，会使读者走神出戏，离开作品的情境，读者的体验如同打开过多页面的电脑，运行缓慢。当然并非不能对人物展开描写与分析，而是要在不造成情节停滞

---

① 参见禹岩：《极品家丁》，第五一三至六二三章，首发于起点中文网。
② 参见猫腻：《庆余年》，第五卷，第一百四十九章，首发于起点中文网。

感的前提下，进行人物情态描写，在其他人物的视觉、听觉、触觉中，在情节的流动中，进行人物面貌、姿态、气质的描述。

人物的"情态"创造是必要的，情态是某些情境中能够表现人物特质与特征的，带有某种情绪倾向、审美色彩的人物状态，对于人物性格的表现具有聚焦特写的作用，犹如舞台上聚光灯罩定了正在独舞的舞者。

《红楼梦》中的重要人物多享有这样的情态描写，比如"宝钗扑蝶"，宝钗来到潇湘馆找黛玉玩，在门外看见宝玉进去了，因为知道林黛玉素习猜忌，此刻自己进去多有不便，所以转身去寻别的姊妹。"忽见前面一双玉色蝴蝶，大如团扇，一上一下迎风翩跹，十分有趣。宝钗意欲扑了来玩耍，遂向袖中取出扇子来，向草地下来扑，宝钗蹑手蹑脚的，一直跟到池中滴翠亭上，香汗淋漓，娇喘细细。"① 作者有意呈现宝钗的丰盈身材，与细心、自重的性格特点。而紧接着的情节就是"黛玉葬花"，当春残花谢时节，林黛玉观景感怀，荷锄葬花，还一本正经地作了葬花词，念叨给花树花神。这样的"作"，也只有纤弱、敏感、秀美的林黛玉才能做出来，才惹人疼爱，而宝玉看见了、听见了葬花情景，顿生怜惜之情，如此，黛玉葬花才得其所哉，若是薛蟠看见，则彼此都没滋味，可见看的人对，做的人才对。

显然作者在这里把香汗淋漓、丰满的"杨妃"，与凄惨哭泣、纤弱的"飞燕"两种情态、两种人物特征，进行比较性呈现了，人物特征鲜明，而读者因此产生了不同的情感反应，对钗黛二人产生了各自的喜好偏向。②

"憨湘云醉卧芍药裀"却正适合众人一起欣赏，因为热闹场面与这一娇憨天真的情态很搭配。湘云与大观园众人饮酒行令，酒醑时径自外出，众人听得小丫头来报，湘云在山子后头一块青石板凳上睡着

---

① 曹雪芹、高鹗：《红楼梦》，315 页，北京，人民文学出版社，1979。
② 参见曹雪芹、高鹗：《红楼梦》，323～328 页，北京，人民文学出版社，1979。

了。众人走来看时，"果见湘云卧于山石僻处一个石凳子上，业经香梦沉酣，四面芍药花飞了一身，满头脸衣襟上皆是红香散乱；手中的扇子在地下，也半被落花埋了，一群蜜蜂蝴蝶闹穰穰的围着他；又用鲛帕包了一包芍药花瓣枕着。众人看了，又是爱，又是笑，忙上来推唤挽扶。湘云口内犹作睡语说酒令，唧唧嘟嘟说：'泉香而酒冽……醉扶归——宜会亲友。'"① 如此热烈美好的青春情态，如此一团天真的娇憨女子，也适合你在无尽岁月中，独自怀想。

这些情态都能够凸显人物的特质，是在他人的观看之下"表演"的，是相对静态的描写，但其实也是人物与人物之间、人物与读者之间的交流，它们是在人们的内心时时播放的美丽影像。

人物特异的标志性的声音、动作也对性格塑造有表现力。在电影《闻香识女人》中，主角弗兰克经常发出标志性的喊声："Hu-Ah!"有时候是愤怒的呐喊，有时候是一种纠结的自嘲，有时候是一种忧伤的悲鸣，声音与表情构成特殊的情态，对于表达一个盲人孤傲、愤然不屈的性格很有帮助。电影《沉默的羔羊》中的汉尼拔，外表沉默、平静，知识渊博和足智多谋，但实际上是一个精神分裂的食人恶魔，在精神病院住了八年。女警员克丽丝为了捉拿另一个正在疯狂杀人的恶魔，与他合作。当克丽丝第二次去精神病院见汉尼拔时，只见汉尼拔坐在铁栏后面，目光沉静地凝视着远方，突然伸出舌头，发出"嘶噜嘶噜"的声音，仿佛毒蛇品尝美味。这种情态呈现了汉尼拔的残忍的精神特质，制造了惊悚的戏剧效果，胜过千言万语。

一些网络小说家也喜欢创造独特的情态来表现人物特质与特征。《庆余年》中，主角范闲跟在海棠朵朵的后面，在"北齐"皇宫行走，发现她的走路姿势很特别，因为有先入之见，以为对方是在通过走路，不断地修行着某种功法，所以才会是年轻人中的顶级高手，深感

---

① 曹雪芹、高鹗：《红楼梦》，798～799 页，北京，人民文学出版社，1979。

佩服，但见那海棠姑娘，双手插在大粗布衣裳的口袋里，上半身没怎么动，下面却是脚拖着自己的腿，在石板路上拖行，看上去极为懒散……范闲忽然觉察，这哪里是什么功法？这就是农村婆娘最常见的走路姿势，北齐圣女海棠，其实就是个村姑。① 这种身份与姿态的差异感，这种朴实而懒散、大度、纯天然的村姑式美女特质，使得海棠朵朵足够特别而令人向往。

网络玄幻小说《搜神记》的美人情态描写，向来为同道所称颂。在远古洪荒情境中，男主角初会女主角"雨师妾"与"姑射仙子"的情景，可以与贾宝玉初会林黛玉、段誉初遇王语嫣、令狐冲得见任盈盈、韦小宝看见阿珂的情景相媲美，令读者对人物有了明晰而强烈的印象。

雨师妾与男主角有三世情缘，擅长御龙，"大荒十大妖女"之首，出场时的情态惊奇艳绝，凸显了妖媚的风情。主角在荒野之中，遇到千万野兽狂奔，都在躲避什么，然后就出现了一群"象龙兽"（虚构的大型远古动物），其中一只格外高大的黑色龙兽上，坐着一位红发白肤的美女，穿着黑丝长袍，酥胸半露，玉腿斜出，眉目如画，眼波荡漾……耳朵上有两个黑色的耳环，竟然是两条三寸小蛇。②

如此妖奇的人物形态，也预示了她颠簸动荡的人生。性格秉性奇特的女子，当然是不能平淡终老的，只能是在风波险恶的折腾中经历几生几世的传奇。

遗世而独立的"姑射仙子"是千古传颂的女神典范，在《搜神记》故事中是木族圣女，主角拓拔野背负神帝遗命前往玉屏山谒见青帝，邂逅了姑射仙子。山间，湖畔，竹亭，主角拓拔野听到箫声，有所感而吹响竹笛，身后箫声相和，拓拔野回首看时，但见月光之下，竹林之间，一位柔美的白衣女子，容貌与月光交相辉映，气质淡雅幽

---

① 参见猫腻：《庆余年》，第四卷，首发于起点中文网。
② 参见树下野狐：《搜神记》，第一卷，第四章，沈阳，万卷出版公司，2009。

静，声音清雅，一缕淡淡的幽香，沁人心脾……①

如此超凡脱俗、冰清玉洁的仙人，令人倾慕，一见之下向善向美之心油然而生。她不是雨师妾那般用来经历磨难考验人性的，而是用来爱惜的，后来主角多少次在她危难时，护佑了她的平安周全。性格确实就是命运——至少在文艺作品中，人物特质与特征的呈现就是在预示其命运。

四、 在人物相互对照中呈现人物性格与人物关系

超长篇幅作品，需要很多"活动着"的人物，这些人物应该显示出各自独立的个性，而共同构成一个丰富而有序的人物世界。

以《水浒传》中的一百单八将而论，大多数人物有着自己的功能与个性，在人物的比照中，显示出各自的特征，沉静有谋的林冲与鲁莽的鲁智深相异，而同样是鲁莽系的李逵与鲁智深也有差别。鲁智深是一肚皮的明白，却不耐烦世人的恶俗啰唆，因焦躁而莽撞，是独立自主的硬汉的直来直去；李逵是天真的莽汉，如同藏獒一样容易被主人用食物收买忠心，对宋江忠心耿耿却对待世人凶恶粗暴，也因为对团体和领袖的依赖，而有恃无恐，惹是生非，是依靠其愚蠢生事而引起情节突转的人物。

领袖型人物晁盖与宋江是两个对照性呈现的人物，在行动中显示出性格秉性的不同，但是功能重叠，宋江是天命所在，所以晁盖必须死去，晁盖之死不是有心计的宋江之过，因为一部小说有着两个功能相同的主脑人物，就很难行文，一出门一开会就得打乱仗，而这部作品的主旨不是内部纷争，前部分是英雄聚义的过程，后部分是在展现一个乌托邦团体与世界的关系问题，所以只能寻找一个合理的契机做掉晁盖。读者容易被这种"合理的契机"所骗，但是写作者应该知道，

---

① 参见树下野狐：《搜神记》，第一卷，第二章，沈阳，万卷出版公司，2009。

要做掉晃天王，就要赋予他粗豪而相对短视的品性，横死沙场才不会令人意外，而一百单八将的核心人物宋江，不仅仗义疏财，还心机缜密、懂得进退、擅长组织指挥能协调各方关系，人物性格也就意味着他在人物关系中的位置。后来聚义的一百单八将以各自的性格、功能，构成了一个闭合、完整、有序的人物世界，没有多余，也没有不足。

在《红楼梦》中，作者的文学野心，驱使他创造了黛玉、宝钗、湘云等金陵十二钗，香菱、宝琴、尤三姐等金陵十二钗副册，与晴雯、袭人等金陵十二钗又副册，人们向往中的各种性格、功能的美女，各种身份地位、与主角构成各种关系的角色，汇聚成了各色具备的女性世界。这些人物的特质与特征被有意识地加以对照与区分，比如在各种情境中，映照飞燕型黛玉与杨妃型宝钗二人在体态、心态、行为的差异，对于获得主角贾宝玉的亲近关系而言，二人是竞争对手，然而大度宽厚的宝钗与敏感纤弱的黛玉，性格上其实构成互补关系，所以二人最终成为体己的姐妹。当然在男书中，主要女性角色由互相竞争到团结和睦，也是男性的一种愿望。

《红楼梦》中还有意识地把性格相似角色的差异予以显示，比如晴雯与黛玉，在妖妖娇娇的情态上、眉眼上很有相似之处，也都是率真、灵巧、孤傲的品性，然而二人不仅身份不同，气质秉性差异也较大，晴雯更张扬，以"敢爱敢恨"的女性姿态，作为吸引异性的旗帜，黛玉则更自重自傲，更有艺术家孤高风范。还有学戏的女孩子龄官，黛玉葬花之后不久，贾宝玉在蔷薇花架下，见到"一个女孩子蹲在花下，手里拿着根绾头的簪子在地下抠土，一面悄悄的流泪"，以为是在学林黛玉葬花，"一面想，一面又恨认不得这个是谁。再留神细看，只见这女孩子眉蹙春山，眼颦秋水，面薄腰纤，袅袅婷婷，大有林黛玉之态。"① 龄官与黛玉的痴情也可一比，龄官痴情于贾蔷，犹

① 曹雪芹、高鹗：《红楼梦》，365～367 页，北京，人民文学出版社，1979。

如黛玉痴情于宝玉，但是到底龄官与黛玉两个人的质地是不同的，黛玉更为高洁贵重。作品用晴雯和龄官来比照黛玉，其实是为了更加凸显黛玉这样一种敏感、纤弱，而心灵炙热、高贵孤傲的女性艺术家式的特质与特征。因为有类似人物的比照，所以那些不同才更重要。对于有心人，不光是黑白分明不同，深绿与浅绿也很不相同，在生命体验的世界，那一点差异就是天壤之别。

《红楼梦》群芳谱式的呈现人物的方法，对后世言情或世情小说影响很显著，一如《水浒传》英雄谱系创造，对于后世英雄小说的影响。在金庸小说《鹿鼎记》与网络小说《回到明朝当王爷》、《极品家丁》、《风姿物语》、《亵渎》等等小说中，一个男主角对着形态各异的群芳众艳发疯的故事形态，刻意对照性展现不同女性角色的形态、性格，这种作品形态，显然在西方小说中较少见，可能是中国文学的固有传统与气派。

在《天龙八部》中，人物之间的对照性呈现也有很强的效果。三个主角在人物关系网络中各自占据不同方位，具有各自的色彩：段誉是娇纵、天真、风流、雅致的富贵王子，主动追逐心仪的若干女子；乔峰是重义而轻色的大英雄，对于阿朱也是义在爱先；虚竹淳朴如穷家少年，羞涩不解风情，偏偏落入一众妇人之手。他们当然都是来历不凡的、轻功名而重情义的角色（但其实是成功人士），与追逐权力不惜一切代价的慕容复、段延庆等人（其实是失败者）的价值观、为人处世风格又显著不同。

在网络奇幻或玄幻小说中，经常是几个少年伙伴一起征战天下一起成长，运用相互对照的方法呈现不同人物性格，是一种普遍的自觉。

网络小说《佣兵天下》中，几个主要人物共同组建了自己的佣兵团，逐渐成为影响整个世界的力量，各自形态、功能与性格相映成趣。艾米，是龙、人、神、魔四界共同承认的"佣兵王"，精明强悍、心机灵活、重信义，也重佣兵团集体利益，但是轻个人名位，是最合适的团体领头人，其坐骑是六翼天龙王冥牙，上代龙神后裔，在龙神被封印后成为新一代龙神；大青山，长相厚重，神圣龙骑士，是遵守骑士准则的典范，正直、善良、忠诚、守信、具有很强的同情心，其坐骑与伙伴绿儿，冰系神圣巨龙使，雍容华贵，可幻化为万物，像某些人类那样油嘴滑舌；池傲天，死神龙骑士，黑暗龙王，面庞俊美、身材修长，却散发着死亡的气息，对朋友热诚而对世界冷酷无情，用兵颇有计谋，擅长进攻，乘坐龙兽要离，是死灵龙系，由洁白的骨架构成的巨龙；矮人霍恩斯，具有矮人族的基本形态、秉性，却擅长谋略，尤擅兵法，让他成为矮人族的异类；易海兰，是擅长战场指挥的统帅，也是一个极为强悍的战士。

这些人物无一雷同，相互映照其特色，功能互补，而且每个角色都得到了足够表现个性的机会，是货真价实的伙伴，有各自的尊严、各自的成长史，因此带来更为广泛的读者认同。

五、 人物性格的精神意义

作家的生命情感状态、人生愿望与精神取向，可能会使他特别标举或者贬抑某种性格，如鲁迅特别揭示了阿 Q、祥林嫂这类深受精神奴役而麻木自欺的"国民性格"，以强化国民性改造的主张，其实也反映了作者的激愤孤高的性格。

作者的文学雄心，也影响人物性格的创造，比如金庸努力使每部作品的主角性格独树一帜，并赋予其各种精神价值：早期的道德榜样袁承志、质朴诚信的郭靖，忠信于事业与朋友，对女性诚挚有礼；中期的杨过偏激、纵情任性，令狐冲生性佻达、热爱自由；到后期段誉娇纵滥情，韦小宝油滑狡诈、贪婪好色。显然，主角性格呈现了由拘谨到放纵的变化曲线，也反映了作者伦理态度的变化。

人物性格是包含着精神意义的，它是作者精神世界的投射。大众文艺的人物创造同样可以、也应该具有人性深度，具有厚重的精神价值，那也是吸引读者的重要因素。人物性格的精神价值，主要看人物是否具有独立的人格、自由的灵魂，以此为轴心，可以凸显一些相互对立、相互映照的内在品质。

追求现世个人成功并顺从权力秩序的人物，在大众文艺中最为常见。《鹿鼎记》主角韦小宝是一个实用主义者，为了获取财富、权力、美色，巴结讨好当权者，舍得放低自己而并不觉得委屈，为了粉饰韦小宝的奴性，作品有意识地把主角与最高统治者康熙皇帝安排为伙伴关系，而康熙皇帝，是重情尚义的千古圣君，能够宽容韦小宝首鼠两端的行为，因而韦小宝能够在几方势力中讨巧；《回到明朝当王爷》、《极品家丁》等穿越历史小说的主角都有着与韦小宝一样的人生路数，因为一些特殊机缘，与皇帝建立密切关系，因而迅速取得成功，大赚特赚后便与韦小宝一样安排后路，逃离权力漩涡。世俗利益崇拜者认同权力秩序，对最高权力满口颂词但心中另有主意，可以顺从任意规则，而内心只认个人好处，奉行有便宜不占王八蛋的准则，这种精神品格在华人社会其实具有现实普遍性。可能世俗中的人们都有一些韦小宝的影子，因为无论你是否愿意，都肯定会有低眉顺眼的时刻。

与这些世俗人物相反，热血风格的网络小说《1911新中华》中，主角雨辰是坚定的民族主义者，具有清教徒般的身体仪态与精神风貌，但又是清醒的现实主义者，会选择行得通的国家道路；他的追随者，李睿崇尚军国主义，不惜发动军事政变，要铲除买办、资本家及其政治代言人这些"国贼"，保证"新中华"征服世界的"正确航向"，与日本历史上的少壮派军人气质相通——只有他们自己才是正确的，才可以是国家真正的主人；另一个追随者何燧，则认定"新中华"应该奉行宪政民主道路，宁可舍弃自身的权力地位，也要为国家探索建立一个永久的根本制度。他们在自身的信念支持下义无反顾，宁死不屈，内心热诚，外表端庄严肃，如同悬崖边的舞者，极端危险，却充满激情，他们更像是戏剧舞台上的人物，是某些热血青年理想的化身。

网络军事小说《狼群》也是热血小说的典范，作品说明在世俗成功之外，其实人还有更激动人心的目标，身为男人究竟需要什么，提供了另一种答案。它创造了在世界各地战斗的现代佣兵团体——"狼群"，一群悍不畏死，又极其重视兄弟情谊的佣兵。特别是主角中国人刑天，从普通大学生成长为顶天立地的英雄的历程十分可信，他被敌对一方抓获，备受磨难摧残，但绝不出卖团体与兄弟，身体受到极端的刑罚，承受难以想象的痛楚却保持高贵的品性，如同受难的耶稣。男人硬朗悲壮的生命情怀，是英雄、超人或者神的一种自我定义，饱经危难是印证自身意志的必要旅程，所以作品虐主（虐待主角）并不是不可以，在超人身上虐得正好，虐得越多，快感越多，因为这使主角印证了"英雄—超人—神"的磨炼成长的道路，见证了自身精神力量的强大，这是有悖于常人的烈士情怀，硬朗悲壮的刑天是特殊的人物形象，增添了网络文学的分量。

而追求自由的人物与渴望控制世界的人物，呈现出另一种人格意义上的两极。

有些人物无意于功名利禄，不愿意受到世俗的羁绊，渴望自由，却对所爱一往情深，不计代价，是自由而深情的人物，比如《红楼梦》之贾宝玉，不愿意与世俗的人们来往，见到俗物就心烦，听到仕途经济的言论就觉得脏了耳朵，但是对姐妹们包括丫鬟，却是处处真心、处处留意、奉献温暖，所以与雅洁的林黛玉是精神伴侣。他最终出家，其实是沿着自己的精神路径一路行走的自然结局，这恰恰是符合人物性格内在同一性的走向。其精神对立面自然是价值取向相反的贾政，是专制社会里最为正常的父亲：严厉、负责，要求自己也要求儿孙靠近儒家的品行准则，还有贤妻良母型的宝钗，与贾宝玉在精神上愈行愈远。但是在世俗社会，贾政与薛宝钗才是正常而且正当的人物，虽然内心未必没有自由的渴望，只是自觉按照社会规训的要求，逐渐变成自己的敌人，成为自己的牢笼，而贾宝玉则是一个逃逸的自由的象征。

《笑傲江湖》的主角令狐冲有着自由不羁的灵魂，不愿意按照江湖名门正派的模式化人格定型自己，不愿意被大侠的名头捆绑，但是对朋友守信，对恋人更是情深不移，甘愿承受委屈，遭受误解。令狐冲的对立面，是图谋当上武林盟主控制群豪称霸江湖的岳不群，为了攫取权力，不惜疏远亲人、伪装自己，甚至于割去命根子以修炼葵花宝典，其实伪君子必然有所图谋而内心炙热。令狐冲与岳不群是人性的两个极端，是向着相反方向狂奔的猛兽，一个自由意志有多强，另一个控制欲望就有多强。

《庆余年》主角范闲与其生父"庆帝"，是另一个对立两极的范例，庆帝具有很强的控制欲，不允许治下人物自由逃逸，而范闲追求自由，精神上不愿意妥协。范闲之所以与韦小宝、杨凌等人物行为目标不同，是价值观不同，所以他们的言行、表情皆不同。范闲的面部与内心都是光洁的，他不允许给自己的灵魂抹黑，而韦小宝、杨凌即使满心污秽，也能对着恩主做出灿烂的笑脸，这种笑容是没有尊严的，但也令人心痛。他们出卖自由，也是为了最终的自由逃离，只是渴望满载而归，所以出卖自由罢了。

追求自由的人生与被体制化的人生，也是相反的精神取向。电影《肖申克的救赎》中，执著追求自由的主角安迪与被体制化的老布，是人类精神面貌的两面镜子。安迪是蒙冤入狱的年轻银行家，凭着对财务知识的精通，获取了监狱管理者的信赖，为自己赢得了生命的安全，为狱友争取到了利益。他坚定、执著、理智，决不放弃获取自由的希望，每周发出申诉信，同时每天如同蚂蚁啃土，用二十年时间，凿穿墙壁后幽长的隧洞，最终逃离了监狱，重获灿烂的自由天空。与此相对照的是在监狱待了五十年的老布，当他获知自己即将刑满释放时，却面临精神上的崩溃，如同犯人瑞德所说，"起初你讨厌它（监狱），然后你逐渐习惯它，足够的时间后你开始依赖它，这就是体制化"。老布不惜伤害狱友，以求在监狱中继续服刑，他被环境同化，一旦脱离，就如同鱼离开了水，所以在不得不出狱之后，他自杀了。安迪明白"体制化"对朋友瑞德的影响，所以为瑞德在一棵巨大的橡树下，留下了投奔自由的路径，让他用希望拯救内心的绝望。恢复自由的心，就如同治疗慢性疾病，希望与信心是最关键的药物。

参考文献

曹雪芹，高鹗．红楼梦．北京：人民文学出版社，1979.

施耐庵．水浒传．北京：人民文学出版社，2005.

树下野狐．搜神记．北京：万卷出版公司，2009.

禹岩．极品家丁．首发于起点中文网．

猫腻．庆余年．首发于起点中文网．

说不得大师．佣兵天下．首发于起点中文网．

天使奥斯卡．1911 新中华．首发于起点中文网．

刺血．狼群．首发于起点中文网．

网络文学的故事创造

第四部分

第十六章

故事的功能与基本构成

故事可以有许多定义，但是对于写作者，最有意义的可能是如下定义：故事是主要人物在设定世界中的行动及其结果。人物、世界、行动、结果是吸引受众关注的主要焦点，而牵引读者精神走向的是人物的行动与结果。这个简单的定义提醒写作者如何抓住故事构成的要点，避免偏离重心，避免耍弄过多花招或者言之无物。

一、 故事的功能与一般范式

人们通过小说、电影、电视、戏剧等叙事艺术，寻求各种可以感动自己的、新颖而可理解的故事，生命不息，对故事的需求就不会停止。故事是人类世界的象征，也是人类内在的精神结构，作者借故事表达对世界的想象与评判，受众通过故事得到各种情感体验的满足，通过故事认知人生。得到期待中的故事，就补足了受众内心某个残缺的角落，但是很快人们就会期待新的故事，因为人的内心永远有个角落是残缺的。

人类是在故事教育的经历中成长的，无数的故事被当作是文艺经典或者人生教科书，从人们年幼时就开始融入心灵。在人们接受新的作品时，内心已经具有了故事的一般范式与各种类型范式，期待与作品进行印证，并希望得到不同的故事元素，得到新鲜的精神体验。

网络文学也正是因为提供了许多新颖独创的故事，而吸附了亿万读者的关注，形成了强烈的社会影响。

故事是主要人物的有意味的行动史，也可以说故事是主要人物履行自身功能的过程。特别是主角的愿望—动机—行动驱动了故事的进展，主角的选择，决定故事的方向，主角克服阻碍解决问题，使故事走向高潮与结局，并且用行动的过程与结果，展示思想、情感、伦理意义，因为读者的代入性体验，作者—主角—读者愿望情感共同体的作用，主角的故事成为读者的故事。

自神话至今天的网络文学，无论文体、文艺主张如何改变，故事都具备这样一般性范式：主角在自己的愿望动机驱使下开始行动—得到伙伴的帮助—遇到了敌人及其帮凶的阻碍—最终战胜了困难，达到了自己的目标，这个古老而常新的故事范式一直在繁衍后代，因为它反映了大众文艺实现自身基本功能的要求。

虽然这种故事一般范式的结局并不等于是大团圆，有些故事的结局中会有悲剧性因素，但是在大众文艺的故事中，主角愿望的达成，确实是被普遍尊重的。故事最核心的要素是，主角通过行动，实现了自己的愿望。

圣经神话中，上帝创造世界与人类，一切意志都得到了实现；希腊神话中，普罗米修斯在雅典娜的帮助下，创造人类并给予人类火种与智慧，虽然受到宙斯的阻挠和惩罚，但是他成功了，悲苦的他最终也被解放；中国古代神话中，盘古开天地，虽然是以自己的身体化作了世界，但是创世的愿望是实现了；北欧神话中，奥丁兄弟创造并完善世界，被敌对势力所阻碍破坏，但创世目标还是达成了。诸神的黄昏之战时，主神奥丁一伙与敌人洛基一伙同归于尽，但是新的世界产生了，奥丁的儿子成为新的世界主宰，这是对一般范式的延伸。

中国明清小说中，《西游记》主角西天取经，经历九九八十一难，战胜无数敌对的妖怪之后，成功取经归来，师徒四人成佛；《三国演义》主角不断建功立业最后建立蜀汉，关羽与诸葛亮死后成神，被立庙祭拜；人们皆知《红楼梦》是悲金悼玉的虐心故事，但作者也还是按照大众文艺的运行轨迹完成了故事，主角达成了自己预定的目标：一块女娲补天剩余的顽石，去红尘体验生活，在感受荣华富贵、温香软玉，经历世间波澜之后，科考高中，在人间留下子嗣，跟随一道一僧离开尘世。

这就是故事范式的力量，它驱使故事对人类愿望达成的欲求做出回应。虽然在数千年的故事发展史中，故事构成的方式是不断变化的，故事也倾向于复杂，但是故事的一般范式一直在起作用，因为生活残破，人们最期待于故事的，是从主角愿望达成的历程中，得到情感体验与快感补偿，弥补读者心灵的缺口。

俄罗斯故事形态学家普罗普，在《故事形态学》中描述了俄国民间神奇故事的基本构成，常见的几个主要环节是：主角因故（如救助亲人）外出寻宝或者寻求掌握特殊能力（如魔法），与敌人搏斗（敌人曾经加害于主角或者亲友），战胜了敌人，消除了敌人带来的灾难或者危机，但是敌对势力继续加害于主角，主角继续与之战斗，这个过程可以变幻情景重复多次；主角到了王都或者另一个国家（随需要安排情境和条件），经受了考验，或者解决了难题，得到王位，或者获得国王、公主青睐，得到权力，娶了公主，后来加冕为王，惩处了最厉害的敌人，解决了主要问题，大功告成。[1]

这种故事构成在其他地区的长篇民间故事中也大同小异，都是主角经历几个阶段的挑战，解决危机，并最终愿望达成（权力、财富、爱情与异能目标的实现），主要人物中的主角、敌人、目标人物（如公主）及其各自的附属人物，履行了各自的功能，并得到自己该得的结局，故事就完成了。

---

[1]　参见（俄）弗拉基米尔·雅科夫列维奇·普罗普：《故事形态学》，北京，中华书局，2006。

虽然网络文学作者未必熟悉神话与民间故事，但是成功的作者一定熟悉人心，通常网络文学的主角比神话主角还要幸运，与神话主角一样业绩宏伟，人类大胆想象中的愿望，都得到了实现。在都市、穿越历史小说中，主角追求权力、财富、爱情，像民间故事主角那样娶公主，建立自己的理想国家；在玄幻、奇幻、修真、仙侠等修炼小说中，人们追求成神，创造自己的宇宙，主角的目标都能达成。

网络修炼小说中，主角愿望实现的过程，可以循环多次，如《盘龙》《星辰变》，主角在一个时空中大功告成，升级成神，可以跳入另一个不同的时空中（如另一"界"、另一个星域、另一个位面），把这个故事范式重复一遍，但是因为"世界"与人物关系的不同，可以是全新的故事过程，与俄罗斯神奇故事中，换一个王国的情境，主角与敌对势力反复交锋的故事构成，是大体相似的，都是为读者继续过故事的瘾服务的。这种情况下，写作者应该紧盯主角的愿望—动机—行为线索，以保持故事的同一性与整体感，只要主角最终目标还没有实现，故事就还没有结束。

在女书中，主角愿望实现的进程会更曲折一些，为了催泪的目的，会有主要人物的死亡，主角可以体验更丰富的情感波澜，但是主角最终走向人生高峰的故事，同样是读者期盼的。

《后宫·甄嬛传》主角甄嬛因选秀入宫成为皇帝的女人，凭借美貌聪慧，在宫廷斗争中占得上风，得到皇帝宠爱，其家族也一荣俱荣，同时机缘巧合，与多情种子皇弟亲王情深似海，暗结珠胎（一女二男模式）。皇弟亲王为保护甄嬛而死（恋人为保护主角生存而死，这是最催泪的女主角自我满足的招数）。甄嬛流产了（惩戒），皇帝也及时死了（他已经成为甄嬛获取最高权力的障碍，他死去也是对主角的奖赏）。女主角的竞争者、敌人皆落花流水般死去（奖赏）。年少的皇太子于灵前继位，甄嬛成为皇太后，甄嬛到达尊荣顶端（奖赏）。

无论男书还是女书，网络文学的故事情节，是围绕主角深度过瘾的情感体验与最终的高峰体验而设置的。由是观之，男人与女人很难喜欢同一部网络文学作品，但是对待愿望达成的故事范式与文艺功能的认知是能够达成一致的。

网络文学叙事，与神话、民间故事的大众文艺叙事传统一致，尽可能贴近大众读者的阅读心理，比如很少使用倒叙，因为一旦倒叙，读者就会跳出原有情景，把故事情节当成一个需要冷静追究前因后果的问题，读者就出戏了。代入感强的作品，会努力营造出故事正在发生的真切感，按照读者内心的时间轴线，来顺叙人物愿望达成的过程，有头有尾地展现故事情节的进程，这有助于读者阅读时内心秩序的建立，产生舒适感。

二、 故事情节的驱动力

生活经常处于没有方向、没有结果的状态，而在故事中，主要人物特别是主角的愿望—动机驱动着故事的进展，并总能到达有意味的结局。

当人物已经成型，作者清晰地知道人物的愿望—动机、行为逻辑与行为习惯，就应该让人物依靠自身的能量和决心来推动故事的行进，作者要适当地"放纵"人物的生命活力，发挥主要人物的能动性，当然人物行为也要服从故事整体框架、前进方向、世界设定的基本规定性。

阅读过程中，读者把自己融入了人物的生命体验，若作者过度信仰自己的权力，以不可知的理由把人物扒拉来扒拉去，让人物进行着不符合自身愿望的行动，那就如同藏在暗处的神怪，不停地支配读者的"生活"，令人感到失去自由，作者很爽而读者不爽。作者的意图应该是隐藏在人物愿望—行为的背后，就仿佛在舞台上，人物按照自己的愿望"生活"着，而导演却在后台等待演员归来。

在各种类型的文艺作品中，主角的愿望—动机—行动都是故事的主要驱动力。即使是最依赖艺术假定性的童话故事也是如此，也正是人物的愿望、情感与行为，驱动着故事发展，才使得非人类非现实的童话故事，具有了可理解性。意大利作家科洛迪的童话《木偶奇遇记》中，木偶匹诺曹要成为一个"真正的男孩"这个愿望，驱动着他的行为，构成故事主线，并在蓝天使的帮助下，最终达成了愿望。

《人工智能》是童话式的科幻电影，故事是《木偶奇遇记》的翻版，主角大卫是一个人工智能机器人儿童，被"父母"订购来代替因生病被冰冻的亲儿子，但是亲儿子出院回家后，大卫在竞争母爱的过程中失败，被抛弃了，因为他与那个木偶匹诺曹一样不是真正的男孩。于是大卫带着自己的伙伴超级玩具泰迪熊出发，去寻找蓝仙女，期望在她的帮助下，成为真正的男孩，以获得"母亲"莫妮卡的爱，这个愿望驱动着大卫的行动，历经艰险，经受人类与机器人世界的各种困难，直到他在海底看到了蓝仙女——那其实是海平面上升，陷入水底的游乐场上的蓝仙女塑像。最终，几千年后的高级智慧生物复活了早已死去的莫妮卡，大卫在母亲的怀抱里获得了爱。

在网络文学中，主角的愿望—动机—行动更是明确的故事驱动力，穿越历史小说《1911新中华》主角雨辰，想要一个成功回避了近代屈辱史的新中华，也企求攀登个人权力顶峰，故事的主线，战争与工业化建设活动都是围绕主角这个愿望—动机—行动线索而建构；《回到明朝当王爷》主角想要荣华富贵，于是与最高统治者成为亲密伙伴，创办工商企业，建功立业，不断行动，最终大功告成；《后宫·甄嬛传》主角要一个自主的情感体验充沛的富贵人生，所以成天钩心斗角，与一群后妃斗个不停；奇幻小说《亵渎》、《盘龙》的主角要成神，要成为决定世界规则的人，他们就修炼战斗，创造了自己的世界。

主角愿望—动机—行动的改变，就会导致故事的转向。在《庆余年》前部分，主角在获取荣华富贵建功立业的道路上高歌猛进，是追求个人成功的故事，而后来主角发现自己的生父、最大的后台庆帝，原来是杀害母亲的元凶，是自由主义价值观的敌人，主角选择宁可抛弃荣华富贵，也要与庆帝决裂，故事的后部分转向为自由而战的故事，故事的境界得到提升。

而主要人物间相互冲突的愿望—动机—行动，有助于建构对抗性故事情节，增强对读者的吸引力。

即使是在温情之书《红楼梦》中，也经常使用人物之间的愿望—动机—行动冲突、意气之争，来制造故事情节张力，比如宝钗、黛玉、湘云围绕宝玉、围绕大观园话语权产生的竞争情绪，晴雯与袭人对成为主角身边"第一丫环"地位的竞争，宝玉与贾政、薛蟠、贾琏之间，大观园男孩、女孩与整个外部社会之间，因为价值观、人生目的不同，而展开或明或暗的对抗，一直弥漫在作品之中。但是作者一直控制着对抗的烈度，避免过度戏剧性呈现，给人以生活正在自然行进的感觉，让故事情节保持着圆融的形态。

在奇幻电影《加勒比海盗》中，几个主要人物相互纠结的愿望—动机驱使着各自的行动，驱动了关键情节的突转，构成了变生不测的系列海盗故事，它的峰回路转的奇幻故事情节总会令观众感到惊喜。

主角杰克·斯伯洛，是活跃在加勒比海上的海盗，拥有自己的"黑珍珠"号海盗船，他喜欢自由自在的打劫过往船只的生活。他的仇敌巴伯萨船长抢劫了杰克的船，杰克要夺回自己的黑珍珠号，因为这是自由与财富的保障。

巴伯萨一伙袭击了罗亚尔港，绑架了总督的女儿伊丽莎白·斯旺，热恋伊丽莎白的威尔·特纳，设法救出狱中的船长杰克，偷来英国皇家舰队拦截号军舰，两人迅速向黑珍珠号追去，以追回他们的船和恋人。

但是自由至上的杰克与爱情至上的威尔在行动目标选择上存在矛盾冲突，更不幸的是后来伊丽莎白对自由浪漫的杰克产生了好感（杰克才是一号主角啊），她向往着海盗的自由生活，在第三部结尾，当伊丽莎白率领海盗大军迎击英军的时候，那就是她个人的高潮。而杰克的理想永远在远处的地平线那里，人生目标永远是自由航行，并不想在一个港口或者女人那里停留，当然也不会为了伊丽莎白而停留，而最终，威尔以失去自由的代价，得到了伊丽莎白的爱情，也为他父亲赢得了自由。

而巴伯萨和他的海盗们其实背负着咒语，在每一个月光之夜，会变成不死的骷髅，伊丽莎白正是解开咒语的关键，巴伯萨一伙渴望解除咒语，获得重生的生命，获得自由。巴伯萨船长在波涛巨测的海洋，追逐的不是财富与美女，而是生命的感觉，他对任何事物都没有感知能力，生命是一场麻木无感的僵梦，他希望找回痛感与快感，而在被击毙的最后一刻，他成功了，得到了真实的血肉感受。

由此可知，建构人物众多、场面宏大的复杂剧情，或者非现实的、怪异的故事，关键还是在于把握主要人物的愿望—动机，让受众跟随人物的行动，剧情才能既新颖又可理解。

要把一些聚会、会议、法庭辩论、几个角色长篇累牍地吵架等等无趣的事件，构造成生动的故事情节，作者容易感到左支右绌，但这些又经常是写作者必须正面应对的，可行的办法就是紧紧抓住故事情节的驱动因素：人物的愿望—动机—行动线索，使剧情变得集中、变得具有对抗性，避免出现烦闷的剧情。电影《十二怒汉》（美国1957年西德尼·吕美特执导）正是这样做的，它是小说、电影、电视剧，以及其他一切叙事艺术编织故事情节的教科书。

该作品讲述了十二个陪审团成员，对一个少年弑父罪名进行辩论的过程，所有情节发生在一间陪审团的会议室和旁边的卫生间，空间不超过四十平方米。十二个人互不相识，来自社会的各个阶层，围坐在一个大会议桌前争吵不休，决定那名少年的生死。第一轮投票中，十一个人认为他有罪该死，但是八号陪审员对证人证据进行了强烈的质疑，凭耐心与毅力逐一说服其他陪审员推翻原决议，中间经历了七次表决，直到最后一名顽固坚持被告有罪的陪审员放弃立场，被告终于被宣判无罪。

这显然是对故事情节创造工作的高度挑战，避免故事情节进程陷入枯燥、混乱的关键性因素，首先是主角八号陪审员的强烈的愿望—动机：不让一个有疑点的案件当事人被定罪，这攸关一个人的生命，攸关法治正义观。他不屈不挠决不放弃，驱动了一轮又一轮的辩论与表决，认同他的理念的人们开始关心他的成败，而他与反对者的冲突，一次一次以他的胜利告终，改变立场的评审员们逐渐成为他的盟友，每一轮冲突的形成与解决都有悬念与高潮。

其次是作品井然有序、层次感十足的现场人物调度。十二个陪审员都是平常人，并非法律专业人士，有着自己坚持立场或者改变立场的动机，每个人都会适时表现出自己的性格、个人愿望和辩论观点，展现了每一个角色的内心活动，因此每轮表决情节都有新的看点而不会有重复感。

这就使得故事情节避免了限制性时空条件、无趣事件的损害，反而因为这种限制，回避了外界的干扰。一群陌生人被按在会议桌子边固定的座位上，与其他人物构成稳定的交流关系，并逐一被主角说服。节奏把握张弛有道，情节跌宕起伏，有序而精彩。

所以写作者需要记住，建构人物的愿望—动机，并通过人物行为表现出来，永远是故事情节构成的首要事务。如果不知道故事情节如何发展，那就问问主要人物现在有何愿望，有何动机。

三、　故事的进程与要点

大众文艺常规的故事构成，包括三个主要部分：开局、对抗—冲突、高潮与结局三段式故事进程。超长篇幅的网络小说，与某些明清小说、金庸小说，通常显示出大型复合形态，在整体故事框架中，又存在多个单独的故事进程，或者是多个故事进程相互嵌入的形态，而在作品整体上仍然是三段式故事形态。

开局阶段，主角在特定情景中出场，在其愿望驱使下，设定了目标，开始行动，并结识了自己的同伴，也明晰了敌人与竞争对手的特性，构成了初步的人物关系，世界的面貌也初步呈现。开局阶段主要任务是建构故事的大体框架、行进方向，为读者营造阅读的心理环境，作者应该对谋篇布局心中有数，开局设下的问题，都要在后续的故事中解决，所以需要减少随意性，免得把故事与读者引入歧途。

对抗—冲突部分，敌人（竞争者）设置阻碍，主角与其产生冲突，并获得阶段胜利。这一过程可以无数次循环，一个对抗—冲突进程的完成，也会带来阶段性高潮与结局，带来主角的爽点。网络文学的故事，通常是主角从一个阶段性胜利——高潮爽点，向另一个爽点前进。每个这样的循环过程，也可以看作是一个单独的故事进程。

创造主角与敌人的对抗—冲突的故事阶段，需要不断强化读者对主角的关切。对抗—冲突爆发之初，可以让敌人得意，令主角面临各种危机的压力，这是主角积蓄力量、准备搏斗之时，也是读者为主角焦虑忧心之时，对于后来的高潮是一种重要的铺垫。读者有多么紧张焦虑，那么主角战胜敌人带来的快感就有多么强烈。对抗—冲突情节适当延宕，故事的发育就会更为充分，所以不用害怕让主角处于危机之中，当然也不能让主角的压抑情绪长久得不到疏解，那就令人不快了。

修炼小说的搏杀型主角，是不会长期忍受敌人的压迫的，他们不断战胜对手，化解危机，带来胜利快感。而在女书中，特别是催泪的伤感主义作品中，女主角被压迫摧残的时间会长一些，需要更多哭爽的机会，哭够了，主角最终战胜坏人的快感就会更持久绵厚。

修炼小说主角经常处于生死交关的威胁之下，读者与主角一起承受生死考验，并无很多伤痛之感，皮肉之苦更只是修炼生涯的一部分。但是在《红楼梦》中，贾宝玉被小人作祟导致挨打，只是屁股开花红肿而已，却令读者倍感伤痛，因为贾宝玉挨打损害的是温情与尊严，对于其敏感的读者们，已经是重大事件。所以危机在不同的小说类型中，性质与力度是不同的。

激烈的对抗—冲突性的故事情节，给读者带来紧张感。故事的一般段落，需要紧张与松弛情绪的交替，让读者的心理曲线高低有序，读者才会比较快适，所以在主要故事情节的间歇，展开次要情节线索的发展，也可以插入一些舒缓的或者喜剧性的情节，比如金庸常用桃谷六仙、四大恶人这类角色，出场搞笑纠缠，以调节焦灼的情绪。

在最终高潮与结局阶段，应该是由主要人物的连续行动，来强化冲突的密度与强度，由主角的选择与行为解决问题，通向高潮，避免不相干的情节，并把紧张的感觉保持足够的时间长度。

《天龙八部》最后的高潮段落就是这样的典范，宋辽敌对背景下的萧峰与中原群豪的矛盾冲突，在主要人物的行动中得以解决，到达了震撼性的情感高峰。

萧峰的结义兄长辽帝耶律洪基，晋封萧峰为宋王，令其统率大军南征大宋，被萧峰拒绝，此时游坦之已经牺牲双目，在虚竹的帮助下换来阿紫重见光明，但是阿紫向萧峰吐露倾慕心声，可萧峰心中只有阿朱一人。辽帝催促萧峰发兵，萧峰封金挂印而去，辽帝以"圣水"欺骗阿紫，阿紫为获得萧峰的心，对他暗下"圣水"，致使萧峰中毒而被抓获。途中阿紫逃脱，向中原群雄说明原委，中原群雄大为感动，萧峰结义兄弟段誉、虚竹的人马与中原群豪联手救援萧峰。

群雄救出萧峰，西行雁门关，打算进关后扼险而守，但守关宋将担心奸细混入，不肯开关。他们被紧追不放的契丹大军堵在雁门关外，萧峰决定与辽帝耶律洪基对话，虚竹和段誉寻机擒住辽帝。萧峰让耶律洪基许诺退兵，并立誓一生不许辽军越过宋辽疆界，否则同归于尽，耶律洪基选择退兵，折箭为誓。而萧峰念及自己身为契丹人，威迫辽帝退兵，再无面目立于天地之间，以断箭自戕而亡。阿紫情绪激荡，挖下眼睛还给游坦之，抱着萧峰，跳下深涧。[①] 所谓爱恨，生死而已，主要人物如此连续的壮怀激烈的行为，如闪电如海啸，令江山失色，其他人等只能是黯然销魂的观众，根本容不得不相干的行为出现。

故事的结局必然是主角的行为结果，是不可避免的、确定的，与主角不可回避的命运相连接，结局阶段不能再依赖巧合的作用。巧合可以在开始阶段引起情节的发生，那可以解释为机缘在发挥作用，但是巧合是可以避免的，不是由主角的意志决定的，用来构建高潮与结局，就显得轻浮、不踏实、不可信。

有些网络小说具有开创性意义，或者是一个时代标志性作品，但是结局阶段的颓软，影响了其声誉，比如阿越作品《新宋》的后部分，主角亲率大军北征，但是前线将领无须主角指引，各自打仗，还打赢了；酒徒作品《明》与《家园》的主角奋斗半生，在最后选择天下发展道路的关键时刻，逃避选择，把事态拱手交由他人掌控，反映了作者内心的犹豫。这些作品需要一个彻底修改的过程，即使是一个粗疏的结局，也好过主角失控的结局、主角不在场的结局。所有故事结局都要满足读者对主角愿望—行动线索与命运发展的最终期待，那是读者在这一个情感体验历程的最终收场。对此，作者绝对不能以任何理由逃避，勇敢与坚定是作家的重要美德。

参考文献

弗拉基米尔·雅科夫列维奇·普罗普. 故事形态学. 北京：中华

---

① 参见金庸：《天龙八部》，第四十九至五十章，广州，广州出版社，2008。

书局，2006.

罗伯特·麦基. 故事. 北京：中国电影出版社，2001.

金庸. 金庸作品集. 广州：广州出版社，2008.

流潋紫. 后宫·甄嬛传（修订版）. 杭州：浙江文艺出版社，2012.

第十七章

情节与细节创造

写作者的日常工作是创造情节与细节。

作者在故事的方向把握上，对于创作冲动应该有所收敛，故事应该沿着整体布局的规划前进，肆意妄为会使得故事脱离轨道，难以收拾，而对于情节、细节创造，则应该听任心灵的狂奔，激发出充足的创造性，令人物神完气足，情节生动张扬。许多情节与细节的神来之笔，就来自于作者的瞬间灵感，来自于作者快乐写作的自由飞扬的心境。

一、 情节的要素

如果说故事是通向彼岸的舟桥，是一连串舟船连接而成，那么情节就是这些单个的舟船，它们依靠主要人物的行动串联在一起，构成故事，而读者在一个情节之舟中，可以得到一个具体的情感体验过程。细节就是每一个人物行动、情态或者环境的细部，是舟船上的船板、铆钉与连接舟船的铁链，是形状、色泽、温度，细节可以给人以真切感，把故事情节牢牢地刻写在读者心中。

情节是人物在特定场景中的有意义的行为及其结果。作品创设的世界与人物的诸多元素，都会参与情节的发生发展，成为情节的材料。

情节构成的主要元素是场景、道具与人物行动，其核心是人物在其愿望—动机支配下的行为。它可以是孤立的过程，也可以是人物连续行为的一部分。情节通常具有人物情感交流或者矛盾冲突过程，对后续故事进程有影响。

场景是人物行动所涉及的具体可感的世界，即使是玉皇大帝所在的天庭，虽然云雾缭绕，但神仙们也得脚踏实地。即使是人物的梦境，也存在着具体的空间形态。

戏剧舞台受制于剧场条件，一部戏只能几次更换场景；电影场景也很有限，需要考虑故事情节的紧凑，也要考虑成本预算；小说创设场景比戏剧、电影、电视要自由得多，但其实也是有无形的限制的，频繁更换场景对于情节发展是有干扰的。当写作者描画一个场景，就意味着是在撩起读者的一个期待，这里将要发生该有的事件，甚至会是多次发生重要事件，所以应该是把场景的功能用足，才跟随人物行动转换场景。随便串场，或者场景一晃而过，是浪费笔墨，也浪费读者注意力。

在故事中，一个相对独立的"小世界"是有其独特意义的，它包含某些适合发生故事的场景，所以这个"小世界"可能是作者处心积虑营造起来的。比如在金庸小说中，少林寺就是这样的"小世界"，少林寺是佛教重镇，同时又有着关怀天下的传统，所以有关天下安危的武林大戏，多次在这里上演，少林寺的场景与江湖折冲事件相得益彰。大观园也是这样的"小世界"，本身就具有激发浪漫事件的魔力，而贾宝玉的怡红院与林黛玉的潇湘馆，又具有不同的情绪气氛的暗示，适合不同的情节发生。怡红院总体上是快乐的，适宜产生少男少女的青春事件，潇湘馆是伤感萧瑟的，凄美的戏码与药气弥漫相伴。

人物使用的武器、用具、装饰品对创造人物形象，对激发情节很有帮助。孙悟空大小如意的金箍棒、能变出许多孙悟空的毫毛，其特殊功能是情节的重要组成部分；林黛玉荷锄葬花，晴雯撕扇子作千金一笑，其道具也是情节构成的要件。

二、 细节

作者每天都要设法让一行一行的作品内容，变得生动有趣，这就需要创造一个一个精彩的细节，使故事情节变得真切可感。作者要耐心勾画人物行为、情态、场景的细节，创造令读者印象深刻的画面。一个精彩的细节如同一颗明珠，能照亮大片作品内容。

《三国演义》"青梅煮酒论英雄"的情节段落中，曹操灭了吕布之后，请刘备去宴叙，踌躇满志的曹操问刘备天下何人可算是英雄，刘备一一列举群豪，曹操说："今天下英雄，惟使君与操耳！"刘备一听大惊，手中的筷子掉落地上，刚巧雷声响过，刘备赶紧装出被雷声吓到的样子。这个细节凸显了曹操的奸雄性格，与刘备善于掩饰真心的表演能力，也暗示了后来的三分天下魏蜀对抗的格局。[①]

《红楼梦》经常通过一些细节的营造，展示富贵生活的品质，使读者产生艳羡性认同。比如贾母在大观园设宴招待刘姥姥，贾母表现得格外怜老惜贫，让王熙凤挟些茄鲞喂刘姥姥，刘姥姥品了半天，不知道茄子为何是这个味道，便问做法。原来茄鲞做法十分繁琐，贵族就贵在吃穿的细节，在平常处显示出不平常，而刘姥姥听罢也格外配合，知好歹、识进退，负责表演诧异与艳羡，表演劳动人民的朴素，刘姥姥摇头吐舌道："我的佛祖！倒得十来只鸡来配他，怪道这个味儿。"[②]

这个介绍茄鲞繁琐做法的细节本来无趣，却因为人物互相配合的夸张表演，特别是刘姥姥尽情表演的细节，构成了重要的情节内容，凸显了贾府的富贵优越的生活，垫高了主要人物的地位，效果显著，

---

① 参见罗贯中：《三国演义》，88 页，武汉，崇文书局，2006。
② 曹雪芹、高鹗著：《红楼梦》，501～502 页，北京，人民文学出版社，1979。

令许多作者对此道跃跃欲试，刻画日常生活细节以衬托人物。在《后宫·甄嬛传》等女书中，写药物、写菜谱、写服饰，更写人物反应，都有《红楼梦》式的炫富、炫优雅的况味。

《红楼梦》中王熙凤初次出场，用深描的细节呈现其性格与威势。当林黛玉初进贾府，事事小心翼翼，正和贾母叙谈之时，"一语未了，只听后院中有人笑声，说：'我来迟了，不曾迎接远客！'黛玉纳罕道：'这些人个个皆敛声屏气，恭肃严整如此，这来者系谁，这样放诞无礼？'心下想时，只见一群媳妇丫鬟围拥着一个丽人从后房门进来。这个人打扮与众姑娘不同，彩绣辉煌，恍若神妃仙子。"①

这些细节描述、这些渲染气氛的手法，是重要人物出场该有的待遇。古典戏剧、好莱坞电影中，营造各种不同凡响的阵势，为大人物登台暖场，也是常见手段。

总体而言，网络小说的创作过程较为匆忙，精雕细琢的细节并不多见，需要耐心向经典作品学习，平心静气，体贴人物的生命运行，精心描绘出灵魂跳动的真切细节。若每个章节都有一些质感很强的细节，作品就能更为鲜亮。

三、 情节的种类与功能

故事由各色情节构成，情节具有各种不同的形态与功能。

（一）预示性情节

为预示人物命运与介绍故事背景而创设的情节，通常起到建构读者的阅读预期、调整读者阅读心态的作用。

比如《红楼梦》第五回"宝玉神游太虚幻境"情节段落中，贾宝玉应邀至宁国府赏梅，在侄媳秦可卿的房内午休，欲思迷离之际，梦

---

① 曹雪芹、高鹗：《红楼梦》，29页，北京，人民文学出版社，1979。

中随秦氏来到"太虚幻境",遇到"警幻仙姑",引领其见识"普天下所有的女子过去未来的簿册",其中有《红楼梦》十二位重要女性人物的命运归宿的揭示。"警幻仙姑"又令十二位舞女"将新制《红楼梦》十二支曲子演上来",这个情节暗示了故事的悲剧性质,引诱读者跟随故事的发展,在后续情节中,寻求人物命运的印证。当符合读者预期的命运事件发生,读者就会有猜测得中的愉悦感。[①]

贾宝玉乃是青埂峰下顽石的化身,所以衔玉而生,他丢失宝玉、失魂落魄的情节,就是对人物背景、整个故事的神话框架、人物的结局的撩拨。这个情节也是在履行其预示性叙事任务:主角要走了,要离开这个故事了,贾府的人们要抓紧时间疼惜主角啊。主角的疼爱者们果然六神无主,愿意为贾宝玉付出任何代价,只要宝玉复原[②],令代入贾宝玉的读者感觉到甜蜜与伤感相勾兑的心情。这其实是作者对人心的拨弄,所谓叙事,就是拨奏心弦。

(二)表现人物性格魅力的情节

《三国演义》中关羽"刮骨疗毒"的情节段落,是造神的重要环节。关羽攻打樊城,右臂中箭,箭头有毒,请来名医华佗,华佗说要割开皮肉,把骨头上的毒刮去,要把关羽把手臂绑紧,脑袋蒙住,关羽却说不用,一边和马良下棋,一边听任华佗刮骨去毒,谈笑风生,行若无事。对照性情节是曹操患头疼风疾,听华佗说要割开脑袋治疗,就把华佗关进监狱,迫害致死,就越发显出关羽的磊落豪杰风范。

《水浒传》中,这样夸张的标举好汉风采的情节也有很多,比如鲁智深"拳打镇关西"、"倒拔垂杨柳";武松"醉打蒋门神"、"景阳冈打虎"等令人拍案惊奇的情节,都是英雄人物精彩亮相的机会。也

---

① 参见曹雪芹、高鹗:《红楼梦》,第五回,北京,人民文学出版社,1979。
② 同上,第九十四回、九十五回。

只有这样彪悍的暴力情节，才确立了水浒式的英雄形象，才使得作品中弥漫的悲愤无处说的情绪得以发泄。

《红楼梦》第二十二回中"宝玉悟禅"的段落，有意对照性表现人物的性格，情节发生的根由也在于人物愿望—动机的冲突。薛宝钗生日，贾母置办酒戏庆贺，其间王熙凤说贾母喜欢的一个小戏子的扮相很像一个人，宝玉、宝钗心知不语，史湘云却脱口而出，说像黛玉。宝玉素知黛玉敏感，使眼色阻止，湘云因为误会而生气，宝玉又为黛玉开解，黛玉更加不快，人物行为与对象的期待形成错位，心理茬口对不上。无可奈何之际，袭人来劝，宝玉念诵戏文唱词"我是赤条条来去无牵挂"，做出悲伤人自有怀抱的姿态，钗、黛二人过来与他驳难，禅理水准在他之上，使他自惭浅薄，暂时放下禅悟者的功架，但是宝玉的台词又撩拨了一下他最后出家的结局。[①] 在这几个人物痴缠往还的情节中，充分彰显了人物的性格差异。

（三）复合情节

多场景、多人、连续行动的复合情节，包含主要人物之间的矛盾冲突，是相对完整独立的情节，也可以看作是一个小型的故事。孙悟空大闹天宫、三打白骨精、三调芭蕉扇等多个段落的情节就是这样的复合情节。

且看《西游记》第二十七回"尸魔三戏唐三藏 圣僧恨逐美猴王"中"三打白骨精"段落。西天取经路上，吃了唐僧肉可以长生不老的传言，已经传遍了妖精界，白骨精一心想吃唐僧肉，但畏惧手段高强的孙悟空，觑孙悟空外出，先后变成村姑、老妪、老丈，花言巧语哄骗唐僧和八戒上当，可都被孙悟空及时识破，并打死她的化身，唐僧责怪孙悟空恣意行凶，将孙悟空赶回花果山。孙悟空走后，白骨精抓住唐僧与沙僧，八戒逃走，去花果山请孙悟空来救师父，经过一番激

---

① 参见曹雪芹、高鹗：《红楼梦》，第二十二回，北京，人民文学出版社，1979。

战，消灭了白骨精一众妖魔，师徒重新上路。这些情节中，人物各自的愿望—动机—行动线索、角色特征，都得到充分的展现，构建情节的理路清晰可见。

在金庸的众多武侠小说中，这样的复合型情节很多见，特别是在少林寺、武当山、华山等武林圣地，经常发生角色众多、场面热闹、变幻莫测的大戏，是故事的核心部分。大场面复合情节，非常考验作者的驾驭能力，需要作者对各种人物的动机、性格、行为逻辑成竹在胸，把握好人物出场发力的时机，对情节要达到的目标要很清晰。

（四）系列情节

人物在不同情境中，多次"领衔主演"一些重要情节，能让人物性格、命运与人物之间的情感交流得到充分展示。

《三国演义》中诸葛亮出征蜀国南方，为了收买人心，七次俘获孟获而又将其释放，孟获终于归顺蜀国，"七擒孟获"的戏码，凸显了诸葛亮的智慧。"失街亭"、"空城计"、"斩马谡"系列情节，表现了诸葛亮重用志大才疏的马谡，刚愎自用的性格侧面，也表现了诸葛亮干脆坚决地纠正自身错误的大智大勇，使得诸葛亮的性格更有跨度、更有立体感，显出诸葛亮灵魂的质感。因为主角犯下错误，反而有了展示他人格魅力的机会，把主角犯错，与犯错之后危机应对的戏码做足，这本身也是写作者的智慧。

《红楼梦》主要人物都享有系列情节的表现机会，爱娇爽直的晴雯从丫鬟队中脱颖而出，也因为具有多轮次上佳表演。"撕扇子作千金一笑"情节段落重在表现她的性格，晴雯给宝玉换衣时，失手将扇骨摔断，被宝玉斥责，事后宝玉对晴雯说："东西原不过供人所用，比如扇子，只要不是生气时拿它出气，你撕着玩也可以使得，这便是爱物了。"于是晴雯开始撕扇子，见一把撕一把，撕得快活，撕得过瘾。宝玉在边上说："撕得好，再撕响些！……古人云'千金难买一笑',几把扇子能值几何?"① 显得晴雯心高气傲,也显得她其实深通男性心理,女人恃宠而骄,与男人娇宠女人,其实是对彼此关系的深度肯定。

《红楼梦》第五十二回中,晴雯生病,赶巧宝玉不小心,把贾母新给他的"雀金呢"氅衣烧了一个洞,内外巧手都无法修补,可第二天是个正日子,非穿不可,晴雯看宝玉着急,就强撑病体,整整补到四更天才好,"力尽神危",倒在床头。表现了晴雯勇于任事、身心灵巧的长处,高傲的人,必有过人的天资、才华,或者说,创造这样的人物,应该赋予其高傲与聪慧两方面的性格秉性,这样把人物不同性格侧面进行相互映照的情节构成,也是小说家的惯技。后来高扬艳娇旗帜的晴雯,受到王夫人等人贬斥,被逐出大观园,回到家中,卧床不起。第七十七回中,宝玉前去探望,晴雯倾诉衷肠,将指甲齐根铰下交与宝玉,与宝玉互换贴身袄儿,当夜晴雯死去。

经历这些触及身心的,带有体温的动人情节,如此娇美任性率真的晴雯,就永远住在宝玉和读者的心里了。

(五) 决定性或转折性情节

在故事中重大转折关头需要一些很有力度的情节,推动读者调整心态,清晰地意识到前后故事的不同。同时重大转折之际,意味着人物面临强烈的对抗冲突,是考验人物本色的时机,通常也是高潮情节段落,所以这样的情节不可轻易待之,写作者需要养足精神,与人物一起决战。

在《天龙八部》第十九章"虽万千人吾往矣"中,原丐帮帮主萧峰(乔峰)契丹人的身份被揭露,又被诬赖杀害丐帮副帮主,天下群豪相约聚贤庄,共同商议对付萧峰,而因为"神医"在此,萧峰不避不惧,背负受伤的阿朱到此求医,他知道与众人一战在所难免,对于

---

① 曹雪芹、高鹗:《红楼梦》,376~377 页,北京,人民文学出版社,1979。

他们这是跨不过去的民族大义，无关个人恩义，为免厮杀起来碍手碍脚，于是提出与昔日的好兄弟、老部下喝"绝情断义酒"，酒到痛快淋漓时，彼此尽情厮杀，最后带着阿朱离开。从此萧峰与中原武林就是敌对关系了，直到下一个转折，萧峰拒绝带领契丹军队南征大宋，被契丹皇帝囚禁，中原武林大举北上，救出萧峰，故事扭转为符合读者期盼的正面结局。在萧峰的故事线索上，几次大的转折都是惊心动魄的高潮性情节，在沧海横流的情势中凸显英雄豪杰的高绝品性。

在猫腻的《庆余年》和《间客》中，都有这样的转折性情节，表现出人物"虽千万人吾往矣"的豪迈气概，人物逆流而上的勇毅果敢，是一种令人心折的品质，用得好就能创造出经典情节。

《庆余年》中监察院长陈萍萍，为主角范闲的生母复仇，而与庆帝决裂，庆帝让刽子手在广场上千刀万剐陈萍萍，一刀一刀割下，围观群众人山人海，范闲从外地狂奔回来，越过层层将士的阻拦，但还是救援不及，陈萍萍在范闲的怀抱中死去，在雨中，范闲为陈萍萍送别，亲手为他钉上棺材。① 这个情节锁定了范闲向庆帝复仇的故事发展方向，若无这样决定性、转折性情节，父子反目成仇、故事大跨度翻转就难以令人信服。

《间客》中主角许乐的好友，施海清"施公子"，英俊而多金，风流潇洒，多才多艺，深受女性欢迎，然而心中难以放弃追求正义的执念，单枪匹马，追查那些总能逃脱法律惩罚的恶棍大人物，他们残害人民，却有体制保护他们。他被对手下毒后，偷偷在医院治疗，小护士黄丽帮助了他，但他不愿意在那里等死，继续行动，到达议会大厅，对那些罪魁祸首"执行公民逮捕权"，然后枪杀了那些不服从逮捕的恶棍。

施公子热爱的女军人邹郁在场观看，主角许乐在遥远的星际，通

---

① 参见猫腻：《庆余年》，第七卷，第一百零二章，首发于起点中文网。

过联邦宪章电脑系统观看了这出大戏。现场被大批军警包围，施海清与邹郁走向宪章广场的中心，坐在长椅上，向围观群众挥手致意，与主角许乐通电话交代后事，与邹郁诉说衷肠，然后在万众瞩目中，倚靠着自己的女人，在毒药作用下安静死去。[①]

由于施公子是风头超过主角的人物，施公子之死是读者热议的事件，有些读者强烈反对让他死去，有些人则认为如此有魅力的人物，不死去还能怎么办？拥有一个如此壮美的死亡情节，也是死得其所了。其实主角以外的人物太有魅力，其死亡是很常见的结局，何况在人物与情节的功能上，作品确实需要一个动能强劲的情节，推动主角许乐为施公子复仇，继续其未竟事业，这与"陈萍萍之死"的转折性情节作用类似，是后续情节的跳板。

四、 情节的感染力

情节不仅仅是外部事件，也是人的欲望迸发与心灵的碰撞，感动我们的是情节后面的感情力量，这是故事情节感染力的关键因素，写作者需要有营造情感力量的意识与能力。

《三国演义》刘备"三顾茅庐"的段落中，刘备用充足的诚意，说服了诸葛亮出山相助，诸葛亮以"隆中对"亮相，从此刘备如鱼得水，开始了蜀汉大业。"赤壁之战"的情节段落中，曹操大败逃跑，沿路遭遇张飞等人数次截杀，身边只剩下几百人马，经过华容道，关羽已经奉命在这里埋伏多时，关羽想起了往日曹操对他的恩义，就放了曹操。"华容道义释曹操"段落中，关羽的行为明显违背了刘关张集团的利益，但是人们却对重情重义的关羽多了一层认同。作者改变史实，创造这些感情容量很大的情节，就是因为深通情感对读者的影

---

① 参见猫腻：《间客》，第四卷，第一百二十六章至一百三十八章，首发于起点中文网。

响力。

如何令男性读者、观众热泪盈眶？电影《完美的世界》经过层层铺垫，把奇特情境下产生的"父子之情"演绎得丝丝入扣，表现硬汉柔情的情节，触中了男人内心柔软之处，是让铁石心肠的男子汉飙泪的情节建构的典范。

万圣节的凌晨，从小缺少父爱而失教的布什，与另一个罪犯特里从监狱中逃了出来，在居民区发现有一户人家的女主人正在准备早餐，特里欲对她施暴，英俊、强悍的布什正要制止他时，女主人八岁的小儿子菲利普从睡梦中惊醒，特里殴打了这个惊恐的孩子，布什愤怒地勒令特里马上离开，但此刻听到动静的邻居赶来，为了能够逃脱，布什不得不劫持了菲利普（建构人物关系）。

特里一直想找机会干掉布什和男孩，布什对菲利普已经产生了父爱，教给他如何用枪自卫（老谋深算的铺垫），特里伺机抢过了布什交给菲利普的枪，为了不让菲利普受到伤害，布什杀死了特里（为了保护所爱的人可以做任何事，特里这个人物完成了使命）。

布什准备带菲利普到阿拉斯加去寻找父亲，因为他曾经从那里给布什寄来过一张明信片。在途中，布什得知菲利普的家族因为宗教原因，不过任何节日，菲利普十分渴望拥有丰富多彩的童年，布什让菲利普做想做的事情，还带着扮成小幽灵的菲利普到路边住户家"勒索钱财"，过一回万圣节恶作剧的瘾，菲利普十分快乐（布什在寻找父亲的过程中，像父亲那样给予孩子爱与关怀）。

夜晚，布什和菲利普被黑人农民邀请到家中作客。第二天，布什哄着菲利普和农民的孩子玩耍，但是黑人农民因一点小事打骂孩子，虐待孩子是布什的逆鳞，布什立即情绪失控将其捆起来，并用枪逼迫他向孩子道歉，要他说"我爱你"。菲利普担心布什会杀死这个黑人，于是拿走了枪，向布什开了一枪。

这时，一直在追踪的警长等人和菲利普的母亲匆忙赶到。腹部受重伤的布什要菲利普向妈妈提出条件，以后要允许他做喜欢的事情，菲利普的母亲答应了，布什让孩子回到母亲的身边，菲利普却去而复返，他想和布什在一起（布什赢得了菲利普的爱与依赖）。布什掏出父亲给他的那张明信片送给菲利普，但警方狙击手误认为布什在掏枪而抢先击毙了他。

在这些情节的展开中，观众逐渐同情、喜欢、代入主角，被布什无助的父爱感动，也知道他犯有重罪，知道按照大众文艺的惯例他会死去，只是不知道他会如何死去。在不祥的预期中，看着他教会小男孩用枪，看着他深爱的小男孩在误会中向他射击，观众黯然神伤，不觉泪下，看着他被狙击手打中（他会死去的预期被证实），观众无处分说的愤怒，被作品安排指向那个狙击手，现场指挥的警长重拳击打了那个愚蠢的狙击手，部分消解了观众的愤怒无助的心情，然后，男人们哭得更加顺畅了。

电影的结尾，菲利普乘坐警方的直升机离去。镜头升起，长时间俯瞰仿佛在旷野熟睡的布什，菲利普离布什越来越远，给足男人在黑暗中哭泣的时间，等待男人擦去泪水，重新坚强。

网络小说家中，也有煽情的高手。《极品家丁》中主角为几个女主角拼命的情节，《佣兵天下》中主要人物为伙伴们拼命的情节，都是动人心魄的。

《间客》中煽情意识更为浓烈，经常在人物的重大行动前后，勾兑上情感的烈酒。好友施公子死后，许乐和七组（著名的战斗组织）战友，带着施公子的遗体，去落实施公子的遗言。施公子中毒之后，小护士黄丽冒险将他隐藏，帮他治疗。施公子遗言之一，是要许乐帮助她去打前男友的脸，那个医生前男友为了前途放弃了黄丽，与豪门千金订婚。一伙人正在豪华公馆餐叙，他们颇有几分势力，该医生有恃无恐，这个脸不好打。但是对方出场的豪强人物，都被许乐挨个收拾了，于是纷纷对主角甘拜下风，然后脸上长着雀斑的小美人黄丽护士，在英俊的前男友左脸扇了六个耳光，右脸扇了七个耳光，这不是因为被他遗弃，而是因为她给他打了七个月的午饭，洗了六个月的袜子内裤，以此讨还。事毕走出公馆，许乐微笑着告诉车厢中黑色冰柜里的漂亮男人，你交代的事儿我做完了。①

通常网络小说中主角打配角脸的情节，可以令代入主角的读者有快感，但是多数不免于主角欺负配角的小家子气。《间客》把低级趣味的打脸情节，变成了主角为实现好友施公子的遗愿，且主角动用大阵仗，只是为实现一个平凡小女子的打脸情结，而不惜得罪诸多豪门的煽情情节，是有一点温馨感的。

情节创造通常会向主角很爽的方向前进，而有一个正当理由的快感体验，则可与人共享，会令大家都很舒坦。酿制光明正大、可与人分享的快感，这其实是故事情节创造的主要秘密。

参考文献

曹雪芹，高鹗．红楼梦．北京：人民文学出版社，1979.

罗贯中．三国演义．武汉：崇文书局，2006.

吴承恩．西游记．北京：人民文学出版社，1980.

施耐庵．水浒传．北京：人民文学出版社，2005.

猫腻．间客．首发于起点中文网.

---

① 参见猫腻：《间客》，第四卷，第一百五十一章，首发于起点中文网。

第十八章

穿越、重生、架空

在世界电影、电视剧与中国网络文学等大众文艺中，穿越、重生、架空是跨文艺类型的常见故事形态，也是网络文学的重要文体标识之一，需要系统研究相关问题，来发掘其工作原理与方法，加深我们对网络文学创作的理解。

一、 穿越、 重生、 架空释义与时空理论

穿越是指故事中的人物，因为某些可知或不可知的原因，到达了现实世界之外的另一个时空，如人类世界的古代或未来，或者与我们所在时空平行的另一时空。人物身体与灵魂一起到达另一个时空，就是穿越，而因为某种原因，灵魂离体到达了另一个时空，并附身于另一个身体，或者自身从前时代的身体，则为重生。有时候人们也把这种重生称作穿越。

人物所到达的时空，不是确知历史时期的历史时空，这种情形就被称作架空。

穿越、重生、架空并非起始于我们这个时代的文艺作品，在《红楼梦》中，女娲补天剩下的一块有灵性的顽石，深感自身多余无用，要到温柔富贵乡体验一番，于是贾府就有了一位衔玉而生的宝哥儿，聪明伶俐而且见识异于常人，而一旦丢失了那块通灵宝玉，宝哥儿就

如同失了魂，进入呆傻状态，那分明是灵魂与肉身分离所致，这就是灵魂穿越的故事。而《红楼梦》中的时代并非确知的历史朝代，非清非明，这就是架空，不管是作者为了避嫌，还是为了叙事展布的方便，或者兼而有之，都与今天网络架空小说作者的心思相类。

网络小说中主角穿越之前，经常被设定为现实生活里的多余人，无所作为，或者对现状不满，意志不得伸张，就如同红楼梦中最初的那块顽石，穿越、重生之后，才得到展布人生的机会。贾宝玉其实就是穿越重生界的"多余人"前辈。

金庸在《笑傲江湖》中对时代背景进行了架空，因为作品要呈现的情景会发生在任何朝代，总有人像左冷禅、岳不群、任我行、东方不败那样，希望千秋万载一统江湖，使用欺骗阴谋手段，谋取权力，控制江湖乃至于控制天下，而反对专制追求独立自由的任务也是超时代的，所以架空历史朝代，故事就具有更大的涵盖性。

在西方小说中，也早就出现"穿越"。比如，美国作家马克·吐温的《康州美国佬在亚瑟王朝》中，一个美国佬穿越时空，从 19 世纪来到 6 世纪圆桌骑士时代的亚瑟王朝，着手改造英国，使之进入工业化社会。这与今天网络小说中的穿越者们，炼钢、造火枪、组织现代军队的路数相似，也就是利用现代人的科技优势、组织能力优势，去改变历史。

而穿越小说与影视剧，也经常引起一些刻薄的批评，特别是从"真实性"出发的各种指责。某些人固守现实主义文艺理论的真实观，其实是不解风情，通灵宝玉附体贾府公子，到温柔富贵乡去体验生活，谁能够证明其真实性？有证明其"真实性"的必要吗？

人们愿意相信和接受什么，就会去寻找情理圆通和逻辑自洽的说辞，而人们总能如愿的。

"穿越"有"科学依据"吗？

狭义相对论与广义相对论相继问世，为时空穿越题材的小说与电影提供了"科学的依据"。从爱因斯坦相对论出发，人们认为时空旅行真的可能，不过只能从过去穿梭到未来，而不能从现在、未来穿梭回过去。时间好比一台已经被设置好的精密仪器，一旦转动就无法回转。而广义相对论认为存在着平行的多重宇宙，可以通过"虫洞"回到过去，也可以穿越到未来——这个说法显然更受文艺界欢迎。

西方穿越类小说和电影，经常涉及的时空理论有单一时空、平行时空等学说，它们试图"科学"地解释，穿越能够发生的物理基础条件，以及穿越者的行为会造成怎样的时空影响。单一时空理论较为质朴，如布鲁斯·威利主演的电影《十二猴子》，主角为了拯救未来的世界末日，而被送回到过去，结果，他的一切努力，恰恰成了未来世界毁灭的伏笔。在"单一时空"中，穿越者再怎么努力去改变历史，都会发展成同一个结局，亦即历史不可改变，历史是一个"宿命"。改变历史轨迹，将会导致现实时空崩溃，生命受到抹杀，因此必须维护历史轨迹不被任何人改变。

如果时空穿越者改变了历史会造成何种后果？这是令很多理论物理学家和小说家、影视剧创作者一直非常困惑不安的问题。理论物理学家霍金提出著名的"祖母悖论"：假设你乘坐时间机器回到过去，不幸害死了自己的祖母，那么会怎么样？这似乎是一个无法解释的悖论，因为没有了祖母即没有后来的你，而没有了你，你又怎么会回到从前杀死她呢？霍金等人认为，这种认知困局，其实是人们顺从了线性的逻辑思维，一个狭隘的三维空间的思维顺序所造成的。遵守这种"不能干预物理律"，即不能干预历史的规则，穿越的意义与趣味也就太受限制了。

霍金善解人意地想定，时间旅行者回到过去改变历史后，时间线便出现分叉，分叉的时间线展开的是另一段历史。于是，祖母悖论就被这样化解：由于时间与空间相关，因祖母被害，产生了时空的分支，那么在这个空间里的我就不存在了，但另一个空间的祖母仍然存在，也便还有我存在，害死了祖母的那个空间，与祖母依然还活着的空间，从祖母被害那刻开始，成为了两个互不影响的平行空间。[①]

身处地球的现实时空，我们同时代的科学家，当然也没有实证的办法，来证明这种平行空间或者平行宇宙究竟在哪里，如何才能穿越过去，不过，理论物理学界的说法，似乎已经能够令人心安理得，采信平行空间理论的写作者，可以放心大胆地按照自己的愿望和意志，去改造历史和现实，是多么令人感到愉悦和爽快啊。

二、 穿越故事的驱动力与规则之后的情理

那么，小说必须依赖某种科学理论，才能生存吗？当然不是。

人类文明的几个组成部分，有着各自的分野，科学追究真相，宗教安排心灵秩序，而艺术，特别是小说与电影电视剧等叙事艺术，则以一个目标为要事——发明一些幻想，创造故事或情境，让读者跟随主角，去体验愿望的达成，体验情感高潮，并接受故事中隐含的价值观、心理模式等等。而让读者相信故事是"真"的，就需要情理和逻辑的支撑，平行空间理论，就是一个帮助读者相信穿越故事的"科学依据"，有它很好，没有它，人们还有玉皇大帝或上帝主宰世界的神话系统，以及任何神秘理由可用。

对于小说来说，一种被普遍接受的假定，就已经是"合理"的，之所以被普遍接受，是因为这种假定符合人们的愿望。小说中的穿越，只要整个故事情节与"神迹"、"假定"条件保持内在同一性，就是可行的，因为人们向往愿望实现的故事，只要没有被逻辑情理错误冒犯，人们就乐于接受它的"真实性"。

那些以小说中的幻想推动了人类想象力，因而推动了科学发明，

---

① 参见（英）史蒂芬·霍金：《时间简史》，长沙，湖南科学技术出版社 ，2007；（英）史蒂芬·霍金：《时间简史续编》，长沙，湖南科学技术出版社，1999。

用这种说辞来捍卫幻想小说的合理性，仍然是承认了科学主义的霸权。幻想性作品当然是有各种边际效应的，包括充当科学发明的诱导者，但是幻想性作品的丰功伟绩，更多是在于幻想本身对于读者的作用。小说有权幻想，包括穿越的幻想，而无须事实根据来支撑幻想的合法性。能否穿越不是问题，如何穿越，穿越后面的情理、逻辑与伦理，才是需要考虑的问题。

网络穿越类小说为什么受欢迎？因为人们需要通过穿越的故事，到达梦想的彼岸。"穿越"故事的内在驱动力，在于穿越的设定条件下，人物利用自身优势，去另一个时空取得人生成功，给作者和读者带来高潮体验。穿越者的姿态、目标各异，身份与性格繁多，但追求成功的快感、高潮体验，是穿越小说普适的基本任务。也因此，穿越作品经常会给予主角一些金手指的安排。比如《兽血沸腾》主角，在南疆作战的侦察兵刘震撼，中弹之后穿越到异时空的荒岛上，遇到魔狼和巨龟在作战，巨龟临死时和刘震撼建立了心灵契约，刘震撼接受了巨龟的力量，身体变得坚韧、力大无穷，在后来的魔兽世界争霸中大占便宜，如此照顾主角才符合读者愿望。

这里以广受好评的穿越小说《史上第一混乱》为案例，展示穿越故事的驱动力。作品中，东方神话系统中的天庭、玉皇大帝、阎王主宰着世界，时空规则本来是不可以随意改变的，但是为了改正重大错误、主角的好朋友能够重聚或者救援亲友的意愿，就可以改变穿越规则，故事就会顺从读者的心理趋势而发生转折。

作品设定，由于地狱某判官的错误，把生死簿上一大批人的寿命都弄少了一年，为了弥补过错，阎王只好把这一年补在他们的下一世里，而那些历史名人、开国帝王如秦始皇、刘邦、项羽、李世民、成吉思汗等等就不好糊弄，玉皇大帝、阎王只好把他们送到"仙界"来度过这一年。他们任何一个人回去多活一年，都有可能重塑历史。

神仙刘老六（其实是玉皇大帝本人）就在人间物色了一个平民，

当铺经理萧强，负责接待这些顾客。刘老六说萧强是候补神仙，为天庭做事以后可以成仙。而萧强这里，就是传说中的世外仙境。

荆轲、秦始皇嬴政、大宋朝第一明星李师师、刘邦与项羽接踵而来，在萧强家悠然地过起了日子，与萧强及其媳妇包子在共同的生活中，形同家人（建立伙伴情感，赢得读者对人物愿望情感的认同）。

岳家军三百人、梁山泊五十四人（水浒其余人等已经投胎了）以及大量历史名人、开国君主陆续到达，萧强成立了"育才文武学校"，作为穿越众大本营，夜夜笙歌，热闹非凡，不甘寂寞的水浒好汉介入人间事务，并代表"育才文武学校"参加全国武术大赛与国际大赛，轻松赢得了大量冠军（历史名人大聚义的狂欢，强化群体情感）。

一个遭贬下凡的神仙何天窦，为了与天庭捣乱，发明了孟婆汤解药（他曾经与孟婆私交甚好），吃了可以使人想起前世。这种蓝色药物，主要成分是何天窦大量种植的"诱惑草"（这种药物的设定，对情节发展作用很大）。何天窦让投胎转世的方腊及其八大天王吃药觉醒，继续与梁山好汉作对，搅乱天庭与阎王弥补生死簿错乱的计划，图谋让整个神仙系统受到惩罚。萧强受命解决这个问题，让他们化敌为友，并得到大量蓝色药物（敌人做了主角希望出现的事情，主角可以凭借这些药物，帮助古代伙伴找回记忆）。

萧强的"客户"涵盖了中国历史的关键点位，各朝的开国皇帝，一来就纷纷与萧强校长搞好关系，纷纷给予萧强与媳妇包子王侯将相的封赏。这些古代穿越客的一年之期到了，按照先后次序一一消散在空气中，萧强、包子期望好朋友能够长聚不散，而不是生离死别（期待好友再相见，保持主角在各个朝代的辉煌地位，推动着故事转折与改变穿越规则，有助于实现这个愿望的穿越设定，我们都乐于承认它的合理性）。

那些"客户"本该去投胎的，但是由于连续的时空错误，他们回到了原来的时代，会做原来的事情，比如荆轲会继续去刺秦王，如果他因为偶然因素成功了，一系列历史时间轴将会混乱，所有人都会受到天谴，被彻底抹杀。

为了避免被天谴，何天窦与刘老六开始合作，找出影响历史进程的关键事件，而萧强作为新的"天官"（与玉皇大帝平级，专门看守时空平衡），开着被天庭加持了功能的金杯汽车，进入时空隧道，去往曾经的客户那里，阻止历史被改变。好朋友们吃了蓝色药物，纷纷记起与萧强的交情，与萧强一起，把原有历史事件重演一遍，保证结果与历史轨迹一致（好朋友都得以重聚，主角把历史重大事件亲身经历了一遍，是主角保证了世界的安全）。

后来时间轴倒掉了，各朝代是平行的，相当于是在同一空间，所以萧强把通信设备带往各个朝代，爬到水泊梁山的旗杆上就能接收手机信号，各个朝代的"育才校友们"可以互相电话联系，萧强可以带着包子任意去历朝历代好朋友家（时空规则按照人物愿望而改变，历史也变得很有人情味，历史成为我们的历史）。

李师师被金兀术抢了，萧强与包子前往交涉，包子被扣，萧强冲冠一怒，他的神仙同事刘老六和何天窦，赶忙在各个朝代之间开设了"运兵通道"，萧强借来各朝代大军三百万，到达北宋末年，围困八十万金军。但是历史又必须按照时间顺序发展，由金取代北宋，于是金兀术被迫签订"收购北宋协议"，协议规定必须善待人民，将来元朝"收购"金朝，也要照此办理，萧强与各朝代好友共同以大军监督（历史在原有轨道前进，但是我们却成为历史主宰）。

金兀术绝不相信萧强用数百万人打他只是为了两个女人，其中一个面孔很丑、身材还不错、叫作包子的，是萧强媳妇，但是读者被这个冲天一怒为"红颜"的故事感动了，现场拍摄的电影《全兵总动员》（战争片和爱情片集成）全面反映了这一壮观的历程，感动了地球现实时空亿万观众（热闹剧情中的温馨因素，女读者为之泪奔）。

但是现代世界通往古代世界的大门必须关闭了，因为新的人间轴从现在重新竖起，时间重新前进——现代人必须遵从新的时空规则，不得与古代相互掺和（不然如何与人们对现实世界的感受衔接？小说如何收场？）。

萧强和包子还能与老朋友聚会吗？主角的愿望是必须满足的，刘老六、何天窦回归天庭之前，还留下一条时空通道，就在何天窦留下的别墅的车库里，萧强、包子经常抱着孩子，在各朝代亲友之间，热热闹闹地串着门，他们在各朝代还兼任着王侯将相的职务呢，多么美好的生活。[①]

这就是人情支配下的穿越，在"情义无价"的故事演绎中，让人感到主角拥有并使用特权，真好，真是深得人心。东方社会是人情社会，我们不允许其他人改变规则，但是我们可以为亲友的"特殊情况"而改变的，那恰恰又是代入主角的读者所乐意的。

主角的愿望，才是穿越故事的真正驱动力，一切规则的设定与改变，都是为此服务的，这就是网络小说穿越故事的情理常态。

三、 穿越、 重生、 架空的常见情形

在小说与影视剧中，穿越发生的直接诱因可能是雷击、巨物撞击等特殊事件的能量变化，导致时空隧道开启，穿越者进入另一时空（理论物理学说支撑）；有一些穿越行为却是来自"神灵"的安排（神话因素、不可知的神秘因素支撑）。

好莱坞电影中，穿越的情形丰富多彩，也是一些中国网络小说中穿越剧情的诱发因素。但是彼此的旨趣有所不同，好莱坞穿越故事很在意穿越的伦理表达，也在乎穿越的逻辑情理的一致性，而网络穿越故事更在乎主角愿望实现的快感体验。

电影《蝴蝶效应》演绎了穿越的复杂后果，对穿越文艺影响显

---

① 参见张小花：《史上第一混乱》，首发于起点中文网。

著。主角埃文为了改变恋人凯莉和其他亲友的命运，为了得到最理想的结果，通过阅读过去某天的日记回到那个时间点，可是改变某个灾难事件，挽救了一个人的命运，都会导致另外的灾难，使另一个人的命运变糟，如同蝴蝶效应：亚洲一只蝴蝶扇动几下翅膀，将使美洲几个月后出现厉害的龙卷风。他记起了对凯莉的爱，凯莉却因此而死亡；和凯莉成为了恋人，却害死了她的弟弟；解救了被虐杀的小狗，却使得少年玩伴伦尼杀死了汤米而被关进精神病院，凯莉也因难以抗拒内疚，堕落成吸毒的妓女⋯⋯

作品刻意营造出不确定的效果，如果确实发生了时空穿越而且不断改写了历史，那么根据蝴蝶效应，埃文改变了几个人的命运，改变了世界的局部，会连锁性地改变整个世界，这就面临更多设定逻辑上的疑问。电影仅仅将穿越时间的点，控制在埃文记忆缺失的几个部分，并且穿越的时间长度、空间范围都很有限，并且诱导人们注意主角的精神病史，暗示整个故事可能是主角的幻想而已，以此解决剧情合理性的问题，如此穿越形态可以称作是"心理流"。

电影《回到未来》三部曲也是影响了世界几代穿越者的作品，它用简单的剧情表现了时空穿越的几种可能性。高中生马蒂·麦佛莱，意外地被科学家爱默·布朗博士发明的时光机由 1985 年送去 1955 年，从此，他们为了改正由于穿越引起的历史错误，或者挽救亲友，在 1885 年、1955 年、1985 年和 2015 年之间来回穿梭。穿越的关键因素是疯狂博士所发明的时光机——与一辆能够高速行驶的汽车相似，可以通过接通瞬间释放的电能如闪电，而穿越时空，是后来能量异常而导致穿越故事的原型，可以称作是"技术流"穿越。

而主角穿越的动机不是为了追求个人成功，而是出于科技探索的好奇。博士总是在维护时空穿越的伦理，比如不能利用穿越活动为自己谋利，不能任意改变历史。其中的反派恰恰是通过穿越到过去，依靠对博彩结果的"预知"而发财，并且因为有钱而胡作非为。

电影《午夜巴黎》中，作家盖尔与未婚妻伊奈兹一家游览巴黎，他的创作被伊奈兹及未来的岳父母冷嘲热讽。一个晚上，从无聊的聚会中逃出的盖尔只身游荡在午夜的巴黎，上了一辆马车，莫名地加入了一群20世纪20年代穿着打扮的年轻人聚会，竟然结识了一群现代文艺史上的巨匠，如作家菲茨杰拉德夫妇、海明威、斯泰因等（他们还不知道自己后来的名声），从此盖尔夜夜凭借那辆马车，穿越进入世界艺术之都巴黎的"黄金时代"的生活，还结识了画家毕加索的著名情人阿德瑞娜，音乐、美酒、聚会，盖尔与文艺巨头们唇枪舌剑，激扬文字。

后来又与阿德瑞娜乘坐午夜马车穿越到了19世纪末，高更、德加所在的美好年代，而高更们正在感慨：这个时代的人很贫乏，缺乏想象力，要是能生活在文艺复兴时代就好了。盖尔终于领悟到，人们常常对自己的时代不满意，向往从前，但是巴黎的"从前时代"没有抗生素，牙医也没有麻醉剂，一场小病就会送命，旧时代的美好，只是一种想象而已，而盖尔适合于科技昌明的时代。

主角盖尔的穿越，是在巴黎午夜的街头，在未知的神秘因素作用下发生的，一辆老旧马车驶过两个时空，其实是作品营造的巴黎街头的浪漫气氛，使人们期待着发生某些激动人心的事件，所以人们轻易地接受了这种神秘的穿越，因此可以称作是"神秘浪漫流"穿越。

众多好莱坞穿越电影在穿越技巧上给予网络小说以很多启发，但是网络小说的穿越创意实在是太多了，通常是意外原因导致主角的穿越，但随后就展开主角人生成功的故事，主角在成功得意的那个时空永享洪福，开枝散叶。

在《极品家丁》中，主角林晚荣在泰山旅游时，跌下悬崖，穿越到一个架空朝代"大华朝"的金陵玄武湖畔。由于林晚荣擅长商业策划，擅长社会活动的组织，很快走上荣华富贵、泡妞有成的道路，同时化解了这个国家无数的政治、经济、军事危机，获得朝野称颂。而在穿越的过程中，触发了"时间逆转"，所以林晚荣的身体回到了十八九岁的状态，却具有成熟的思想和丰富的人生经验，心性老辣，见识不凡。在穿越小说中，身体变年轻，或灵魂附身于年轻的身体，最为常见，这个金手指安排深受读者喜爱。

在《1911新中华》中，一个现代小白领雨辰，在与女友分手之际，被一道蓝光击中，穿越到了晚清。恰遇辛亥革命中的新军第九镇溃兵，当即冒充孙中山先生的部属（获得革命正统性身份），带领这帮军人去上海进攻制造局、政府机构，光复上海，自命中华苏沪革命军司令，开始新中华历程，实现富国强兵的目标，改变民族命运和世界格局，实现了主角的意志，纾解了主角的郁郁怀抱。

比较而言，灵魂穿越到了异时空，并附身于另一个人的身体上，身份问题就较为简便，但是作者也有自己的写作课题需要给出解决方案，比如两个灵魂、两份记忆，以及灵魂与身体之间如何融合相处？灵魂能够独立于身体而存在，作品必然是以有神论为前提的，那么有神论与理论物理的时空学说之间，又如何和谐相处呢？

多一半作品《唐朝好男人》中，银行职员王子豪被工程车撞飞，灵魂穿越到了唐高宗李治年间，附身败家的小贵族身上。王子豪利用现代经济与金融知识，开始发家致富，结交权贵阶层，直至被李治夫妇赏识，开创大唐农学、工学、纺织业，钱庄业等等，潜移默化地影响社会发展，而自己尽可能退居幕后。看起来他并未致力于改变历史，也没有显赫的功劳，但是因为他，大唐拥有了良好的财政系统（以后不差钱了），农业技术很发达（以后不缺粮了），资本主义萌芽了，不会再陷入藩镇割据的局面，这个历史时空当然是改变了。[①]

这部作品是"生活流"，旨趣是体验有滋有味的富豪生活，在繁华盛世，既然不可能另起炉灶，开创一个王朝，还不如做一个富贵闲

---

① 参见多一半：《唐朝好男人》，首发于起点中文网。

人，或者想做富贵闲人，就不如穿越到繁华盛世。

《回到明朝当王爷》中，主角因为行善，得到有关方面奖赏，多了三年阳寿，时间未到，却被牛头马面错勾了灵魂，他被安排转世，灵魂附体他人，连番死亡再生，成了九世善人，若成了十世善人，就要成佛，就会暴露出地狱行政系统的错误。所以崔判官等官僚神灵，决定将他的灵魂附身于明朝一个短命秀才杨凌的身上，使他脱离了生死监控系统的稽查，他将会尽可能地长寿、富贵。当时，总与"天机"打交道的江西龙虎山"张天官"，觉察到杨凌一个短命鬼被逆天改命的事实（窥破玄机的旁观者，对于穿越者具有增加惊悚的作用）。但是，一切都是有惊险而无意外，经过几年奋斗，他改变了历史轨迹，使大明王朝永久领先于世界，并向大陆与海洋的尽头扩张，主角成为大明王朝的"西伯利亚王"。

在这种灵魂穿越安排里，中国神话系统与平行空间学说共存。如果历史被穿越者改变，必然是出现了与原有历史时空相互平行的空间，那么世界的主宰者佛祖、玉帝、阎王，或者上帝，还如何维系秩序？他们会同意穿越者按照自己的意志改变历史、任意开创平行空间吗？或者无论出现多少个平行空间，他们依然能够很顺畅地主宰世界吗？这些都是必须解决的逻辑情理问题。但是常见的网络穿越小说并不在意自圆其说，爽过了，就闭眼——它说明"穿越"来自于欲望，时空理论其实就是一个意淫故事的布景，很容易被作者与读者忽视。

如果说穿越、重生于古代，是用现代人的优势去占古人的便宜，那么灵魂回到十几年前，依附于自己或他人从前的身体，那就是运用"先知"的金手指，去占同时代人的便宜了，这样的"重生"，在"都市类小说"中很普遍。

在《重生之官路商途》中，主角张恪遭遇意外，灵魂回到十四年前的自己身上，以三十年的人生阅历经验，却拥有十六岁的身体，并比他人"预知"十四年的世界发展趋势。在别人眼中，主角犹如神明附体，凡事都有预见性，总比他人先行一步，赚取全世界的钱。尽管富甲天下，但依然以学生的身份游戏人间，做自己想做的事情，比如为大学的伙伴们建起一座世界上最豪华的图书馆，赢得美女赞叹，很爽。

重生的故事告诉我们，重生不一定要跑到很遥远的历史时空，主角回到十几年前，穿越时空原理相似，而改变命运、体验人生高潮，同样很美很爽，历史类、都市类，都是意淫类。

四、 集体穿越与社会组织方式及其伦理

"穿越"，也是写作者价值观与伦理观念的绽放，当代人集体"穿越"的故事，更容易呈现作者的社会理想，理想与群体伦理观念的不同，也会导致故事形态与快感模式的不同。

陆双鹤的作品《迷失在一六二九》构造了一起大规模穿越事件，一群身份各异的现代人乘坐一艘三千吨级的客货两用船，在海南岛附近遭到雷击，连船带人集体穿越到了明末崇祯年间，海南岛临高县附近海滩。他们中有军人、医生、建筑师、历史学教授，更多的是工程技术人员。由于巧合，随船携带了大量现代物品和设备，把一个现代社会专业人员体系，与一个小型工业生产体系搬到了古代。

他们在战争中领先西方殖民者和大明王朝，自不待言，然而这并不是一个帝国争霸的故事。他们并未以占领更多领土为目标，而把重心放在建设一个现代工商体系与社会治理上，正是因为现代人才不足，不能有效治理更多地区，所以军事扩张是很克制的。

这个群体中，有来自中国大陆、香港、台湾的人，还有美国人——他们对这个现代人团体，很有归属感，不同地区、国家的穿越客能够彼此认同，是因为多数穿越客认同的是同样的现代价值观。平等、社会契约观念，以及遵守规则，构成了这个团体一切组织制度的基础核心理念。团体最高权力机构为"全体穿越众大会"，日常决策

办事机构是经过选举的"委员会"，保证团体与个人利益的最大化，因此能够保证社会良性发展，并以文明制度吸附周边世界不断发展壮大自身。①

在中国网络小说中，也有很多"穿越客"信奉的是丛林法则，迷醉于一种大工业时代铁血的帝国争霸想象。月兰之剑作品《铁血帝国》中，2025年，一群对现实不满的军人、知识分子，利用时空机器实验室的管理漏洞，携带大量武器与科技资料、设备，集体穿越到了晚清，从控制慈禧太后和光绪皇帝、控制朝廷入手，逐渐建立了一个军国主义国家。

主角刘云是毫无疑问的独裁者，其权威被穿越集体所认可，他们不顾国民疲弱、工业基础简陋，迫不及待地开始了征服世界的旅程。集权体制推动了战争，而战争强化了集权体制；战争可以增大军事集团的利益，军事集团获取利益的欲望，又刺激他们发动战争，这是一个不断自我实现、自我扩张的循环，伴随着对国民的压榨，同时也伴随着用"特权共享"来收买统治集团的忠心，因而逐渐走向制度性腐败的过程。他们内心欲念纠结，却热烈地高喊着民族至上、奉献牺牲的口号，因为极端民族主义意识形态，是他们根本利益的最强劲表达。

然而任何手段都不能阻止有人窥探、谋夺最高权力，信奉丛林法则的，必将使用爪牙，证明自己才配拥有至高的权力。《铁血帝国》中军人们觊觎着不受约束的至高权力，不断策划发动叛乱，那正是军国主义的宿命，所谓铁血，就是流所有人的血。但是叛乱总会被主角轻易粉碎，因为他是主角。②

在楼笙笙的作品《别拿穿越不当工作》中，主角的穿越是"合法"穿越，是在承担国家时空管理的职责。他们的主要工作，是维护

---

① 参见陆双鹤：《迷失在一六二九》，首发于起点中文网。
② 参见月兰之剑：《铁血帝国》，首发于起点中文网。

人工"时空屏蔽"，把擅自穿越古代的现代人带回现代，历史是不能也不允许改变的，那会带来时空灾难，企图改变历史的人员，会受到法律的严厉惩罚。作品要强调的主导思想是公共规则与伦理大于个人欲望，他们为穿越引起的各种后果负责，不会利用穿越特权为自己牟利。他们的骄傲源于他们恪尽职守，而不是个人的荣华富贵。

而他们中的多数是不同时代的帝王、猛将，比如雷钧，历任穿越局副局长、局长，是历史时空中的隋炀帝杨广；方无应，是曾经的大燕皇帝慕容冲；武海潮，曾经的南唐李后主；卫彬，曾经的名将霍去病，他们在各自生死存亡的关头，被时空穿越管理体系的创始人梁毅（也是秦太子扶苏），带来现代社会，接受现代教育，融入现代文明。

发生"时空屏蔽"故障的战乱年代，正是主角们从前所在的历史时空。作品让皈依了现代文明的主角重返各种历史场景，一边修理"时空屏蔽"，一边重演自己的故事，他们带着自己的伤痛历史、角色身份，行动着，相互温暖着，也相互拯救。作品呈现出自我完善的灵魂诗剧、心理剧的特点，具有浓郁的人文意味。[1]

穿越文本的价值目标，并不总是主角获得成功快感，或者是满足民族主义情绪的发泄欲望，为读者提供特殊的心理体验与审美经验，在伙伴情义中，在主角恪守职责的行为中，展现人类的高贵与美好，强化群体伦理，带来超越个人成功的高峰体验，也是不凡的价值所在。

《铁血帝国》中的主角刘云，穿越后演化为铁血领袖，中华帝国皇帝，他人都是实现铁血理想的工具，而《别拿穿越不当工作》中的主角雷钧、方无应等人，却从历史时空中残暴的皇帝，蝶变为现代社会经常出生入死、完成社会使命的英雄，两个作品演绎着对立的价值观与社会伦理。没有哪个社会是完美的，但是，一个文明社会的文艺

---

[1] 参见楼笙笙：《别拿穿越不当工作》，首发于起点中文网。

应该宣示自己的伦理是爱与责任，而不是认可残忍与自私，更不能赞美一部分人公然压迫另一部分人的丛林法则。

网络作家是不同的。

参考文献

史蒂芬·霍金．时间简史．长沙：湖南科学技术出版社，2007.

史蒂芬·霍金．时间简史续编．长沙：湖南科学技术出版社，1999.

张小花．史上第一混乱．首发于起点中文网．

楼笙笙．别拿穿越不当工作．首发于起点中文网．

月兰之剑．铁血帝国．首发于起点中文网．

第十九章

母题、原型与主题

　　故事的母题、原型与主题，可能被写作者认为是文学研究的学术名目，其实是创作实践中经常遇到的课题。在故事情节的进程中，它们互相关联，协同发挥作用，是故事的重要组成部分。不管作者是否清楚，他胸中笔下的各种故事元素，如各种母题、原型与各种思想主题，其实都被前人与同时代的同行无数遍表现过，我们应该以璀璨若星河的整个人类文明为自己的资源，寻求借鉴、重塑、创新的各种可能。

一、　母题

　　母题是指某些故事元素，诸如角色行为、情节，一再出现于各种文艺作品之中，它们具有文化传统的意义，具有独立性，能与其他故事元素结合在一起，产生出新的故事[①]，犹如一些常用的标准机械部件。母题源于人类的基本愿望与基本人性，有时也可以看作是人类愿望—动机支配下的行为主题。它们广泛分布于神话、民间故事、小说与影视剧中，也参与小说类型属性的构造。

---

　　① 参见（美）斯蒂·汤普森：《世界民间故事分类学》，上海，上海文艺出版社，1991。

对于写作者，如何创造性处置故事母题，如何把自己与其他创作者区别开来，是需要认真思考的课题。以下母题与网络小说创作关联度较大。

"创世"母题

创世神使用某些材料，或者凭借精神力量，创造了世界和诸多种族，世界各地的创世神话，反映了人类的普遍精神，为各种艺术创作提供了广泛的创作母题。托尔金《魔戒》"创世神话"，激发了奇幻小说、影视剧、游戏作者的创世雄心。"创造自己的世界"，对于网络文学作者也是非常具有诱惑力的设想，身为通天彻地的造物主，创造并支配自己的世界，这种想象带来的快感，正是一切创世神话的原动力。对于读者，在一个"新世界"中神游，也是振奋人心的体验，《褒渎》、《盘龙》、《星辰变》、《神墓》等网络文学作品，因创造了自己独具个性的"世界"而受到读者的热烈追捧。

创世母题不仅存在于神话性、奇幻性作品中，也存在于"写实"的作品中。《红楼梦》就显示出作者独创"世界"的心事，故事具有神话背景，人物与神灵具有隐秘联系，故事中经常出现神迹，在神话氛围的覆盖下，大观园的人们互相欣赏爱悦，优雅、诗意地栖居在那个情感上自给自足的独立世界，那个青春与诗酒的世界就成为读者神魂萦绕的精神家园。《水浒传》中，水泊梁山这个"世界"，英雄们纷纷来此相聚，日夜狂欢，它与大观园一样是隐藏在人间情境中的精神世界孤岛、心灵乌托邦。这样的"精神孤岛"普遍存在于各类文艺作品中。建构这样的微型世界与神建构大世界，都是写作者为人物搭建理想家园的过程，两个建设过程的不同在于神使用神力，而人凭借人情。

"寻宝—夺宝"母题

在《西游记》中，孙悟空去寻求称心如意的兵器，结果在海底发现了定海神针，从此"如意金箍棒"就是主角大展神威的依仗。在网络奇幻、玄幻、修真等修炼小说中，主角寻求—夺取兵器、神器、天材地宝，是提升功力、成神成仙的前提。《凡人修真传》等作品的主要构成，就是主角不断去寻宝夺宝。而奇幻作品中，如《亵渎》、《盘龙》的主角们去杀神，取其"神格"让自己进阶升级，"神格"功能等同于异宝。"寻宝—夺宝"故事情节是修炼小说的常规构建。

而在民间财宝故事中，在电影《夺宝奇兵》、《古墓丽影》中，在网络小说《鬼吹灯》、《盗墓笔记》中，人物寻求、抢夺的宝物通常与财富相关，即使是文物，也是可以用金钱衡量的。单纯的财宝故事中，人物可能不具有异能，使用现实的武器进行战斗，主角、伙伴与敌人在自身财富欲望的支配下，互相纠缠、战斗，最终主角一方获得宝物，故事完成。围绕宝物而发生的战斗故事模式，与修炼小说中寻宝夺宝故事是相似的。

"成长"母题

"成长"母题具有广泛性，成长故事模式很多，其中青少年在导师的引导下战胜困难，取得进步，是青少年为主角的故事中常见范式，而寻求"仙女"的帮助，成为真正的男孩，或者成为真正的男人，就是持久的男性成长兴奋点。"仙女"、"女神"的形态、与主角成长的关系就存在许多创新的可能性。

在童话《木偶奇遇记》中，木偶皮诺曹寻求蓝仙女的帮助，以成为"真正的男孩"，而蓝仙女感于他的努力与诚挚态度，帮助他实现了愿望。科幻电影《人工智能》的主角机器人大卫，去寻找传说中的"蓝仙女"，而替代蓝仙女发挥功能的是未来智能生物。

现实生活场景的电影《阳光灿烂的日子》，是残酷的青春成长故事，是对现实生活有所妥协的白日梦，男人成长的引路人——美丽而具有诱惑力的成年女性，是一种变异扭曲的"仙女"形象。少年马小军在其他伙伴的嬉笑声中，被泼辣的市井女生余北蓓强吻，性启蒙堕落成了一种集体游戏，毫无神圣感，而马小军暗恋的女神米兰，开始则保持着神秘、美艳的高贵形象，但是逐渐暴露出俗艳的一面，并且对马小军并无真情，与另一个男人刘忆苦更为亲密，所以米兰并不能帮助他成为真正的男人。绝望的马小军企图"强暴"米兰，完成男人成人礼，但是被米兰轻易挫败。后来米兰与这一伙人断绝了来往，刘忆苦去当兵，打仗时被炮弹震成傻子（主角的情敌必遭惩罚）。

实际上，关于青春成长的故事总是充满"谎言"，永远不要把它们看作是生活的真实反映，或者是成长的教科书，生活中根本就不会有领路人蓝仙女为你而来，她要一边为你忙碌，一边还要保持贵高坚贞的形象。不，真相比《阳光灿烂的日子》的故事还要残酷，你身边根本就不会出现这些戏剧性人物与事件，即使你暗恋的女人属于别人，你的情敌也不会遭遇惩罚，你只是无数个不声不响长大的普通人之一。

少年主角渴望"仙女"帮助，却求不得，就会成为成长过程中的缺憾。这种挫败感是很多白日梦故事产生的缘由，所以人们把温柔富贵乡的美满"意淫"，当作是心灵补品。在《红楼梦》中，贾宝玉在梦中得到警幻仙子的指导，得到美艳智慧的王熙凤与秦可卿的引导，袭人等人的帮助，使他成为"真正的男人"。虽然情节朦胧，但是这些人物的"仙女指路"功能很清楚。

还有更理想的，在《神雕侠女》中，年长于主角杨过的"小龙女"，"姑姑"，武功玄奥，冰清玉洁，不食人间烟火，保持着神女的形象，即使被坏人玷污，也仍然心地纯洁无瑕。"姑姑"指导主角的成长，并且目无旁顾，只爱主角一个人。《笑傲江湖》中的"圣女"任盈盈，神通广大，为主角令狐冲解决难题，护佑他的安全，为他造势争光，而始终保持着高贵气度，最终与主角成就神仙眷侣，一起笑傲江湖。

网络小说《极品家丁》主角的无数情欲对象中，公主老婆的师傅宁雨昔，宁仙子，是主角的"神仙姐姐"，年长于主角许多而青春常在，武功天下第一，通常居住在人迹罕至的千绝峰，不沾人间烟火，帮助主角攻打到胡人王庭，千难万险中护得主角平安，最终心归主角。另一个公主老婆的师傅安碧如，白莲教"圣母"，狐媚之术超群，帮助主角建功立业，还帮助主角得到痴情的苗家小圣女依莲的爱情。

在男性成长的梦想中，这些圣洁、忠贞、神通广大的仙女、圣女，帮助男主角成为春风得意的男人，男青年喜欢用挑战性的情感关系，与女神们发生高难度的爱情关系，来证明自己的成长，证明自己能力超群。

"寻找伙伴拉队伍"母题

在民间故事与各种类型小说中，主角寻求伙伴，或者主角收小弟、拉队伍、打天下是常见的故事形态。

《三国演义》中的刘关张趁着天下大乱之际，搞了个桃园结义，又拉拢小弟赵云、在野知识分子诸葛亮等，凝聚成最为草根的天下争夺者集团；《水浒传》英雄相互寻找、结拜、聚义，成为一个快活、威风的好汉团，这种以忠诚、侠义精神为组织理念与组织方式，抱团聚义的行为模式，在中国民间社会，至今还在发挥重要作用。

网络小说中，穿越到三国的现代人，都会把著名的英雄尽可能地搜罗到自己手下，特别是要把赵云、张辽等单纯的武将找到，成为麾下忠诚武勇的大将，以此为争天下的游戏增加砝码。《回到明朝当王爷》、《1911新中华》虽然主角的社会理想不同，所到达的时代也不同，但是收小弟、拉队伍、攒实力、打天下，行为模式与三国水浒好汉颇为相似。

《西游记》中，孙悟空、猪八戒、沙僧虽然经常彼此争吵，但也是并肩作战的伙伴，直到西天取经成功；《魔戒》中，在德鲁伊的指引下，霍比特人、精灵、矮人与人类结成伙伴，共同完成销毁魔戒的任务。网络玄幻、奇幻小说主角常常结识自己的伙伴，一起修炼、战斗；《佣兵天下》中，主角结识伙伴以后，一直就互相信任，同进同退，命运与共，承接了无数艰难的任务。在这些作品中，伙伴之间的情感关系变迁伴随着故事发展的始终。

"修炼—战斗—升级—成神"母题

在人们心里，有一个不断上升的台阶，直到远处的顶峰，一直向上攀登，最终突破个人能力、境界的局限，可以争取人生的主动权，俯瞰世界，可以有更多成功快感。这就是普遍存在的人类升级心理模式，是修炼小说不断发展的心理基础。

《西游记》中，孙悟空寻师访道，得遇明师，又不断自我修炼，又被敌对的太上老君关在炼丹炉中煎熬，练就了火眼金睛。因为大闹天宫失败，被佛祖收服，布置了护送唐僧西天取经的任务，沿途战斗不息，功德圆满，师徒四人成佛，孙悟空晋升"斗战胜佛"。

武侠小说如《射雕英雄传》主角郭靖、《笑傲江湖》主角令狐冲，都是在修炼战斗中，不断取得武功的进境，到达人间武者的巅峰，俯视芸芸众生。

网络小说中，虽然东、西方修炼故事的职业体系不同，但是"修炼—战斗—升级—成神"这个故事母题，是奇幻、玄幻、修真、仙侠等修炼小说共有的，是主角的主要行为线索，是故事的主干，通常主角会超越人间性成就，而到达宇宙的巅峰。

二、 原型

这里所说的"原型"是指神话或者文艺作品中首创的，被后来的作者一再重复、模仿与重塑的那些人物、情节、"世界"等故事元素①，而神话作品中的许多故事情节，可能既是母题，也是为后来者提供模仿对象的原型。

希腊神话、北欧神话、圣经神话、凯尔特神话等等，为后世的奇

---

① 参见（加）诺斯罗普·弗莱：《批评的剖析》，天津，百花文艺出版社，1998。

幻文艺提供了很多人物、故事、魔法、世界架构的原型，至今还被不断借鉴模仿与重塑，网络奇幻小说要么是对几大神话的模仿，要么是对模仿品的模仿。

中国上古神话、佛教神话、道教神话、《易经》、《山海经》、明清神魔小说，为玄幻、修真、仙侠、武侠小说提供了人物、故事、神功、异兽、天材地宝的常见原型。《搜神记》、《神墓》、《星辰变》因为创造性重塑东方神话原型，而引起了阅读热潮，为21世纪的青年提供了华夏背景的诸神狂欢。

具有广泛影响的经典文艺作品，如明清小说名著、金庸武侠小说、世界经典小说、经典电影，都深深地影响着网络小说的创作，提供了诸多人物与故事的原型，但是小说创作并非原型的自动延伸，而应该是创新性重塑。这里以《水浒传》与相关文艺作品的原型—重塑关系为例，说明作者的创作个性、伦理倾向与时代精神，如何影响着故事与人物的创新。

《水浒传》梁山好汉中，只有宋江、史进、杨志等几个人有可靠的历史记载，一百单八将，大多数是虚构的"历史"人物，他们的形象在民间文艺中长期累积发展，在后来的戏剧、话本、影视剧，直到网络小说，"水浒"人物与故事一直在生长着，变异着。当然，《水浒传》主要人物是不肯低头的英雄，也是杀人不眨眼的恶徒，所以向来伦理评判态度两极分化。

在网络小说《史上第一混乱》中，水浒人物因为特殊原因，穿越到了现代社会，以他们固有性格秉性参与现代社会生活，主角非常认可他们的侠义精神、豪爽性格，与他们打成一片，成为"第一百单九将"，作品显然是继承了《水浒》原著与民间社会对梁山好汉的情感、伦理认同。

而改良主义者必定否决《水浒传》背后的价值观，改良与造反的理由通常相反。赤虎的作品《宋时明月》，解构了《水浒传》对大宋的丑化描述，针对性地呈现了大宋的人文精神、政治制度、社会法制环境的优点。《水浒传》里的这段历史令人绝望和愤恨，而《宋时明月》里的这段历史，却如清风明月般美丽。赤虎的作品《兴宋》更是直接颠覆了《水浒传》的人物形象，主角穿越后，秉持华夏文明的"守护人"立场，组织了团练式军队，打垮、改编了宋江流寇团伙，消灭了方腊烧杀抢掠的土匪集团，作品对梁山好汉所代表的民粹主义梦想与强盗逻辑予以坚决否定。

天使奥斯卡的作品《宋时归》的故事时代背景与《水浒传》是衔接的，也没有出现《水浒传》人物。真实存在过的《水浒传》人物，对历史的影响其实是微不足道的。但是在《宋时归》的故事中，与《水浒传》的历史认知一样，朝廷腐朽，特别是以文御武的军事制度设置，不可救药地愚蠢，这是主角努力保有忠于主角个人的军队，为自己牟利的合理性所在。也有《水浒传》中燕青这样优质帮闲的功能性人物——与岳飞一起投靠主角萧言的张显，人物俊秀，浪子仪态，去勾引李师师身边的侍女，让李师师为了主角的事业，去勾引道君皇帝赵佶，这显然是对《水浒传》的戏仿。[①]

斩空的作品《高衙内新传》中，主角穿越附体于高太尉家的"高衙内"，跻身于大宋核心权力阶层，当然主角并未像《水浒传》中的高衙内那样干尽坏事，而是利用家庭资源，进行大宋的政治改良工作。作品全面承接了《水浒传》与《金瓶梅》的故事与人物，继承了原著的部分人物性格，扭转了部分人物的性格与命运。宋江、卢俊义被当作是用心险恶的政客型人物，予以消灭，其实是因为梁山队伍的首脑人物妨碍主角接管这支队伍了，而梁山好汉中那些杀人如麻、做人肉包子卖钱的恶棍，则很快被主角处死，因为他们与主角秉持的现代文明理念格格不入。

---

① 参见天使奥斯卡：《宋时归》，首发于起点中文网。

在《水浒传》相关作品中，潘金莲与武松的角色重塑史是有趣的线索，反映出时代观念与大众愿望对原型人物建构的影响。潘金莲是一个随着"肉欲"的观念变迁而衍化的人物，总能引起无数男性作者的重塑兴趣。

《水浒传》中，潘金莲是兄弟情义的对立面，她的美艳浓情难以撼动正面人物武松的心灵，与淫邪的西门庆滚做一堆，一起从反面衬托出武松的坚毅心智、忠义品格，最终武松为兄报仇，痛杀一对奸夫淫妇，弘扬了民间社会的"正义"观，潘金莲与西门庆其实是武松的垫脚石。而到了《金瓶梅》中，潘金莲成为男性欲望的对象化人物，她欲壑难填而忠于自身感受，是一个知道自己"要什么"的美妇，令男性既喜且惧，是明清艳情小说中的淫妇典范。

20世纪20年代，在自由民主，男女平等的思想潮流中，欧阳予倩的话剧《潘金莲》，对女欲的传统观念进行了解构，这个"潘金莲"追求自由，追求真爱，敢于反抗男权凌逼，是思想上穿上洋装的民国女儿。到了20世纪80年代，欲望解放再次成为中国社会的文化潮流，为"欲望"正名成为强劲的创作动机。在魏明伦的荒诞戏剧《潘金莲》中，"潘金莲"是反抗强权，"敢爱敢恨"，有正常情感、自然欲望的女性，她爱武松不可得，迫不得已妍上西门庆，并杀夫，总体上是令人同情的，是男性可欲可爱的对象。

然而欧阳予倩与魏明伦的《潘金莲》，均承接了《水浒传》潘金莲毒药杀夫、武松挖心杀嫂的剧情，继承了原有故事，却企图颠覆故事所固有的语义与伦理阐释，不免陷于二难。如果潘金莲是正确的一方，杀死淫妇的武松、宋江、卢俊义等人，必然是邪恶、残忍的罪错一方，那么《水浒传》故事的伦理根基就不存在；而如果潘金莲杀夫该死，则为杀人犯所作的任何辩护词都很苍白徒劳，即使是在欲望解放的潮流中，个人肉欲的正当性，也不能凌驾于他人的性命之上，这是基本的人道主义伦理立场。

《高衙内新传》以网络文学的手段进行了潘金莲、武松形象的重塑，他们被大跨度扭转。由于主角穿越介入了"历史"，潘金莲并未杀夫，没有这一"原罪"，故事显然不同。武二郎成了打虎英雄后归家，潘金莲喜欢上了"二叔"，武松也对她心生爱慕之情，但是碍于叔嫂伦理而隐忍。潘金莲因为武大郎被西门庆害死，无所归依，住到主角"高衙内"家里，像人们期待的那样"敢爱敢恨"，主动遇合了"高衙内"，并孕有一子。因为与"高衙内"的正妻不合，自愿到寺庙中禅修生子，宗教洗礼之后的潘金莲，面目慈祥，心怀悲悯，能够把压抑悲苦的武松，像婴儿一样拥抱在怀，抚慰、催化武松放声痛哭，使其解开心结，成为主角麾下大将，为大宋而战。那一刻潘金莲通体放光，进化为安慰系治愈系圣母，成为优质的"宅男女神"。习惯现代大众文艺故事建构的男性青年，显然会对这样的潘金莲故事感到舒爽，它扭转了血腥杀虐的《水浒传》模式，转化为波澜起伏的情爱体验与灵魂净化的故事。①

显然潘金莲在进化过程中，外观与命运与《水浒传》中的人物原型形成了差异。原型的重塑，如同系在大树上的风筝，随着作者的愿望之风，上下翻飞，但是却不能完全脱离原点。潘金莲的重塑，不能改变人物的基本设定：这是一个欲望强烈而性格激烈的欲女，如果失去这个人物特征，其人物原型的功能也就不复存在，就不再是欲女"潘金莲"的故事了。《高衙内新传》中的"潘金莲"就是一个挣脱了"欲女"绳索的人物，因此与原型的情感与伦理意义链条也脱钩了，成了一个新人。

三、 思想主题

思想主题是文艺作品通过人物行为、故事情节走向与结局，表达出来的主导性思想意义，反映创作者的思考成果，渗透着人类文明与

---

① 参见斩空：《高衙内新传》，首发于起点中文网。

时代精神。

思想主题在严肃文学中得到较多强调，而在大众文艺作品中表达思想主题，比较容易受到作者的轻视。其实具备浓厚思想内涵的作品，也会受到大众欢迎，现代大众文艺对于表达思想主题越发具有浓厚兴趣，因为"大众"正在成长。当然一般而言，人类的天性是喜甜而畏苦的，在网络文学与其他大众文艺中，严肃的思想主题包裹在高潮体验的糖衣中，才容易被大众欣然接受。

网络小说更关注个人愿望的实现、个人成功的高潮体验，但是不能说网络文学就没有表达社会思想主题的功能和愿望。整体上，网络文学是中国现当代文学的一部分，作者们所受过的教育、社会时代赋予作者的认知模式、问题意识都会影响到其写作，当代中国青年中流行的几种思潮，都在网络文学作品中有所表现，思想主题与个人成功的愿望主题、高潮体验结合在一起，形成了网络文学思想主题表达的特点。

在一些代表性的历史小说中，作者们脱离了现实时空的限制，把一百多年来中国文学的两大思想主潮：民族主义思想与现代性思想，付之于"实践"，创造了自己想要的"历史"。

受到读者热烈追捧的《回到明朝当王爷》表现了民族主义思想与个人成功体验合流的主题，这是网络历史小说、都市小说的常见思想形态与故事形态。主角杨凌与正德皇帝结成伙伴以后，不断向他灌输民族主义的强国梦，对当时的主要威胁长城以外的游牧民族，杨凌力主"顺我者昌，逆我者亡"式的"制服"和强行融合的政策，主角率领军队横扫漠北诸民族，最终自己成为大明的"西伯利亚王"，走向成功顶峰，世代荣华富贵。

披萨饼的作品《全球三国》是另一种代表性作品，展现了露骨的种族主义与集权主义思想，主角李亦奇驾着飞船从未来穿越到三国时代，开创工矿企业，收编三国好汉，组成最强大而忠心的军队，搬用近代集权体制下的制度架构，运用现代洗脑术，对民众与军队进行愚民教育，给追随者以荣华富贵，以此统一三国，征服全球，搜寻世界各地各种族美女，组成自己最庞大的后宫。种马欲望、种族主义与集权主义相融合的制度安排，保障了主角及其追随者的利益最大化，有利益有快感，这是他们赞美集权主义的根本缘由。在现实世界，这种野蛮国家会与野蛮的雄性动物一样，很快就会面临灭绝的命运，但是这种雄性的快感想象却如同吸食毒品，令一些男性青年不能自拔，在某些青年集聚的网络舆论场很有普遍性。

现代性思考与启蒙在网络文学中也形成了重要的脉络，并不断传承，一批作品以自己的人文厚度，赢得了普遍尊重。酒徒作品《明》的主角工程师武安国，意外穿越到了明朝朱元璋时期的北平之北，把平等理念带给了人们，逐渐带动北方六省的工业革命，建立近现代的社会经济组织，如证券交易所、民众自卫军和议会等，最终推动大明朝选择了君主立宪制，通过议会来解决权力冲突，放弃用武力争夺国内权力分配的诱惑，取得改良成功。

赤虎的作品《商业三国》也反映了启蒙理念与愿望。几个教师出身的人穿越到了汉末，在辽西和青州一隅之地，开办工商企业，开创共和体制，以契约精神重组社会，确立了军事、经济优势，更以保护公民个人权利的社会制度、有尊严的生活赢得了人心，压倒了诸侯势力，以此统一了三国，并不断吸引周边民族地区，加盟超越种族的大汉体系，这是一种华夏固有文明与西方契约精神、古罗马共和制度相结合的道路设想。[1]

改良主义倾向的人士在北宋发现了实现梦想的更好机会。阿越作品《新宋》的主角石越出现在宋神宗时的汴京城，传播现代学术，开创现代学校制度，创办报纸，带来有序的思想解放，主角的变法重在顶层设计和制度建设，他总能在固有文明与"祖宗法度"中，找到变

---

[1] 参见赤虎：《商业三国》，首发于起点中文网。

法依据，取得改革的当期效果，最终却能链接近现代社会制度，这是他的"改良道路"得以走通的主要依据。①

改良的另一条通道是开创特区，进行思想资源重组与制度嫁接。《宋时明月》的主角赵兴穿越到了宋神宗时期，运用现代组织方式，在沿海各地开创工商产业，开展海外贸易，在"广南东路"（广东）建立了具有军事优势与财政优势的"特区"，把《蓝田乡约》指引下的"乡老会"，逐渐向握有立法权、监督权的实权机构转化，打下议会民主的基础，依据自治精神，鼓励大宋商人在海外建立自治港、自治贸易领地，这些正是欧洲立宪民主制度起步阶段的成就，带来了欧洲数百年的强盛。②

这些体现现代性思想的小说延续了中国现代文学的精神传统，却比现代文学更具有"实践性"，对于培育现代国家的国民人格，具有积极意义，提升了网络小说的精神品质。而在修炼小说中，则存在着侠义精神与丛林法则价值观的对立。

萧潜作品《飘邈之旅》继承了中国传统的神仙思想，武侠、仙侠小说中常见的侠义精神，建立了修真体系和修真者存在的"世界"，开创了修真小说的光明价值观与"好世界"社会架构，放在整个修真小说谱系中来看，就非常可贵。

《飘邈之旅》设定了修真者不仅要积蓄能量，更要修心的规则，修真者在经历世事、行侠仗义的过程中，明心见性、淬炼意志品性，达到高妙的境界的过程，只有这样才能与强大的能量相匹配，不会因为修炼而人格变异和爆体而亡。

作品宣扬"达者为先"的行为准则，心念通达，助人为乐，不尚利益与虚名，特别是尊重师徒传承关系，全心全意帮助提携后进，这样的修者才为人尊敬。强调一分耕耘一分收获，反对投机取巧，更不

---

① 参见阿越：《新宋》，首发于起点中文网。
② 参见赤虎：《宋时明月》，首发于起点中文网。

允许掠夺他人的修炼成果，强者有自身道德和法则的约束，使得世界平衡发展，可以说这是对中国传统文化思想的继承。

在小说写作中，如果到处都是好神仙好世界，主角没有足够多的敌人，也没有战斗的理由，构成矛盾冲突和情节高潮就比较困难，这对于小说写作是一个难题。但是《飘邈之旅》并不缺少矛盾冲突，因为作者善于调动危机和设置障碍，特别是作品设定的两大势力，潜杰星和封缘星站在对立立场，还有与修真界天生敌对的黑魔界的存在，自然不缺少敌人和战斗的理由，使得主角的前进道路充满阻碍，剧情保持了张力。[①]

常见的玄幻、奇幻、修真、仙侠小说的基本叙事任务，就是主角经过修炼和战斗，推翻了原有的神仙界统治者，自己坐上最高等级的位子，这就很容易陷入丛林法则世界观的陷阱。一些作品进行了一定的伦理安排，避免陷入丛林叙事，比如在《盘龙》中，主角战斗是为了复仇、救援亲人，最终成为与原有最高统治者平行的存在。

但是很多作品主角立志成为丛林社会的主宰，遵从强者为尊的丛林法则，让每个等级台阶上都有拦路虎在盘踞着，主角可以不择手段打倒敌人，得到强烈的升级快感。确实在这样的"坏世界"里，主角更容易找到敌人，找到战斗的理由，构成剧烈对抗的剧情，这也是一种简单易行的叙事策略。《凡人修真传》就是这样的作品，修真体系继承了《飘邈之旅》，而其世界规则设定几乎与《飘邈之旅》相反，故事中人人皆是拥有智慧的食人恶兽，没有亲情友情，没有门派香火之情，为了利益，同门相残理所当然，弱肉强食，夺取他人生命与功力化为己用司空见惯，因此主角大肆杀戮也就理所当然。

而玄幻小说《阳神》，比《凡人修真传》更为血腥残暴。主角自私凶残，谁挡了主角的道，或者对主角有些微得罪，无须寻找伦理上

---

① 参见萧潜：《飘邈之旅》，首发于起点中文网。

的借口，主角就会找上门去杀戮，这样可以让主角"念头通达"，有利于修炼。主角杀死敌人，不会浪费资源，吞噬他人的功力甚至肉身，是修炼的重要手段，直至弑父，不需要伦理上的伪饰，只因为他要吃人，所以他就吃人——自人类成为人类，就不可能认同这样的世界观与价值观。

世界的规则背后是快感模式在支撑，修炼小说世界的规则设定也深受网络游戏的影响。在中国流行的网游中，角色没有法律与伦理约束，因为游戏中缺少遵守法律与伦理的规则设定。角色躲避强者、杀戮弱者，抢夺资源以升级，努力到达强者的巅峰地位，这是游戏角色主要的生存规则，也是升级快感所在。一些小说作品是对这个游戏模式的仿照，实力就是规矩，修道者以杀戮抢劫为业，反而可以生存和强大，《阳神》、《凡人修仙传》等作品主要是依靠这种生存游戏模式吸引读者的，而这些作品改编为游戏，又进一步强化了这种生存规则的影响。他们的世界放干了血水，全部都是野兽的枯骨。

那些信奉个人成功至上、种族主义、丛林法则价值观的主角，通常在到达个人权力地位的顶峰之后，还要永享权力激情、永执权柄，并传之于子孙；而信奉侠义精神、现代群体合作伦理，或者有志于社会改良的理想主义主角，通常会功成身退，而不是将国家、军队、神位视为私产，更重视保持身心自由的快乐，赢得人间的声誉。两者都因为实现了自己的愿望与目标，而得到高峰体验，只是两者快感模式显著不同。在网络文学这里，思想主题的表达本身就通向一种快感模式，如果想用一种思想替代另一种思想，通常也就是要用一种快感模式代替另一种快感模式。

四、 母题、 原型、 主题与故事构成的创新

大众文艺作品的创新，经常来自于各种故事母题、原型与思想主题的新奇组装。

电影《七宗罪》就是这样的精巧组装，天主教七宗原罪说，犯罪惊悚故事的类型情节，与多种心理变态人物的原型，都是人们熟知的故事元素，但是把这些元素融合在一起，却是作品的独创，提供了特殊的审美经验。

经验丰富的老警察萨默塞特再过七天就要退休了，年轻警察米尔斯是他最后一个搭档。他们遇到了一个连环杀人案，凶手在犯罪现场根据七宗罪的名目，留下字迹。

贪食：一个超级肥胖的死者脸埋在一大碗意大利面里面，死者是被凶手连续强行喂食十二个小时撑死的。

贪婪：在一个律师事务所内，富有的律师高德被杀害，现场还发现了"凶手"的指纹。

懒惰：指纹所有者是一个患有严重精神病且犯案累累的嫌疑人，身体已经腐化却还活着，原来此人被绑在床上整整一年，是用药物来维持其生命的。

萨默塞特和米尔斯通过调查关于七原罪书籍的借阅纪录，过滤出一个叫约翰·杜的嫌疑人，在其寓所找到犯罪证据，但是他逃走了。

色欲：约翰·杜在一间娱乐场所用枪逼着一名男人，让他穿上一个特制的性虐装置，与一位妓女发生性行为并导致了她的死亡。

傲慢：一位年轻美丽的女模特在其住所内被害，其脸部被毁容，鼻子被割掉，因为她为自己的容貌而"骄傲"。

正在警方束手无策的时候，约翰·杜意外地自己到警局自首，提出一项交换条件：他可以帮警方找到另外两个被害人的尸体，但是主办此案的两位警官必须与他去一个地方，否则他会以患有精神障碍为由不承担法律责任。

嫉妒、愤怒：约翰·杜指引两位警官前往市郊荒芜的地区，一辆小货车驶近，司机说有客户支付了高额的运费，指定他准时把包裹付运至目的地。萨默塞特打开了包裹，他马上明白了嫌犯约翰·杜的意图，高喊让米尔斯丢下枪，而约翰·杜正在向米尔斯坦承"实情"，自己在前一天到访米尔斯的家，见到米尔斯美丽的未婚妻翠茜后，试图强奸未能得手，就杀死了她，并砍下了她的头，看来他是犯了"嫉妒"的罪。

萨默塞特将嫌犯打倒，并劝说米尔斯，如果杀死嫌犯，就犯下七宗罪中最后的一项"愤怒"，也将受到法律的惩罚，但是米尔斯一番内心挣扎之后，还是对着约翰·杜的额头扣下了扳机将其枪杀。

约翰·杜的目的终于达到。在这个故事中，七罪、七罚、故事发生在七天，结局也由罪犯定在第七天的下午七时，暗示着故事的宗教宿命意义，罪犯非常冷静地主导着故事的进展，将犯罪过程演绎成为宗教罪与罚的过程，年轻的警官在暴怒中，不可避免地扮演了配合罪犯行为的角色，赋予故事深邃难测的宗教象征意义。

网络小说作为类型文学，在故事构成中，母题与原型的作用非常显著，许多网络小说名著是以创新的手段，让大众文艺的母题与原型得到生长。

影响最广的奇幻小说《盘龙》，运用了成长、结识伙伴、寻宝—夺宝（主要是获取神格）、修炼—战斗—升级—成神、复仇等诸多母题，与位面（空间概念，来自于《龙枪编年史》）、天使（来自于圣经神话）、光明神教（来自于其他奇幻文艺）、魔兽（来自于《魔戒》等奇幻文艺）、魔法（来自于欧洲文化传统）等原型，表达了追求人生成功的励志主题，构成了主角升级成神直至创造专属宇宙的故事。

在"物质位面"玉兰大陆，一个小镇，少年林雷·巴鲁克在祖屋的一个黑暗角落找到了盘龙戒指，戒指中藏着德林·科沃特的灵魂，在他的引导下，主角林雷踏上了修炼之路（得遇明师的成长母题，戒灵原型）。

在离开祖屋的时候，他发现了一只魔兽，鼠类，林雷总给它好吃的，小鼠在林雷离开家乡的时候咬了他一口，建立了平等契约，它的名字叫贝贝，后来知道它是噬神鼠，天赋神通是噬神（结识强悍的终生伙伴）。

主角开始修炼成长，在恩斯特学院学习，结识了许多同学好友，并结识了妻子迪莉娅，从此她与林雷经常同生共死（结识伙伴，缔结婚姻）。

他得知母亲是被光明教廷下的芬莱国王夺走的，父亲霍格也因此殒命，光明教廷势力及其背后的光明主宰成为主要敌人，林雷决心通过修炼强大起来，复仇，保护自己和亲友（建构敌对关系，确立了复仇与修炼—战斗—升级—成神的故事主线）。

林雷经过战斗，得到神格成为下位神，建立巴鲁克帝国，后来帝位在其家族中传承。为了化解家族危机，求助至高神恢复自己死去的父亲和兄弟的生命，因此为完成至高神的各项任务，在各个位面之间不断战斗，实力也不断提升，成为主神（建立自己的辉煌家族，修炼—战斗—升级—成神，并跳地图重复这些进程，是故事的主体）。

后来林雷知道了母亲还活着，但让光明主宰控制了，在同伴与盟友的帮助下杀死光明主宰，救出母亲，恢复灵魂的自由。林雷破开附属宇宙的束缚，练就"鸿蒙金身"来到鸿蒙空间，成为鸿蒙宇宙第二位一级掌控者（决战，完成主要任务，到达人生巅峰的结局）。①

这个修炼—战斗—升级—成神—掌控宇宙的故事，是用"鸿蒙宇宙"这个筐，精巧组装了诸多人们熟知的故事元素，然而这一点组装的新意，和每一个环节的一点变化，就足以得到读者的好感了。故事创作，重要的永远是给予读者贴了新标签的快感体验。

在《庆余年》中，作品前部内容与一般穿越小说类似，是用成长故事和金手指设定，来呈现主角的成功快感，而结局来临之前却是风云突转，成为主角为自由而战的故事。

———————————

① 参见我吃西红柿：《盘龙》，首发于起点中文网。

主角是一位穿越者，附体于庆国刚出生的范闲身上，其母被敌人联手杀害，范闲在母亲的部下五竹护佑下，范建、陈萍萍帮助下，迅速成长，还修炼一门霸道武功无名诀（修炼、成长母题）。

16 岁进京，逐渐凭抄写李杜诗篇、苏辛词句、《红楼梦》等等，成就诗仙美名（穿越者常规金手指之一：主角原来空间的知识与文艺作品帮助主角成功）。

又貌比潘安，名动京都，结识强敌长公主之女，其后来成为未婚妻（有难度的爱情）。

在陈萍萍与生父庆帝暗助下，上任监察院提司，手握江南内库（金手指：其母留下的政治经济资产，帮助主角在社会地位上迅速升级）。

因为地位举足轻重，也深陷皇帝立储的漩涡，范闲身处其中，成为自己的丈母娘——庆国第一美女长公主的死敌（难解的矛盾冲突：丈母娘是范闲母子两代人的仇敌）。

范闲介入与敌国北齐的外交谍报工作，并与北齐"圣女"海棠朵朵进入彼此爱慕状态，与北齐女扮男装的小皇帝战豆豆，互相征服（是结识伙伴母题，也是有难度的爱情挑战，特别是凡人不能得手的圣女、女皇，是男人成长的试金石）。

范闲遭刺杀，庆帝震怒，将长公主软禁，意图废太子，庆帝到大东山神庙祭祖时，长公主安排天下绝顶高手去杀皇帝，庆帝被围困，派范闲回京求援，范闲在盟友帮助下，粉碎长公主一系叛乱阴谋（在建功立业的故事中，也并行着主角修炼—战斗—升级的故事线索）。

而庆帝其实才是功力最强劲的大宗师，借此机会把天下敌对的高手打残，与主角敌对的长公主、太子、皇后、太后等人死了，范闲也到了人生成功的巅峰，可以荣华富贵绵延不绝了（一般小说的终点，是《庆余年》的转折点）。

然而陈萍萍、范闲等人发现当年杀害母亲叶轻眉的主谋，竟然是范闲生父庆帝，因为叶轻眉宣扬的自由平等理念，威胁到了皇权统治，而庆帝的控制欲已经威胁到了很多人的生存，陈萍萍欲杀庆帝为叶轻眉复仇，被凌迟处死。范闲决心为叶轻眉、陈萍萍报仇（故事翻转方向，进入复仇母题）。

最后，主角、五竹、范闲的妹妹范若若，以及年青一代高手联合与庆帝决战，庆帝被五竹眼中迸发的"彩虹"杀死。深受范闲影响的三皇子登基，范闲归隐林下（结局定格在追求自由的价值取向上）。[①]

由此可见，文艺创作特别是超长篇幅的网络小说创作，是一项需要故事元素装配技巧的工作，需要作者具有不可遏制的创造欲望。这种创造欲望驱使作者成为一个功能强劲的吸铁石，把人间各类故事元素吸附起来，按照自己的愿望变形置换为一架灵巧的、能够制造快感的梦幻机器，令人类为他的作品着迷。

那可能就是一个作家来到世间的最重要的目的。

参考文献

本尼迪克特·安德森. 想象的共同体——民族主义的起源和散布. 上海：上海人民出版社，2003.

斯蒂·汤普森. 世界民间故事分类学. 上海：上海文艺出版社出版，1991.

施耐庵. 水浒传. 北京：人民文学出版社，2005.

兰陵笑笑生. 金瓶梅词话. 北京：人民文学出版社，2008.

赤虎. 宋时明月. 首发于起点中文网.

赤虎. 兴宋. 首发于起点中文网.

阿越. 新宋. 首发于起点中文网.

天使奥斯卡. 宋时归. 首发于起点中文网.

---

① 参见猫腻：《庆余年》，首发于起点中文网。

斩空．高衙内新传．首发于起点中文网．

披萨饼．全球三国．首发于起点中文网．

酒徒．明．首发于起点中文网．

我吃西红柿．盘龙．首发于起点中文网．

萧潜．飘邈之旅．首发于起点中文网．

忘语．凡人修仙传．首发于起点中文网．

梦入神机．阳神．首发于起点中文网．

猫腻．庆余年．首发于起点中文网．

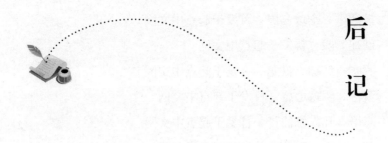

后 记

  本人潜心于文学创作理论研究凡三十余年，在小说创作与影视剧作的教学与辅导生涯中，由一个纯情浪漫的青年，变成一个身体与思想都渐有盈余的大叔，一个执念始终不曾放弃：探索出一个在写作实践中行得通、能够帮助作者达成目标的创作理论体系，而这本书就是这种努力的体现，其中表达的创作原理与创作方法，已经在多类作者的写作实践中产生了积极影响。

  网络文学赢得读者的喜爱与信任是成功的关键，这种"实用性"与我的努力方向是一致的，可以说这本《网络文学创作原理》是我三十多年努力的一个出口。近十年来，我"任性"地阅读了十几亿字的网络文学作品，观看了千余部集的各类影视作品，把自己当成是一个永不满足的读者与观众，将阅读、观看过程中的情感体验与创作理论相印证，努力让创作理论更具有人性基础、更有普适性。个人的情感体验未见得公允，但是一个创作理论体系，必须经得住创作实践与个人情感体验的双重验证，否则，无论其理论多么宏伟，都一定是虚幻的。

  本书的写作也存有遗憾，因为强调实践性，某些理论问题的论证就较为廉省，对网络文学作品的论述亦可能存在疏漏不准确之处，如此等等，望识者指正。

　　我的研究与写作得到了中国作家协会及鲁迅文学院诸位长者、师友的帮助。李敬泽、李一鸣、何向阳、李朝全诸位老师对我提出的一些观点给予了肯定，令我很受鼓舞。施战军老师对于我的研究工作给予了持久的鼓励，几乎每篇学术长文，都是由他之手推荐给学术期刊的，他的善意与友情是我的骄傲感与温暖感的重要来源。胡殷红老师经常伸出明媚的手，把我从中年宅男的生活中拽出去，参加各种学术活动，激励我进行理论创新，宽容我任性的语言风格，让我与现实世界对接。邵燕君老师，是网络文学研究领域的同行，都保有一份天真，彼此经常切磋观点，互为磨刀石与增高器，印证学术研究的价值。我如此信赖他们，得到他们的好意，却偏偏没有向他们说过动听的话语，在此表达谢忱。

　　我要感谢这本书的编辑出版者，费小琳女士、陈曦女士为这本书的出版付出了心血，体现出很强的责任心与专业精神。

　　最后，要感谢我的伊莎，每年每月每天，疲倦时，忧伤时，喜悦时，我们都在一起，是她红袖添香，素手煮羹。与这本书的写作同时，儿子王导也来到了这个世界，他的哭与笑，主宰了我们现在的生活节奏，主宰了我们的心情。谢天谢地，我们在一起。

王　祥

2015 年 2 月 3 日

附录一

本书涉及的网络文学作品一览

（按照在本书出现的先后为序）

名称	作者	首发网站	类型
《后宫·甄嬛传》	流潋紫	浙江文艺出版社（注：部分作品的首发网站难以确定，故标注其纸书出版方，余同）	历史宫斗（注：作品类型依据作品中的故事元素划分，与所在网站分类有所不同，余同）
《步步惊心》	桐华	湖南文艺出版社	历史宫斗
《回到明朝当王爷》	月关	起点中文网	穿越历史
《1911新中华》	天使奥斯卡	起点中文网	穿越历史
《商业三国》	赤虎	起点中文网	穿越历史
《陈二狗的妖孽人生》	烽火戏诸侯	起点中文网	都市生活
《混世小农民》	小农民	17K小说网	乡村乡土
《重生之官路商途》	更俗	起点中文网	都市重生
《重生之官道》	录事参军	起点中文网	都市重生
《庆余年》	猫腻	起点中文网	穿越历史
《间客》	猫腻	起点中文网	玄幻 科幻
《极品家丁》	禹岩	起点中文网	穿越历史
《杨戬——人生长恨水长东》	水明石	起点中文网	玄幻
《飘邈之旅》	萧潜	幻剑书盟网	修真
《凡人修仙传》	忘语	起点中文网	修真
《搜神记》	树下野狐	万卷出版公司	玄幻
《褒渎》（1—7）	烟雨江南	朝华出版社	奇幻
《佣兵天下》	说不得大师	起点中文网	奇幻
《斗破苍穹》	天蚕土豆	起点中文网	奇幻
《盘龙》	我吃西红柿	起点中文网	奇幻
《星辰变》	我吃西红柿	起点中文网	玄幻
《神墓》	辰东	起点中文网	玄幻
《恶魔法则》	跳舞	起点中文网	奇幻

续前表

名称	作者	首发网站	类型
《史上第一混乱》	张小花	起点中文网	都市穿越
《天王》	跳舞	起点中文网	都市异能
《邪气凛然》	跳舞	起点中文网	都市异能
《狼群》	刺血	起点中文网	军事
《兽血沸腾》	静官	起点中文网	奇幻
《明》	酒徒	起点中文网	穿越历史
《新宋》	阿越	起点中文网	穿越历史
《武林高手在校园》	墨武	起点中文网	都市异能
《阳神》	梦入神机	起点中文网	玄幻
《猎国》	跳舞	起点中文网	奇幻
《此间的少年》	江南	华文出版社	同人
《鬼吹灯》	天下霸唱	安徽文艺出版社	探险
《盗墓笔记》	南派三叔	起点中文网	探险
《生肖守护神》	唐家三少	起点中文网	都市异能
《都市妖奇谈》	可蕊	文化艺术出版社	都市灵异
《别拿穿越不当工作》	楼笙笙	起点中文网	都市穿越
《佛本是道》	梦入神机	起点中文网	玄幻
《长生界》	辰东	起点中文网	玄幻
《小兵传奇》	玄雨	起点中文网	科幻星战
《诸神的黄昏》	撒冷	起点中文网	科幻星战
《风姿物语》	罗森	万象图书出版社 河图文化出版社 狮鹫文化出版社	玄幻
《新宋》	阿越	起点中文网	穿越历史
《家园》	酒徒	17k 小说网	历史
《唐朝好男人》	多一半	起点中文网	穿越历史
《迷失在一六二九》	陆双鹤	起点中文网	穿越历史
《铁血帝国》	月兰之剑	起点中文网	穿越历史
《宋时明月》	赤虎	起点中文网	穿越历史
《兴宋》	赤虎	起点中文网	穿越历史
《宋时归》	天使奥斯卡	起点中文网	穿越历史
《高衙内新传》	斩空	起点中文网	穿越历史
《全球三国》	披萨饼	起点中文网	穿越历史

附录二

本书涉及的部分电影、电视作品一览

（按照在本书中出现的先后为序）

名称	编剧	导演	出品方	类型
《泰坦尼克号》（*Titanic*）	詹姆斯·卡梅隆	詹姆斯·卡梅隆	美国20世纪福克斯电影公司	爱情 灾难
《哈利·波特》（*Harry Potter*）	斯蒂芬·科洛弗，J.K.罗琳	阿方索·卡隆	美国华纳兄弟电影公司	奇幻
《十诫》（*The Ten Commandments*）	J.H.英格拉哈姆等	塞西尔·B·戴米尔	美国派拉蒙影业公司	奇幻
《乱世佳人》（*Gone with the Wind*）	大卫·塞尔兹尼克等（根据美国作家玛格丽特·米切尔的小说《飘》改编）	维克多·弗莱明等	美国米高梅电影公司	爱情 历史
《白宫群英》（*The West Wing*）	艾伦·索金等	托马斯·施拉梅等	美国华纳兄弟电视公司	剧情
《纸牌屋》（*House of Cards*）	鲍尔·威利蒙	大卫·芬奇等	美国在线观看电影网 Netflix	剧情
《星球大战》（*Star Wars*）	乔治·卢卡斯	乔治·卢卡斯等	美国卢卡斯电影公司	科幻 星战
《终结者》（*The Terminator*）	詹姆斯·卡梅隆	詹姆斯·卡梅隆	美国华纳兄弟电影公司	科幻

续前表

名称	编剧	导演	出品方	类型
《魔戒》（*The Lord of the Rings*）	弗兰·威尔士等（根据英国作家 J. R. R. 托尔金同名奇幻巨著《指环王》改编）	彼得·杰克逊	美国新线电影公司	奇幻
《X 档案》（*The X-Files*）	文斯·吉里根等	克里斯·卡特等	美国 20 世纪福克斯电视公司	科幻 悬疑 惊悚 罪案
《勇敢的心》（*Brave Heart*）	兰道尔·华莱士	梅尔·吉布森	美国派拉蒙影业公司	历史 战争
《洛丽塔》（*Lolita*）	斯蒂芬·希弗	阿德里安·莱恩	美国米高梅电影公司	剧情 爱情
《美国丽人》（*American Beauty*）	艾伦·鲍尔	萨姆·门德斯	美国环球影业公司	剧情
《金枝欲孽》	周旭明	戚其义	香港电视广播有限公司	宫斗
《卡萨布兰卡》（*Casablanca*）	凯西·罗宾逊	迈克尔·柯蒂斯	美国华纳兄弟电影公司	剧情
《星际之门：亚特兰蒂斯》（*Stargate Atlantis*）	罗伯特·库珀	布拉德赖特	美国米高梅电影公司	科幻
《教父》（*The Godfather*）	弗朗西斯·福特·科波拉等	弗朗西斯·福特·科波拉	美国派拉蒙影业公司	剧情 犯罪 惊悚
《越狱》（*Prison Break*）	保罗·舒尔灵	葛·艾坦尼斯	美国 20 世纪福克斯电视公司	剧情 犯罪

续前表

名称	编剧	导演	出品方	类型
《太空堡垒卡拉狄加》（Battle-star Galactica）	罗纳德·穆尔等	爱德华·詹姆斯·奥莫斯	美国科幻频道	科幻
《楚门的世界》（The Truman Show）	安德鲁·尼科尔	彼得·威尔	美国派拉蒙影业公司	剧情
《夺宝奇兵》（Raiders of the Lost Ark）	劳伦斯·卡斯丹等	斯蒂芬·斯皮尔伯格	美国卢卡斯电影公司	动作 剧情
《古墓丽影》（Lara Croft：Tomb Raider）	西蒙·韦斯特	西蒙·韦斯特	美国派拉蒙影业公司	动作
《超人》（Superman）	大卫·纽曼等	理查德·唐纳	美国亚力山大萨尔金德公司	动作 科幻
《蝙蝠侠：暗影骑士》（The Dark Knight）	克里斯托弗·诺兰等	克里斯托弗·诺兰	美国华纳兄弟电影公司	动作
《钢铁侠》（Iron Man）	艾特·马库姆等	乔恩·费儒	美国漫威电影工作室	动作 冒险 科幻
《天空之城》（天空の城ラピュタ）	宫崎骏	宫崎骏	日本德间书店	奇幻 动漫
《阿凡达》（Avatar）	詹姆斯·卡梅隆	詹姆斯·卡梅隆	美国20世纪福克斯电影公司	动作 科幻 剧情
《2001太空漫游》（2001：A Space Odyssey）	斯坦利·库布里克等	斯坦利·库布里克	美国华纳兄弟电影公司	科幻 冒险

续前表

名称	编剧	导演	出品方	类型
《星际迷航》（Star Trek）	吉恩·罗登贝瑞	尼古拉斯·梅耶等	美国派拉蒙影业公司	科幻
《独立日》（Independence Day）	罗兰·艾默里奇	罗兰·艾默里奇	美国20世纪福克斯电影公司	动作 惊悚 科幻
《银翼杀手》（Blade Runner）	菲利普·迪克汉普敦芬奇等	雷德利·斯科特	美国银翼杀手合营公司	科幻
《人工智能》（Artificial Intelligence）	史蒂文·斯皮尔伯格	史蒂文·斯皮尔伯格	美国梦工厂	科幻
《黑客帝国》（Matrix）	安迪·沃卓斯基	安迪·沃卓斯基	美国华纳兄弟电影公司	科幻
《老友记》（Friends）	大卫·克雷恩等	凯文·S·布赖特等	美国华纳兄弟电视公司	情景喜剧
《黑道家族》（The Sopranos）	大卫·切斯等	艾伦·寇尔特等	美国莱德-格瑞电视公司，蔡斯影业公司	动作 犯罪 剧情
《闻香识女人》（Scent of a Woman）	博·古德曼	马丁·布莱斯特	美国环球影业公司	剧情
《沉默的羔羊》（The Silence of the Lambs）	托马斯·哈里斯等	乔纳森·戴米	美国奥利安公司	惊悚 犯罪
《肖申克的救赎》（The Shawshank Redemption）	弗兰克·达拉邦特等	弗兰克·达拉邦特	美国华纳兄弟电影公司	剧情 犯罪

续前表

名称	编剧	导演	出品方	类型
《加勒比海盗》（*Pirates of the Caribbean*）	泰德·艾略特等	戈尔·维宾斯基	美国华特·迪士尼电影公司	动作 奇幻
《十二怒汉》（*Twelve Angry Men*）	瑞吉诺·罗斯	西德尼·吕美特	美国米高梅电影公司	剧情
《完美的世界》（*A Perfect World*）	约翰·李·汉考克	克林特·伊斯特伍德	美国华纳兄弟电影公司	剧情
《蝴蝶效应》（*The Butterfly Effect*）	埃里克·布雷斯等	埃里克·布雷斯等	美国新线电影公司	科幻
《回到未来》（*Back to the Future*）	罗伯特·泽米吉斯等	罗伯特·泽米吉斯	美国环球影业公司	科幻
《午夜巴黎》（*Midnight In Paris*）	伍迪·艾伦	伍迪·艾伦	美国格拉维耶影业公司	喜剧 剧情
《阳光灿烂的日子》	姜文	姜文	中国电影合作制片公司	剧情
《七宗罪》（*Seven*）	安德鲁·凯文·沃克	大卫·芬奇	美国新线电影公司	犯罪 惊悚

创意写作书系

　　这是一套广受读者喜爱的写作丛书，系统引进国外创意写作成果，推动本土化发展。它为读者提供了一把通往作家之路的钥匙，帮助读者克服写作障碍，学习写作技巧，规划写作生涯。从开始写，到写得更好，都可以使用这套书。

综合写作		
书名	作者	出版日期
成为作家	多萝西娅·布兰德	2011 年 1 月
一年通往作家路——提高写作技巧的 12 堂课	苏珊·M. 蒂贝尔吉安	2013 年 5 月
创意写作大师课	于尔根·沃尔夫	2013 年 6 月
作家创意手册	杰克·赫弗伦	2015 年 1 月
与逝者协商——布克奖得主玛格丽特·阿特伍德谈写作	玛格丽特·阿特伍德	2019 年 10 月
心灵旷野——活出作家人生	纳塔莉·戈德堡	2018 年 2 月
渴望写作——创意写作的五把钥匙	格雷姆·哈珀	2022 年 6 月
诗性的寻找——文学作品的创作与欣赏	刁克利	2013 年 10 月
从创意到畅销书——修改与自我编辑	詹姆斯·斯科特·贝尔	2016 年 1 月
来稿恕难录用——为什么你总是被退稿	杰西卡·佩奇·莫雷尔	2018 年 1 月
虚构写作		
小说写作教程——虚构文学速成全攻略	杰里·克里弗	2011 年 1 月
开始写吧！——虚构文学创作	雪莉·艾利斯	2011 年 1 月
冲突与悬念——小说创作的要素	詹姆斯·斯科特·贝尔	2014 年 6 月
情节与人物——找到伟大小说的平衡点	杰夫·格尔克	2014 年 6 月
人物与视角——小说创作的要素	奥森·斯科特·卡德	2019 年 3 月
情节线——通过悬念、故事策略与结构吸引你的读者	简·K. 克莱兰	2022 年 1 月
经典人物原型 45 种——创造独特角色的神话模型（第三版）	维多利亚·林恩·施密特	2014 年 6 月
经典情节 20 种（第二版）	罗纳德·B. 托比亚斯	2015 年 4 月
情节！情节！——通过人物、悬念与冲突赋予故事生命力	诺亚·卢克曼	2012 年 7 月
如何创作炫人耳目的对话	詹姆斯·斯科特·贝尔	2016 年 11 月
超级结构——解锁故事能量的钥匙	詹姆斯·斯科特·贝尔	2019 年 6 月
故事工程——掌握成功写作的六大核心技能	拉里·布鲁克斯	2014 年 6 月
故事力学——掌握故事创作的内在动力	拉里·布鲁克斯	2016 年 3 月
畅销书写作技巧	德怀特·V. 斯温	2013 年 1 月
30 天写小说	克里斯·巴蒂	2013 年 5 月
从生活到小说（第二版）	罗宾·赫姆利	2018 年 1 月
小说创作谈	大卫·姚斯	2016 年 11 月
写小说的艺术	安德鲁·考恩	2015 年 10 月
成为小说家	约翰·加德纳	2016 年 11 月
小说的艺术	约翰·加德纳	2021 年 7 月

非虚构写作		
开始写吧！——非虚构文学创作	雪莉·艾利斯	2011 年 1 月
写作法宝——非虚构写作指南	威廉·津瑟	2013 年 9 月
故事技巧——叙事性非虚构文学写作指南	杰克·哈特	2012 年 7 月
光与热——新一代媒体人不可不知的新闻法则	迈克·华莱士	2017 年 3 月
自我与面具——回忆录写作的艺术	玛丽·卡尔	2017 年 10 月
写出心灵深处的故事——非虚构创作指南	李华	2014 年 1 月
写我人生诗	塞琪·科恩	2014 年 10 月
类型及影视写作		
金牌编剧——美剧编剧访谈录	克里斯蒂娜·卡拉斯	2022 年 1 月
开始写吧！——影视剧本创作	雪莉·艾利斯	2012 年 7 月
开始写吧！——科幻、奇幻、惊悚小说创作	劳丽·拉姆森	2016 年 1 月
开始写吧！——推理小说创作	劳丽·拉姆森	2016 年 7 月
弗雷的小说写作坊——悬疑小说创作指导	詹姆斯·N. 弗雷	2015 年 10 月
好剧本如何讲故事	罗伯·托宾	2015 年 3 月
经典电影如何讲故事	许道军	2021 年 5 月
童书写作指南	玛丽·科尔	2018 年 7 月
网络文学创作原理	王祥	2015 年 4 月
写作教学		
小说写作——叙事技巧指南（第十版）	珍妮特·伯罗薇	2021 年 6 月
剑桥创意写作导论	大卫·莫利	2022 年 6 月
你的写作教练（第二版）	于尔根·沃尔夫	2014 年 1 月
创意写作教学——实用方法 50 例	伊莱恩·沃尔克	2014 年 3 月
创意写作思维训练	丁伯慧	2022 年 6 月
故事工坊（修订版）	许道军	2022 年 1 月
大学创意写作·文学写作篇	葛红兵 许道军	2017 年 4 月
大学创意写作·应用写作篇	葛红兵 许道军	2017 年 10 月
小说创作技能拓展	陈鸣	2016 年 4 月
青少年写作		
会写作的大脑 1——梵高和面包车（修订版）	邦妮·纽鲍尔	2018 年 7 月
会写作的大脑 2——怪物大碰撞（修订版）	邦妮·纽鲍尔	2018 年 7 月
会写作的大脑 3——33 个我（修订版）	邦妮·纽鲍尔	2018 年 7 月
会写作的大脑 4——亲爱的日记（修订版）	邦妮·纽鲍尔	2018 年 7 月
奇妙的创意写作——让你的故事和诗飞起来	卡伦·本基	2019 年 3 月
成为小作家	李君	2020 年 12 月
写作魔法书——让故事飞起来	加尔·卡尔森·莱文	2014 年 6 月
写作魔法书——28 个创意写作练习，让你玩转写作（修订版）	白铅笔	2019 年 6 月
写作大冒险——惊喜不断的创作之旅	凯伦·本克	2018 年 10 月
小作家手册——故事在身边	维多利亚·汉利	2019 年 2 月
北大附中创意写作课	李韧	2020 年 1 月
北大附中说理写作课	李亦辰	2019 年 12 月

创意写作课程平台

从入门到进阶多种选择，写作路上助你一臂之力

【品牌课程】叶伟民故事写作营

故事，从这里开始。

如果你有一个故事创意，想要把它写出来；

如果你有一个故事半成品，想要把它改得更好；

如果你在写作中遇到瓶颈，苦于无法向前一步；

如果你想找一群爱写作的小伙伴，写作路上抱团取暖——

加入"叶伟民故事写作营"，让写作导师为你一路保驾护航。

资深写作导师、媒体人、非虚构写作者叶伟民，帮助你实现从零到一的跨越，将
一个故事想法写成一个完整的故事，继而迈出从一到无限可能的重要一步。

【写作练习】"开始写吧！——21天疯狂写作营"

每年招新，专治各种"写不出来"。

你有没有遇到过这样的情况：

拿起笔来，或是把手放到键盘上，这时大脑变得一片空白，一个字也写不出来？

或者，写着写着，突然就没有灵感了？

或者，你喜欢写作和阅读，但就是无法坚持每天写？

再或者，你感觉写作路上形单影只，找不到志同道合的小伙伴？

"开始写吧！——21天疯狂写作营"为你提供一个可以每天打卡疯狂写作的地方。

依托"创意写作书系"里的海量资源，班主任每天发布一个写作练习，让你锻炼
强大的写作肌。

★ ★ ★

写作营每年招新，课程滚动更新，可扫描右侧二维码了解最新写
作营及课程信息，或关注"创意写作坊"公众号（见本书后折口），
随时获取课程信息。

创意写作课程平台

作家的诞生——12位殿堂级作家的写作课

中国人民大学习克利教授10余年研究成果倾力呈现，横跨2800年人类文学史，走近12位殿堂级写作大师，向经典作家学写作，人人都能成为作家。

荷马：作家第一课，如何处理作品里的时间？

但丁：游历于地狱、炼狱和天堂，如何构建文学的空间？

莎士比亚：如何从小镇少年成长为伟大的作家？

华兹华斯和弗罗斯特：自然与作家如何相互成就？

勃朗特姐妹：怎样利用有限的素材写作？

马克·吐温：作家如何守望故乡，如何珍藏童年，如何书写一个民族的性格和成长？

亨利·詹姆斯：写作与生活的距离，作家要在多大程度上妥协甚至牺牲个人生活？

菲兹杰拉德：作家与时代、与笔下人物之间的关系？

劳伦斯：享有身后名，又不断被诋毁、误解和利用，个人如何表达时代的伤痛？

毛姆：出版商的宠儿，却得不到批评家的肯定。选择经典还是畅销？

作家的诞生
——12位殿堂级作家的写作课

一个故事的诞生——22堂创意思维写作课

郝景芳和创意写作大师们的写作课，国内外知名作家、写作导师多年创意写作授课经验提炼而成，汇集各路写作大师的写作法宝。它将告诉你，如何从一个种子想法开始，完成一个真正的故事，并让读者沉浸其中，无法自拔。

郝景芳：故事是我们更好地去生活、去理解生活的必需。

故事诞生第一步：激发故事创意的头脑风暴练习。

故事诞生第二步：让你的故事立起来。

故事诞生第三步：用九个句子描述你的故事。

故事诞生第四步：屡试不爽的故事写作法宝。

图书在版编目（CIP）数据

网络文学创作原理/王祥著 . —北京：中国人民大学出版社，2015.3
（创意写作书系）
ISBN 978-7-300-20930-2

Ⅰ.①网⋯　Ⅱ.①王⋯　Ⅲ.①中国文学-当代文学-文学创作研究
Ⅳ.①I206.7

中国版本图书馆 CIP 数据核字（2015）第 039202 号

创意写作书系
网络文学创作原理
王祥　著
Wangluo Wenxue Chuangzuo Yuanli

出版发行	中国人民大学出版社	
社　　址	北京中关村大街 31 号	**邮政编码**　100080
电　　话	010 - 62511242（总编室）	010 - 62511770（质管部）
	010 - 82501766（邮购部）	010 - 62514148（门市部）
	010 - 62511173（发行公司）	010 - 62515275（盗版举报）
网　　址	http://www.crup.com.cn	
经　　销	新华书店	
印　　刷	天津中印联印务有限公司	
开　　本	720 mm×1000 mm　1/16	**版　次**　2015 年 4 月第 1 版
印　　张	18.75 插页 1	**印　次**　2025 年 9 月第 6 次印刷
字　　数	230 000	**定　价**　46.00 元